Und führe uns nicht in Versuchung …

CHRISTIANE STERPENICH

Und führe uns nicht in Versuchung ...

Bibliografische Information der Deutschen Nationalbibliothek
Die Deutsche Nationalbibliothek verzeichnet diese Publikation
in der Deutschen Nationalbibliografie; detaillierte bibliografische
Daten sind im Internet über http://dnb.d-nb.de abrufbar.

photo created by freepik - www.freepik.com

Über Fragen und Anregungen würde ich mich sehr freuen!
Meine Kontaktadresse:
entelux@hotmail.com

Umschlagdesign, Satz, Herstellung und Verlag:
BoD – Books on Demand, Norderstedt

ISBN 978-3-7519-9287-9

Inhalt

Frühlingsgefühle

Ein paar Sonnenstrahlen erhellen die kleine Wohnung, in der Katja – hübsch, zierlich, blond, Mitte 20, rehbraune Augen – gerade erwacht. Es ist Samstagmorgen, neun Uhr, und ihr Wecker klingelt. Sie reckt und streckt Arme und Beine und blinzelt verschlafen in den Tag. An ihrer Bettkante liebäugelt bereits ihr grauer Kater Snoopy mit ihr, der sehnsüchtig auf sein Futter wartet. Sie hat Snoopy aus dem Tierheim geholt, er wurde halbverhungert im Nirgendwo aufgefunden. Mit viel Liebe hat Katja ihn aufgepäppelt, sein damals verfilztes Fell glänzt inzwischen wieder richtig gesund. Und etwas pummelig ist er auch geworden. Bei dem süßen Anblick fällt es ihr gleich sehr viel leichter, aus den Federn zu kommen. Dann wandern beide zusammen in die Küche, sie macht sich einen Kaffee, den sie dringend braucht, um in den Tag zu starten. Dort hat jeder seinen Platz, zwei Stühle und ein runder Tisch befinden sich in der recht überschaubaren Küche. Nach dem Frühstück gießt sie ihre Pflanzen, von denen es reichlich viele in ihrer Wohnung gibt, und ein volles Programm erwartet sie heute auch. Ein Besuch beim Friseur steht an, danach noch das Einkaufen.

Sie lebt in einer Zweizimmerwohnung in einem kleinen Mietshaus in ländlicher Idylle und in der Nähe von Frankfurt. Jedoch außerhalb vom zentralen Stress mit Verkehrschaos und dergleichen. Dass sie jeden Tag in aller Herrgottsfrühe den Bus nehmen muss, stört sie nicht. Auf das Auto verzichtet sie gerne, wo doch das öffentliche Transportmittel sie bis zur Schule bringt, wo sie als Kindergärtnerin arbeitet. Von diesem Job hatte sie immer geträumt und alles dafür gegeben, ihn zu bekommen.

Ja, Katja ist eine erfolgreiche Single-Frau, die genau weiß, was sie will, doch aus diesem Grund kann sie auch schon mal kratzbürstig reagieren, wenn sie etwas nicht bekommt. Die Männer liegen ihr zu Füßen, doch den Richtigen hat sie noch nicht gefunden. Wer sich ihre Wohnung ansieht, könnte glatt neidisch werden. Die Wände sind farbenfroh und jeweils passend zu den Möbeln gestrichen, jedoch keineswegs kitschig. Überall stehen Pflanzen, die sie sorgfältig pflegt. An den Wänden hängen handgemalte Bilder – Katja ist sportlich, aber Malen ist ihre größte Leidenschaft. Eine weitere Vorliebe gilt Spiegeln. Sie hängen nicht nur, wie üblich, an den Wänden, sondern auch an der Decke.

Gegenüber vom kleinen Bad befindet sich ihr Schlafzimmer. Der große, prallgefüllte Kleiderschrank lässt darauf schließen, dass Katja des Öfteren in einen Shoppingrausch verfällt. Tut sie auch, warum auch nicht? Sie braucht vor niemandem Rechenschaft abzulegen, was sie kauft und wie viel. Dennoch kennt sie ihre Grenzen, gibt nie mehr aus, als ihr zur Verfügung steht. Dass sie als Kindergärtnerin nicht schlecht verdient, ist ja klar. Auch ihre Miete sowie die Nebenkosten sind tragbar, also bleibt ausreichend Geld übrig, um sich ab und zu etwas zu gönnen.

Im Flur, der viel Platz bietet für Schränke und sonstige Kleinmöbel, befindet sich eine gemütliche Mini-Couch. Sie ist der Lieblingsplatz von Snoopy, ihrem treuen Vierbeiner.

Katja hat eine starke Persönlichkeit und strahlt Hilfsbereitschaft und Zuverlässigkeit aus und ist überall beliebt. Natürlich hat auch sie ihre Macken. Bei Problemen wirft ihre Sensibilität sie komplett aus der Bahn und es kostet sie jede Menge Überwindung, das Erlebte zu verarbeiten respektive zu verdrängen. Im Sternzeichen Krebs geboren, ist das leider keine Ausnahme. Doch auch bei Katja sitzt manchmal tief in ihrem Inneren ein fieses Biest. So prallen gutgemeinte Ratschläge meistens an ihr ab, sie dreht ihr eigenes Ding, koste es was es wolle. Ihren Haushalt schmeißt sie nahezu perfekt, die Wohnung ist stets sauber und vor allem aufgeräumt. Doch eine kleine Schwäche hat auch sie natürlich, im Bad stapelt sich schon mal ein größerer Wäscheberg, der vergeblich darauf wartet, abgeholt zu werden.

Aber warum findet eine Frau wie Katja nicht den passenden Mann? Es liegt vielleicht daran, dass sie feste Vorstellungen hat: Ein »reifer« Mann sollte es sein, am liebsten keine eigenen Kinder mitschleppen und auf keinen Fall an jedem Wochenende besoffen nach Hause kommen. Allzu viel verlangt sie zwar nicht, aber dennoch ist es schwierig jemanden zu finden, der genau in das Bild passt. Bei einer Frau wie Katja wollen die meisten eh nur das »Eine«! Dafür ist sich Katja viel zu schade. Das Single-Leben macht ihr manchmal zu schaffen. Einige Freundschaften hat sie schon hinter sich gebracht, aber länger als einige Monate hat keine Beziehung gehalten. Die Eifersucht machte alles kaputt. Man(n) muss halt damit umgehen können, dass auch andere sich nach ihr umdrehen.

Wie schon erwähnt, an diesem Samstag hat sich Katja so einiges vorgenommen. Ihren ersten Termin hat sie beim Friseur. Ihre langen blonden Haare sollen eine Dauerwelle bekommen. Etwas mehr Volumen wünscht sie sich, dabei sieht sie auch so gut aus. Ein bisschen eitel ist sie schon, sie arrogant zu nennen, wäre jedoch übertrieben.

Nach dem Frühstück stellt sich Katja die tägliche Frage: Was bloß anziehen? Sie öffnet die Balkontür und stellt fest, dass im Monat Mai schon fast sommerliche Temperaturen herrschen. Sie entscheidet sich für eine lässige Jeans und eine leicht durchsichtige weiße Bluse. Als sie die Wohnung verlässt, will Snoopy mit, ist wie immer bitter enttäuscht, wenn die Tür von außen abgeschlossen wird. Daran hat sich Katja längst gewöhnt, anfangs fiel es ihr schwer, ihren heißgeliebten Tiger alleine zurückzulassen.

Wie immer ist Katja vor dem Termin beim Frisör sehr aufgeregt. Sie hat Angst, es könnte etwas schieflaufen. Besonders bei einer Dauerwelle, oder auch bei Strähnchen, weiß ja niemand so genau, was dabei herauskommt. Sie betritt den Salon, wird freundlich begrüßt: »Hallo Katja, na, wieder aufgeregt?«, fragt die Friseurin und grinst sie breit an.

»Ja, ja, Saskia, mach dich ruhig lustig über mich«, entgegnet sie und bleibt vor der Empfangstheke stehen.

Dann geht alles sehr schnell, Katja wird zu einem Stuhl bugsiert, Saskia bringt den Umhang und eine Menge Lockenwickler. Katja starrt in den Spiegel vor ihr. Ein paar Plätze weiter plaudert eine andere Friseurin mit einer Kundin, während sie einen akkuraten Kurzhaarschnitt zaubert. Die Schere huscht flink durch das Haar, Strähnen fallen lautlos zu Boden. Daneben sitzt eine Dame unter einer Haube, sie scheint eine neue Farbe zu bekommen. Dahinter föhnt sich eine Frau selbst die lange Mähne. Katja starrt sich im Spiegel an und seufzt. Das ist die letzte Gelegenheit, sich anders zu entscheiden. Aber sie steht zu ihrem Entschluss, sie will definitiv eine Lockenpracht.

Die Aufregung legt sich schnell, Saskia kennt ihre Kundin bestens und verstrickt diese gleich in ein Alltagsgespräch. Die erste Frage ist die Gleiche wie bei allen vorherigen Besuchen: »Na, den Mann fürs Leben noch nicht gefunden?«, fragt die Friseurin und wickelt eine Strähne geschickt um einen Lockenwickler. Ihre Blicke begegnen sich im Spiegel und sie versteht, dass sich nichts getan hat. Also reden sie über alles Mögliche. Dabei merkt Katja gar nicht, wie die Zeit vergeht – und schon ist sie fast fertig und sitzt unter der Haube, eine Zeitschrift im Schoß.

Etwas später wird die Trockenhaube über ihrem Kopf wieder entfernt, ebenso die Schutzfolie über ihren neuen Locken. Erneut und gespannt folgt Katja Saskia ein letztes Mal zum Haarewaschen, um anschließend das noch nasse Resultat vor dem Spiegel zu bewundern. »Wow«, seufzt sie und lächelt – selbst im nassen Zustand sieht es schon klasse aus.

Saskia, die hinter ihr steht, ist erleichtert, denn Katja kann äußerst peinlich reagieren, falls etwas nicht so gelungen ist, wie sie es sich vorgestellt hat. Damit greift sie zum Föhn und trocknet Katjas neue Lockenpracht, sodass eine wilde Mähne entsteht. Dann folgen nur noch wenige Handgriffe, ein bisschen Lockengel, das wunderbar duftet, und schließlich der Gang zur Kasse.

Zufrieden und selbstbewusst spaziert sie durch die Fußgängerzone und die Locken wehen elegant im Wind hin und her. Noch ein paar Einkäufe, dann geht sie wieder nach Hause. Sehnsüchtig wird sie dort erwartet, obwohl sie nur wenige Stunden weg war. Sie hat gerade die Tasche abgelegt, da klingelt ihr Handy. Es ist Sofia, ihre beste Freundin. »Hey, Katja, Lust auf ne Party heute Abend?«, sprudelt sie gleich los.

Katja krault Snoopy hinter dem Ohr, der sich an ihrem Bein reibt. »Oh ja, das passt, war heute sogar beim Friseur!«, antwortet sie sofort begeistert.

»Gut, ich hol dich dann um 22 Uhr ab.« Sofia ist immer pünktlich, oder meistens schon vor der abgemachten Zeit da.

»22 Uhr, alles klar, bis dann«, bestätigt Katja und schon ist das Gespräch beendet.

Ihr bleiben noch einige Stunden, um sich zu überlegen, was sie anziehen soll. Zuvor noch ein leckeres Mittagessen. Damit es schneller geht, ruft sie den Lieferservice an, er ist nur wenige Straßen von ihr entfernt. Außerdem telefoniert sie noch mit ihrer Mutter Sabine, wie so üblich am Wochenende, da ihre Mutter an der Ostsee lebt, also recht weit entfernt, weshalb sie sich nicht so oft sehen. Dennoch haben die beiden ein recht gutes Verhältnis. Zu ihrem Vater hat Katja keinen Kontakt, er hat Mutter und Kind sitzen lassen, da war sie gerade mal fünf Jahre alt. Der Alkohol war ihm wichtiger, sehr zum Leid der Familie. Katja ist Einzelkind, daher mütterlicherseits recht verwöhnt, aber dennoch lebenstüchtig.

Immer wenn Katja noch etwas Zeit bleibt, verschwindet sie in ihrem Atelier, um dort die Verfassung, in der sie sich gerade befindet, mit Farben und Formen auszudrücken. Auch heute taucht sie wieder in die Welt ihrer Bilder ab und malt. Sie scheint sich momentan nach Zweisamkeit zu sehnen. Das, was sie zu Papier bringt, nennt sie spontan »Frühlingsgefühle«. Sie malt eine einsame Frau, die in einer Parkanlage auf einer Bank sitzt und verträumt in die Zukunft blickt. Die Vögel, die ringsum auf den Bäumen sitzen und zwitschern, nimmt sie nicht wahr. Katja steht vor der Leinwand und mustert das Bild, den Pinsel hat sie noch in der Hand. Es ist gut geworden, wie sie findet. Außerdem fühlt sie sich etwas besser, auch wenn ihre Phantasie sie manchmal zu erschrecken droht. Aber manche ihrer Freunde beneiden sie darum, dass sie ihre Gefühle so ausdrücken kann, anderen reicht es, darüber zu sprechen.

Als sie wieder in die normale Welt zurückgekehrt ist, stellt sie fest, dass es schon fast 21 Uhr ist. Höchste

Eisenbahn, sich flott zu machen. Sie verschwindet im Bad, legt etwas Wimperntusche und Lidschatten auf, damit ihre rehbraunen Augen noch besser zur Geltung kommen, sowie einen dezenten rosa Lippenstift. Sie schaut sich zufrieden im Spiegel an. Perfekt, so kann sie sich wirklich sehen lassen.

Da klingelt es auch schon an der Haustür. Das war knapp. Sie saust durch den Flur. Durch den Spion sieht sie ihre Freundin, die mal wieder zu früh dran ist. Schnell öffnet sie und Sofia mustert sie bewundernd. »Mann, bist du wieder hübsch heute. Und deine Haare, da werde ich ja richtig neidisch«, stellt sie anerkennend fest.

Katja lächelt zufrieden, sie weiß, dass dies vermutlich nicht das letzte Kompliment für heute sein wird. Schnell lässt sie ihre Freundin rein, um noch ihre Sachen zusammenzusuchen.

Sofia ist jedoch auch nicht zu verachten, nur etwas rundlicher, was aber bei Männern recht gut ankommt. Mit ihrem gepflegten Äußeren, ihrem dunklen, langen, glänzenden Haar und dem frechen Mundwerk zieht sie alle Aufmerksamkeit auf sich. Sie steht ebenfalls mit beiden Beinen fest im Leben und liebt ihre Arbeit als Sekretärin bei einem angesehenen Rechtsanwalt. Und im Gegensatz zu ihrer Freundin Katja stürzt sie sich schon mal in einen One-Night-Stand. An einer festen Beziehung ist Sofia nicht interessiert, sie genießt das Singleleben.

Wenig später hat Katja alles Wichtige bei sich, die Handtasche ist gepackt. Im Treppenhaus begegnen die beiden noch Frau Schmücke, einer älteren Dame, die eine Etage tiefer wohnt. »Na Mädels, geht es auf die Piste?«, fragt sie mit einem Schmunzeln.

»Genau, Frau Schmücke«, sagt Katja und lächelt sie belustigt an.

Frau Schmücke nickt wissend. »Passt bloß auf die bösen Buben auf, die euch an die Wäsche wollen«, sagt sie dann grinsend.

Katja und Sofia werfen sich einen schnellen Blick zu, dann salutieren sie mit gespieltem Ernst. »Wird gemacht«, ruft Katja noch, und schon sind sie zur Tür heraus.

Im Auto, Sofia ist schon losgefahren, fragt Katja: »Du, zu wessen Party fahren wir überhaupt?«

»Ach, das hätte ich fast vergessen zu sagen«, antwortet Sofia. »Es ist Jürgens 30. Geburtstag.« Sie blinkt und überholt ein lahmes Auto vor ihnen.

Katja guckt sie genervt an. »Na toll, woher nehme ich denn jetzt noch ein Geschenk?«

Sofia winkt ab. »Kein Problem, wir halten an der Tankstelle und nehmen eine Flasche Sekt mit, damit ist er mehr als zufrieden.« Es ist schon dunkel und nicht mehr viel los auf der Straße. Sofia gibt Gas, da tauchen hinter der nächsten Kurve auch schon die Lichter der Tankstelle auf.

20 Minuten später parkt Sofia vor einem kleinen Lokal, das sich »Der goldene Reiter« nennt. »Hier soll die Party stattfinden?«, fragt Katja verunsichert und mustert die Fassade, die irgendwie bieder wirkt.

Beide steigen aus und Sofia meint: »Na klar, wird ganz lustig, wirst schon sehen.«

Der Gastgeber ist ein Kumpel von Sofias Schwester

Myriam, sie kennt ihn selbst kaum. Die beiden Mädels wurden über Freundes-Freunde eingeladen. Im Lokal erwarten sie dennoch viele bekannte Gesichter, aber auch jede Menge fremder Leute. Dank Sofia wird das aber vermutlich nicht lange so bleiben. Sie suchen sich erst einmal eine Sitzgelegenheit. Schon nach wenigen Minuten gesellen sich zwei Jungs an ihren Tisch. Sie stellen sich vor: Rainer und Horst. Es wird geredet, gelacht und natürlich getanzt. Dj Mogli sorgt für gute Stimmung. Dann ertönt durchs Mikrofon vorne vom DJ-Pult eine kleine Rede: »Herzlich willkommen, ihr lieben Leut', ich bin wirklich hocherfreut. Doch hört mir nur kurz zu, dann lass ich euch in Ruh'. Wir feiern heut ein besonderes Fest, das jemand etwas älter werden lässt. Was Spezielles haben wir uns ausgedacht, mit Sicherheit wird gleich viel gelacht.«

Sofia und Katja klatschen und lachen pflichtbewusst an ihrem Tisch. »Was meint er damit?«, fragt Katja leise ihre Freundin, aber selbst die quirlige Sofia hat keine Ahnung.

Die Gäste müssen einen großen Kreis bilden, in der Mitte steht ein einziger Stuhl, auch Katja und Sofia reihen sich ein. Offensichtlich weiß niemand außer den Organisatoren, was jetzt kommt. Der arme Jürgen wird herbeigeholt und muss sich auf den Stuhl setzen, wo alle Augen nur auf ihn gerichtet sind. Seine Farbe im Gesicht ähnelt jetzt schon der einer Tomate. Eine auffällige Musik erklingt – »You can leave your head on« von Joe Cocker. »Also in seiner Haut möchte ich nicht stecken«, sagen einige und lachen.

Da kommt auch schon des Rätsels Lösung. Eine en-

gagierte Stripperin soll dem schüchternen Jürgen ein-
heizen. Alle klatschen, lachen und schreien, um dem
armen Teufel anzufeuern.

»Die Stripperin geht aber ganz schön ran«, meinen
einige Jungs.

Katja sieht zu und wird selbst fast rot – wie recht sie
doch haben. Die Stripperin setzt sich einfach mit ge-
spreizten Beinen auf Jürgens Schoß und räkelt ihren
halbnackten Körper hin und her. »Dem platzen ja bald
die Eier«, ruft einer der Gäste. »Nur gut, dass sie wenigstens noch Unterwäsche trägt.«

Für die jubelnde Menge vergeht dieser Auftritt viel
zu schnell, dem armen Jürgen jedoch kamen die paar
Minuten vermutlich wie Stunden vor. Nachdem sich
die Stripperin verabschiedet hat, lässt das »Opfer«
den Blick über die Menschenmenge wandern auf der
Suche nach dem Verantwortlichen. Jedoch zwecklos.
Aber nach ein paar Bierchen und Gläsern Sekt hat er
das peinliche Geschehen verarbeitet. Jedenfalls war
dies eine tolle Idee, um den ganzen Saal aufzuheizen
und Stimmung zu machen.

So gegen zwei Uhr begeben sich Sofia und Katja auf
den Heimweg, denn um diese Zeit sinkt das Niveau
der Gäste dramatisch. Völlig erschöpft und leicht angeheitert fällt Katja ins Bett und denkt nur noch ans
Ausschlafen.

Bei Sonnenaufgang wird sie wachgeküsst, nicht von
einem Prinzen, sondern von Snoopy, der findet, dass
Frauchen lange genug im Bett gelegen hat. Ziemlich
durcheinander und mit einem dicken Kopf bewegt sie
sich in Richtung Bad. Müde starrt sie sich im Spiegel

an. »Oh je, wie seh' ich denn aus?«, murmelt sie entsetzt. »Und mein Schädel brummt wie verrückt. So schlimm war es doch gar nicht ... Na ja, wenn frau nix verträgt.«

In der Küche macht sie sich einen Kaffee und setzt sich damit an den Küchentisch, mehr geht nicht. Nachdem sie sich einigermaßen erholt hat, schaltet sie ihr Handy ein. Es bimmelt sofort. Ist bestimmt eine Nachricht von Sofia, der es genauso schlecht geht wie mir, denkt sie hoffnungsvoll, den Kopf auf die Arme und die Arme auf den Küchentisch gestützt. Sie starrt aufs Display. Es ist Rainer, stellt sie fest. Was will der denn von ihr?

Er schreibt: »Hallo Kleines, Lust auf 'nen Drink heute Abend?«

Igitt, schon wieder trinken, geht es ihr gleich durch den Kopf. Obwohl sie dennoch liebend gerne mitgehen würde, entscheidet sie sich, den Sonntag auf dem Sofa zu verbringen und erteilt ihm einen Korb. Heute wird mit Snoopy geschmust und mit sonst niemandem.

Am kommenden Morgen ist Katja wieder fit genug, um die kleinen, wilden Lümmel, die ihr erneut eine Woche lang auf der Nase herumtanzen werden, zu ertragen. Doch sie weiß genau, wie sie ihre Meute ruhigstellen kann. Beim Basteln und Malen wird aus dem größten Teufel ein wahrer Engel. Die Kinder lieben Katja, da sie stets ein offenes Ohr für jedes Wehwehchen hat. Ja, manche nennen sie sogar Kindergarten-Fee. Das schmeichelt ihr natürlich.

Doch jeder Traumberuf hat auch seine Schattenseiten. Des Öfteren muss Katja sich mit Situationen abfinden, die weniger schön sind. Immer häufiger kommt es vor, dass sie Kinder aus zerrütteten Familien trösten und besonders betreuen muss. Sie ist dankbar für jeden Tag, an dem bei keinem Kind etwas Schlimmes in der Familie vorgefallen ist.

Nach dem Kindergarten besucht sie regelmäßig ihr Fitnessstudio »Be fit, be cool«. Doch momentan ist es wegen Umbau geschlossen. Also sucht sie gerade nach einem anderen Studio. Ende der Woche entdeckt sie zufälligerweise in einer Zeitung die Anzeige von einem Fitnessstudio, das gerade neu öffnet und zwei Schnupperstunden gratis anbietet. Gleich in der folgenden Woche macht sie sich auf den Weg zum »Sportpalast«. Der Name hat sie neugierig gemacht, klingt irgendwie interessant, wie sie findet. Eine freundliche Dame begrüßt sie an der Rezeption und bietet ihr sogleich ein günstiges Abo an. Auch wird sie über das gesamte Programm bestens informiert, auf Wunsch bekäme sie sogar ihren eigenen Fitnesstrainer. Klingt gut, denkt sich Katja. Sie lässt sich dennoch nicht weiter bequatschen und nutzt gleich ihre Schnupperstunden.

Es ist noch relativ leer, vermutlich weil das Studio neu ist. Schnell verschwindet sie in einer Kabine, wo sie jede Menge Platz hat, sich umzuziehen. Mann, ist wirklich schön hier, denkt sie anerkennend, Danach marschiert sie neugierig zum Fitnessraum. Im Eingangsbereich bleibt sie staunend stehen. Der Raum ist riesengroß und es gibt wahnsinnig viele verschiedene Geräte. Jetzt versteht sie, woher der Name

Sportpalast kommt. Und hallo, was sehen ihre Augen? Einen gutgebauten Mann mit graumeliertem Haar und dem gewissen Etwas. Wenn das ein Trainer ist, wird es noch richtig spannend, denkt sie sich und geht auf ihn zu. Dann treffen sich ihre Blicke, als er sich zu ihr umdreht. Leicht verunsichert bleibt sie vor ihm stehen und fragt: »Entschuldigen Sie, könnten Sie mir mal eben die Geräte erklären?«

Er nickt und grinst sie verlegen an. »Liebend gern, wie könnte ich so einer bezaubernden Lady einen Wunsch abschlagen?«

Katja ist augenblicklich enttäuscht und ernüchtert. Wieder so ein Sprücheklopfer, denkt sie und nimmt die Antwort nicht als Kompliment, sondern als das übliche Gesülze.

»Also, ich bin Herr Kott, Leo Kott«, stellt sich der Trainer nun vor. »Wenn Sie möchten, kann ich Ihnen ein komplettes Programm zusammenstellen, mit oder ohne meine Präsenz, ganz wie Sie es wünschen«, bietet er an.

Katja starrt ihn an und weiß nicht so recht, was sie will. Aber ein bisschen professionelle Unterstützung wäre vermutlich gut. »Äh, dann mit Ihnen, würde ich sagen«, entscheidet sie schließlich zögernd.

Er nickt zufrieden. »Wie heißen Sie denn, junge Dame?«

»Ich bin Katja, Katja Siebert, am besten einfach Katja.«

Er sieht sich um und lässt kurz den Blick über die Geräte wandern. »Schön, dann sehen wir mal, wie fit du bist«, sagt Leo nun und kann sich ein weiteres

Grinsen kaum verkneifen. »Bevor wir loslegen, würde mich noch interessieren, wie du zum Sportpalast gefunden hast.« Er mustert sie erwartungsvoll.

Katja zuckt nur mit den Schultern. »Über eine Anzeige.«

»Was machst du denn sonst so in deiner Freizeit? Hast du vorher schon Sport gemacht?«, fragt er weiter.

Katja seufzt leise. »Sport und Malen, das ist meine Welt«, erklärt sie knapp.

Leo hebt die Augenbrauen. »Oh, malen? Was denn, wenn ich fragen darf?«

Katja bleibt einsilbig. »Quer durch den Garten, Natur, Tiere und so weiter.«

»Interessant«, bemerkt er mit einem Lächeln.

Dann folgt ihm Katja zum Laufband. Er legt eine Hand lässig auf den Knopf mit dem Einstellungsdisplay. »Viel zu erklären gibt es bei diesem Gerät nicht, dennoch solltest du es nicht unterschätzen. Viele sind hier schon auf der Nase gelandet.« Er mustert sie und zwinkert ihr dann zu. »Aber ich würde dich sofort auffangen.«

Katja starrt ihn an. Die Situation wird immer peinlicher, doch sie schafft es nicht, seinen Blicken auszuweichen. So etwas ist ihr schon lang nicht mehr passiert, sie fühlt sich total verlegen und unsicher.

Dann wird Leo per Durchsage zur Rezeption zitiert. »Du müsstest mich kurz entschuldigen, bin gleich wieder da«, ruft er ihr noch zu und eilt davon.

Katja steht da und sieht sich noch einmal um. Ein Stück entfernt trainieren Männer und Frauen, aber der Raum ist so groß, dass sie irgendwie weit weg wirken. Im Hintergrund läuft leise Musik, wie sie erst jetzt bemerkt. Langweilen wird sie sich hier mit Sicherheit nicht, denn der riesige Raum hat wirklich viel zu bieten. Auch entdeckt sie Geräte, die sie noch nie zuvor gesehen hat. Am liebsten würde sie alle auf einmal ausprobieren. Doch ihr bleiben nur noch knappe zwei Stunden. Um keine weitere Zeit zu verlieren, marschiert sie zu einem Hometrainer.

Schwitzend radelt sie wie verrückt und bemerkt nicht, dass Leo wieder im Anmarsch ist und sich zu ihr stellt. »Oh, ich sehe, du kommst auch ohne mich ganz gut zurecht«, stellt er fest.

Sie wendet sich zu ihm um. »Na ja, Fahrradfahren krieg ich noch alleine hin«, antwortet sie grinsend. Dann nickt sie zur Kletterwand hinüber. »Das da drüben würde mich interessieren, da benötige ich deine Unterstützung, das habe ich noch nie gemacht.«

»Kein Problem, Frau Katja, dann wollen wir mal«, sagt er nur und geht schon mal vor.

Katja steigt vom Gerät und folgt ihm. Zumindest ist sie schon mal gut aufgewärmt.

Behutsam und sorgfältig legt er den Gurt um ihre schlanke Taille und blickt ihr dabei tief in die Augen. Sie fragt sich, ob er das unbewusst tut. Am liebsten würde sie im Erdboden versinken. Tausend Gedanken gehen ihr in diesem kurzen Moment durch den Kopf: Ob er das bei allen Frauen so macht? Der kann doch jede bekommen! Will er mich auf den Arm nehmen? Geht es nur ums Geldverdienen? ...

Langsam, aber sicher neigt sich das Probetraining dem Ende zu, die Zeit wurde ohnehin schon längst überschritten. Nur gut, dass nicht viel los ist und Leo sich voll auf Katja konzentrieren konnte, was ihm scheinbar auch nicht schwerfiel. Sie bedankt sich für seine Aufmerksamkeit und verlässt total erledigt, aber zufrieden den Fitnessraum. Noch schnell unter die Dusche, anziehen und dann ab nach Hause zu Snoopy. Doch als sie an der Rezeption vorbeigeht, wird sie von der Empfangsdame noch gebeten, ein Formular auszufüllen, damit sie einen Überblick behalten, wer nach der Schnupperstunde wiederkommt und wer nicht. Hastig kritzelt Katja alle gewünschten Daten ins Formular, dabei schweifen ihre Gedanken immer wieder zu Leo ab. Und als sie das Formular über die Theke schiebt, überlegt sie, wie alt der gutaussehende Trainer wohl ist. Nur wie soll sie es anstellen, dass ihre Frage nicht auffällt? Spontan sagt sie schließlich: »Der etwas ältere Herr, der Herr Kott, arbeitet er jeden Tag hier?«

Die Rezeptionistin schaut überrascht auf und muss lachen. Dann antwortet sie: »Ja, der ältere Herr ist jeden Tag hier. Aber so alt ist er gar nicht, gnädige Frau, er ist Mitte 40.«

»Oh, entschuldigen Sie, war nicht böse gemeint, bin wohl voll ins Fettnäpfchen getreten«, stammelt Katja verlegen.

Aber die Dame winkt ab. »Macht nix, kommt öfter vor, Herr Kott hat sich schon daran gewöhnt.«

Grinsend verlässt Katja das Studio und kann es kaum erwarten, ihrer Freundin von der Bekanntschaft zu erzählen. Diese ist sichtlich erfreut, dass Katja endlich ein Erfolgserlebnis zu berichten hat,

zumal die Sympathie von beiden Seiten auszuge-
hen scheint. Nur eines versteht Sofia einfach nicht:
Warum muss es ausgerechnet wieder ein Mann in
diesem Alter sein? Sie hat Angst, dass Katja in ihrem
Partner einen Vaterersatz sucht. Solch eine Beziehung
hat in ihren Augen kaum eine Chance. Doch davon
will Katja nichts hören. Um ihr die Freude nicht zu
verderben, spricht Sofia sie erst gar nicht darauf an,
zu oft endet dieses Thema in endlosen Diskussionen.

Kaum ist das Telefonat mit Sofia beendet, klingelt es
schon wieder. Katja macht es sich nun auf dem Sofa
bequem, Snoopy liegt auf ihren Beinen. »Hey, Katja,
Liebes, wie geht es dir?«, fragt ihre Mutter.

»Hervorragend, Mutti«, antwortet sie mit einem tiefen Seufzen.

»Hast du im Lotto gewonnen oder den Mann fürs
Leben getroffen? Du klingst so euphorisch«, hakt ihre
Mutter sofort nach.

»Nicht ganz ...« Katja zögert.

»Nun sag' schon«, drängt ihre Mutter ungeduldig
und neugierig.

»Ich war heute in einem neuen Fitnessstudio, und,
boa, der Trainer, der ...«

»Kind, mach's nicht so spannend«, rügt ihre Mutter
lachend.

Katja holt tief Luft. »Gut, also ...«

Eine Stunde telefonieren die beiden und ihre Mutter freut sich sehr, dass ihre Tochter vielleicht ihrem
Glück ein Stück näher gekommen ist.

Am nächsten Tag ist Katja des Öfteren abwesend, immer wieder muss sie an Leo denken. Ob er wohl auch an mich denkt, fragt sie sich wieder und wieder. Und dann ist sie sich sicher, dass er sie bei der nächsten hübschen Frau schnell vergessen hat. Typisch Katja, ihre negativen Gedanken gewinnen stets die Überhand. Sie will schnellstens wieder ins Fitnessstudio, hat jedoch ein bisschen Angst, er könnte sie ignorieren. Aber warum sollte er das tun?

Gleich nach dem Kindergarten lässt sie sich wieder im Sportpalast blicken, mit gemischten Gefühlen. Die Empfangsdame lächelt sie über den Tresen an. »Guten Tag, Frau Siebert, schön, Sie wiederzusehen. Ich muss Sie jedoch enttäuschen, der ›ältere Herr‹ hat ein paar Tage Urlaub wegen Umzug.«

Katja nickt nur, fragt sich aber, warum sie das so sagt. Hatte sie etwas bemerkt? Sie versucht locker zu bleiben. »Macht nichts, bin ja hier, um zu trainieren«, sagt sie schnell und winkt ab.

»Sicher, ich wünsche Ihnen viel Spaß«, sagt die Frau nur und geht ans Telefon, das gerade klingelt.

Enttäuscht geht Katja zur Umkleide. Am liebsten würde sie gleich wieder nach Hause fahren, das wäre jedoch zu auffällig. Also stottert sie lustlos ihr selbst ausgedachtes Programm herunter, um dann schnellstens zu verschwinden. Unterwegs gehen ihr tausend Gedanken durch den Kopf: Umzug? Vermutlich nicht alleine. Wahrscheinlich war sie erneut an den Falschen geraten. Wie schon so oft.

Kaum in ihrer Wohnung, greift sie zum Pinsel. Aber ihr Kopf ist leer, es sind keine Ideen vorhanden. Was soll ich bloß malen, fragt sie sich und starrt auf die leere Leinwand. Nach reichlicher Überlegung bringt sie dann doch etwas zu Papier, etwas, was am Ende gar nicht mal so misslungen aussieht: Sie sitzt auf ihrem Balkon mit Snoopy auf dem Schoß und schaut in den Himmel. Ein Heißluftballon schwebt dort, nicht weit von ihr. Nahe genug, um zu erkennen, wer sich darin befindet. Leo natürlich, mit einem wunderschönen Blumenstrauß in den Händen. Irgendwie kitschig, aber auch ein bisschen romantisch. Ja, das Bild gefällt ihr dann doch und sie hängt es prompt im Flur auf, direkt über der Eingangstür. »Mal sehen, was Sofia dazu sagen wird?«, murmelt sie leise und betrachtet es noch einmal genau

Danach schlurft sie in die Küche und schaut auf die Uhr. Verdammt, es ist bereits nach Mitternacht und sie muss doch wieder früh aus den Federn. Nur gut, dass sie nicht im Büro arbeitet, wo ihr vermutlich die Augen zufallen würden. Nein, sie hat als Kindergärtnerin einen wesentlich lebendigeren Job.

Nachdem sie den nächsten Tag irgendwie überstanden hat, geht sie gleich nach Hause. Ihr Briefkasten ist ziemlich überfüllt, überwiegend mit Werbung natürlich. Dazwischen verstecken sich noch Rechnungen und etwas, das sie neugierig macht: der Flyer einer Wahrsagerin, Frau Polly. Eigentlich hat sie für solche Sachen nichts übrig, würde aber trotz allem gerne wissen, was die Zukunft so bringt. Sie entscheidet, den Flyer erst einmal aufzubewahren, und legt ihn in ihren gut sortierten Ordner für Diverses ab. Dann wartet auf sie noch jede Menge Arbeit, putzen, bügeln und, und, und ... Dabei kann sie gut abschalten und nachdenken. Die Idee mit Frau Polly lässt sie nicht mehr los. Sie will mehr über diese Wahrsagerin erfahren.

Die Wahrsagerin

Endlich wieder Wochenende. Die Freundinnen haben ein Date mit den beiden Jungs, die sie auf Jürgens Geburtstagsparty kennengelernt haben. Als die Mädels im »Goldenen Reiter« eintreffen, sitzen Rainer und Horst an der Theke »Hey, da kommen ja unsere Prinzessinnen«, ruft Horst ihnen entgegen. Mit gierigen Blicken und bereits leicht angeheitert werden die zwei begrüßt.

»Ihr scheint ja schon etwas länger hier zu sein«, stellt Sofia fest und mustert die Jungs.

Rainer nickt grinsend. »Stimmt, wir haben uns ein wenig aufgewärmt.«

Katja ist genervt, auf besoffene Kerle hat sie keine Lust und ein Blick in Sofias Gesicht sagt ihr, dass es der Freundin genauso geht. Rainer und Horst haben kräftige Minuspunkte gesammelt. Insbesondere Katja kann es nicht ertragen, wenn Männer einen – oder mehrere – über den Durst trinken. Und es scheint, als hätten die beiden Übung darin. »Also, ich setz mich da drüben an den Tisch, hier an der Theke stehen, ist mir echt zu doof«, flüstert Katja Sofia zu.

Sofia nickt. »Na gut, hast recht, entweder sie kommen mit oder aber sie bleiben an der Theke, bis sie von alleine umfallen.«

Also drehen sie sich um und gehen. Doch wie zwei Hunde laufen die Jungs ihnen hinterher. Und sie setzen sich zu viert an einen freien Tisch. DJ Mogli ist auch wieder im Einsatz und gibt sein Bestes, die Gäste zum Tanzen zu bewegen. Aber an diesem Abend kommt keine Stimmung auf. Katja fühlt sich nicht wohl in ihrer Haut und bittet Sofia darum, das Lokal zu wechseln. Diese willigt sofort ein, nur wohin? Um Rainer und Horst nicht zu verletzen, erzählen sie ihnen, dass sie zu einem Fast-Food-Restaurant fahren und danach wiederkommen.

Hoffentlich wollen die jetzt nicht auch mit« denkt Katja, während sie die beiden leicht genervt anschaut.

Die Reaktion der beiden ist jedoch überraschend. Sie wechseln kurz einen Blick und Rainer sagt: »Geht klar, wir haben längst bemerkt, dass mit euch und uns zwei verschiedene Welten aufeinandertreffen. Wir wünschen einen guten Appetit.«

Sofia lacht kurz und steht schon auf. »Oh, danke, man sieht sich«, sagt sie noch und klopft auf den Tisch. Nie wieder? Auch Katja schnappt sich schnell ihre Jacke, nickt den beiden noch einmal zu, dann verschwinden die Freundinnen.

Im Auto überlegen sie, wohin die Reise jetzt gehen soll. »Also mir wäre ein ruhiges Plätzchen lieber, wo wir reden können, ohne herumschreien zu müssen«, sagt Katja. Eine konkrete Idee hat sie jedoch nicht, die Wahl des Lokals bleibt mal wieder an Sofia hängen.

Diese ist schon leicht gereizt, hat aber einen Vorschlag. »Wir könnten ins Lollypub, da dürfte, trotz Wochenende, nicht allzu viel los sein.«

Katja schnallt sich an. »Gut, dann fahr' mal!«

Sofia behält recht, verirrt haben sich hierher nur

wenige. Und falls doch, sind es Pärchen, die innige Gespräche führen. Katja ist begeistert, keine doofen Jungs, die sie belästigen, keine laute Musik, bei der sie ihr eigenes Wort kaum versteht. Außerdem haben sie noch einen besonders ruhigen Fenstertisch an der Seite bekommen. Alles passt, ihre Stimmung bessert sich allmählich wieder. Nachdem ihre Weinschorlen gekommen sind, erzählt Katja ihrer Freundin von dem Flyer, den sie in ihrem Briefkasten gefunden hat. Sofia ist überrascht, dass sich Katja auf einmal für so etwas begeistert. »Wie kommt das denn? Du hast doch für Wahrsagerei und solche Sachen bisher nie etwas übergehabt?«, fragt sie ein wenig zweifelnd.

Katja überlegt, was sie antworten soll. Schließlich gibt sie zögernd zu: »Na ja, Auslöser dafür ist vermutlich dieser Leo. Und in meinem Alter sind doch die meisten verheiratet oder wenigstens in festen Händen, nur ich nicht.« Sie hört selbst, dass es ein wenig verzweifelt klingt.

»Aber das ist doch keine Schande«, entgegnet Sofia entschieden.

»Nein, das nicht, aber es ist frustrierend. Gut, ein bisschen Angst habe ich bei der Sache schon, aber meine Neugier ist stärker als alles andere.«

Sofia nimmt einen großen Schluck aus ihrem Glas. »Ich werde dich nicht davon abhalten. Aber ich würde dir raten, erst einmal abzuwarten, wie die Sache mit Leo weitergeht. Ich meine, du kennst ihn doch gar nicht, diesen Mann. Dass du dich immer bereits beim ersten Sehen voll verknallst, kann ich nicht verstehen. Und so sensibel, wie du nun mal bist, würdest du, je nachdem was die Wahrsagerin dir erzählt, nicht damit klarkommen. Das weiß ich genau, ich kenn dich nur zu gut. Hat er dir überhaupt einen konkreten Anlass gegeben, dass er wirklich interessiert ist, oder hoffst du es einfach nur?«

Katja kann diese Bedenken ein wenig verstehen, aber sie winkt ab. »Ach Quatsch, ich will doch nur Positives hören.«

»Bleibt die Frage, ob sie dir nur das Gute erzählt. Dann mach dich mal schlau im Internet oder so. Ich würde mich nicht einfach blind in so etwas hineinstürzen, ohne mich vorher erkundigt zu haben.« Sofia sieht sie ernst an.

Katja seufzt. »Du hast vermutlich recht. Ich habe eine E-Mail-Adresse von dieser Frau. Gleich morgen setze ich mich an meinen PC und surfe ein wenig herum. Ich halte dich auf dem Laufenden«, verspricht sie nun.

Am nächsten Morgen steht Katja schon zeitig auf. Sie frühstückt ausgiebig mit Snoopy, dann rennt sie schnell zum PC. »Hoffentlich finde ich die Adresse, im Internet surfen ist nicht so mein Ding«, murmelt sie vor sich hin, während der Computer hochfährt. Snoopy antwortet mit einem lauten »Miau« und streicht ihr um die Beine. Katja nimmt an, dass er damit etwas sagen will wie: Das klappt schon. Und er soll recht behalten. Bereits nach wenigen Mausklicks wird sie fündig. »Da ist sie ja schon«, flüstert sie dem Computer zu und liest: *Willkommen auf meiner Homepage, ich bin Olga, Künstlername Polly, gebürtige Polin, aber schon länger in Deutschland. Mein Talent wurde mir in die Wiege gelegt und es würde mich freuen, Ihnen das beweisen zu können.*

Daher der Name Polly, weil sie aus Polen stammt.

Katja liest weiter: *Sie wollen wissen, was Ihnen die Zukunft bringt? Zögern sie nicht lange, besuchen sie mich doch einfach. Meine Kunden sind stets zufrieden mit dem, was ich über sie weiß und was ich ihnen prophezeie.*

Nun gut, was soll sie auch anderes von sich behaupten. Sonst würde ja kein Mensch zu ihr kommen. Katja überlegt, wie sie an Bewertungen herankommen könnte. Und tatsächlich gibt es einen Link zu Kundenbewertungen.

Annette aus München schreibt: *Ich habe es nicht bereut, Frau Polly besucht zu haben. Schon bemerkenswert, was sie gesehen hat. Nicht alles hat im Nachhinein gestimmt, aber das meiste schon. Sie ist ja auch nur ein Mensch.* Und Silke aus Offenbach: *Bei aller Liebe, nie wieder! Diese Frau hat mir nur Angst eingejagt. Ich konnte am Ende mit dem, was sie mir erzählt hat, nicht klarkommen.* Dann findet Katja eine letzte Meinung, zur Abwechslung von einem Mann: *Frau Polly war das Beste, was mir in meiner misslichen Lage passieren konnte. Eine schwierige Entscheidung stand mir bevor und nur mit ihrer Hilfe habe ich vermutlich richtig gehandelt. Absolut zu empfehlen.*

Na toll! Katja lehnt sich zurück. Drei sehr unterschiedliche Meinungen, eine zufriedenstellende, eine recht erschreckende und eine sehr positive Bewertung. Ergibt Durchschnitt. Was soll sie nun damit anfangen? Jetzt ist Katja erst recht total verunsichert. Vielleicht sollte sie ihre Mutter um Rat fragen, oder? Die denkt bestimmt, sie sei bescheuert. Na ja, versuchen könnte sie es ja trotzdem. Also holt sie das Telefon, setzt sich in die Küche und ruft ihre Mutter an. »Hey, Mum, du, ich muss dich etwas Wichtiges fragen. Was hältst du von Wahrsagern?«, fragt sie gleich nach einer knappen Begrüßung.

Ihre Mutter seufzt tief. »Oh je, muss ich dir darauf antworten? Überhaupt nichts, das sind alles nur Geldschlangen. Willst du etwa zu einer Wahrsagerin gehen?«

Katja schweigt, was ihrer Mutter Antwort genug ist.

»Was um Himmels willen bewegt dich denn dazu? Musst du wieder alles übers Knie brechen? Lass doch einfach das Leben auf dich zukommen ohne dieses sinnlose Gerede.«

Das waren knallharte Worte. Katja ist nach dem Telefonat total deprimiert und weiß nicht, ob sie diesen Schritt wirklich wagen soll. Aber es sein zu lassen, scheint ihr irgendwie unmöglich. Nur wer hilft ihr, wenn sie sich danach beschissen fühlt? Dann heißt es von allen: »Ich habe es dir ja gesagt.« Genau diese Aussage möchte sie sich dann nicht auch noch anhören müssen.

Nach stundenlangem Überlegen wählt sie dann doch die Nummer von Frau Polly. Ihre Hände zittern, sie ist wahnsinnig aufgeregt. Nach mehrmaligem Klingeln geht die Wahrsagerin ans Telefon. »Guten Tag, ich bin Katja und würde demnächst gern mal bei ihnen vorbeischauen«, beginnt Katja gleich.

»Liebend gerne, wann hätten Sie denn Zeit? Ich spüre, dass Sie sehr aufgeregt sind«, antwortet Frau Polly.

Aufgeregt? Diese Feststellung ist wie ein Nadelstich für Katja. Und ihr wird klar, dass noch viele weitere folgen werden, sollte sie diese Frau aufsuchen. Trotz allem macht sie fürs nächste Wochenende einen Termin aus. Was das kostet, fragt sie nicht, es ist ihr auch nicht so wichtig. Für sie zählt nur das, was dabei herauskommt.

Damit beginnt eine schreckliche Woche. Sie versucht sich auf ihre Arbeit zu konzentrieren und danach schlägt sie irgendwie die Zeit tot. Ins Fitnessstudio traut sie sich nicht. Sie lebt momentan in ihrer eigenen Welt. Ob Leo sie vermisst? Das würde sie am liebsten von Frau Polly hören. Hinzu kommen andere Probleme, die ihr zusätzlich Kopfschmerzen bereiten. Snoopy hatte in den letzten Tagen öfter Durchfall und fressen wollte er auch nicht regelmäßig. Da er eine Hauskatze ist, kann sie eine Vergiftung ausschließen. Sie ist verzweifelt, warum muss immer alles auf einmal kommen? Am Dienstag packt sie ihren Liebling schließlich in eine Transportbox und fährt mit ihm zum Tierarzt. Unterwegs kullern ihr ein paar Tränen über die Wangen – was ist, wenn es etwas Schlimmes ist? Nicht auszudenken, wenn sie ohne ihren Kater nach Hause fahren müsste.

In der Praxis warten noch ein paar weitere »Patienten«. Als Snoopy einen großen Hund entdeckt, knurrt und faucht er wie wild. Katja ist ein wenig erleichtert, dann kann es ihm ja doch nicht so schlecht gehen. Endlich, nach fast einer Stunde Bangen, ist Snoopy an der Reihe.

Behutsam nimmt ihn der Tierarzt aus der Transportbox. »Na, wo fehlt es unserem Tiger denn?«, fragt er und mustert den Kater, die Frage ist natürlich dennoch an Katja gerichtet.

Sie steht auf der anderen Seite der Liege und erklärt das Problem: »Als ich das Katzenklo saubermachen wollte, ist mir aufgefallen, dass er ziemlichen Durchfall hat. Und von seiner Lieblingsspeise blieb die Hälfte stehen.«

Der Tierarzt brummt etwas und tastet Snoopy sorgfältig ab, kann aber nichts feststellen. »Also, ich denke mal, dass es sich um eine Darmgrippe handelt«, fährt der Tierarzt fort. Er ruft seine Assistentin herein, damit sie eine Spritze vorbereitet. Snoopy verhält sich ruhig, als er diese bekommt. »Bald geht's ihm wesentlich besser, Magen und Darm werden sich wieder beruhigen. Alles halb so wild«, sagt er schließlich und setzt Snoopy wieder in die Transportbox. Freundlich sieht er Katja an. »Das kriegen wir locker hin. Unsereiner hat in dem Fall ja auch kaum Appetit, oder etwa nicht? In ein bis zwei Tagen dürfte er wieder ganz gesund sein. Notfalls können Sie noch einmal vorbeischauen.«

Katja atmet aus. »Ich hatte schon das Schlimmste befürchtet«, gesteht sie mit einem erleichterten Lächeln.

»Geben Sie ihm am besten erst einmal nur Trockenfutter und Wasser, auf Katzenmilch sollten Sie im Moment verzichten«,

»Alles klar, wird gemacht«, antwortet Katja.

Wenig später verlässt sie überglücklich die Praxis und nicht – wie befürchtet – alleine.

In den kommenden drei Tagen gilt ihre Aufmerksamkeit nur ihrem Job und ihrem Kater. Ausnahmsweise darf Snoopy sogar in ihrem Bett schlafen. Es soll ihm an nichts fehlen. Dass der Kater die Situation schamlos ausnutzt, ist wohl klar. Welches verwöhnte Haustier würde das nicht tun? Bereits wenige Stunden nach dem Besuch beim Tierarzt sind die Überbleibsel in seinem Napf verschwunden. Frauchen ist happy – hat Snoopy die Darmgrippe bereits überstanden? Etwas Positives hat dieser Zwischenfall für sie aber doch, wie Katja irgendwann feststellt: Sie denkt nicht ständig an Frau Polly und die ungewisse Zukunft. Doch der Tag X rückt näher und näher…

Bei ihrer Mutter und Sofia hat sie sich die letzten Tage nicht gemeldet, nichts und niemand soll sie von ihrem Vorhaben abhalten. Snoopy ist mittlerweile definitiv über den Berg und so kann sie sich mit einem klaren Kopf auf ihren Termin vorbereiten. Unzählige Fragen schwirren in ihrem Kopf herum, obwohl sie nicht einmal weiß, wie so eine Sitzung überhaupt abläuft. Der letzte Tag im Kindergarten ist noch zu bewältigen, dann hat sie es geschafft. Mit gemischten Gefühlen erwacht sie am nächsten Morgen. Schon während sie aus dem Bett kriecht, fragt sie sich erneut, ob sie das wirklich machen soll. Aber dann ermahnt sie sich selbst und flüstert sich zu: »Nein, Katja, du willst das, also zieh es auch durch.«

Beim Frühstück erzählt sie Snoopy von dem bevorstehenden Termin und ist überzeugt, dass wenigstens er Verständnis dafür hat. Und moralischen Beistand kann sie von ihm auch bestimmt erwarten, sollte sie die Prophezeiungen der Wahrsagerin nur schwer verarbeiten. Beim zweiten Kaffee sagt sie sich, dass sie bloß zu einer Wahrsagerin geht und nicht zu einer Blutprobe, die über Leben und Tod entscheidet.

Schließlich bricht sie pünktlich auf und steigt ins Auto. Die Strecke ist allerdings kein Katzensprung, fast eine Stunde wird sie unterwegs sein, wenn kein Stau oder ein anderes Hindernis auftaucht. Aber selbst das hat sie alles einkalkuliert. Um sich abzulenken, schaltet sie das Radio ein. Passend zu ihrer Verfassung läuft der Song »The spirit never dies« von Falco. Das Stück sorgt immerhin für gute Laune. Mit der Hilfe ihres Navis findet sie das Zentrum dann recht schnell, nur mangelt es an Parkmöglichkeiten. Das hasst Katja total und wird auch schnell nervös. Es gibt nur wenige Parkhäuser und die sind alle besetzt. »Das fängt ja gut an«, murmelt sie vor sich hin. Aber bis zu ihrem Termin hat sie noch über eine Stunde Zeit, also kein Grund zur Panik. Und so dreht sie eine Runde nach der nächsten und hat dann doch Glück. Tja, wäre da nicht dieses blöde Problem mit dem Einparken ... Sie braucht mehrere Versuche, um es in die Parklücke zu schaffen. Blöde Bemerkungen bleiben auch nicht aus. Ein Autofahrer, der es wie die meisten eilig hat, schreit aus dem offenen Fenster: »Ja, ja, Frau am Steuer.«

»Halt's Maul, du Idiot«, kontert Katja, die gerade ausgestiegen ist. Sofort ist sie erschrocken über ihre Reaktion. Normalerweise sagt sie so etwas nicht. Sie sieht dem Fahrer hinterher, der schon um die nächste Ecke verschwindet. Als er fort ist, atmet sie auf, der

Verkehr rollt vorbei, die Sonne scheint und sie hat eingeparkt. Alles ist gut. Sie ist einfach gerade etwas nervös und steht im Moment unter Starkstrom. Um sich etwas abzureagieren, geht sie in ein Café und bestellt sich ein Eis. Sie erkundigt sich nach der Straße, in der Frau Polly wohnt, und ist froh, dass sie ihr Ziel fast erreicht hat. Die letzten paar Meter kann sie problemlos laufen.

Und so landet sie eine halbe Stunde später in einem Hinterhof, der umrahmt ist von Altbauwohnungen, die in einem schlechten Zustand sind. Sie steht da und sieht sich zweifelnd um. Hier soll es sein? Oh Gott, eine ziemlich asoziale Ecke, denkt sie sich. Ein letztes Mal denkt sie über ihr Vorhaben nach. Aber sie entscheidet, erst einmal hochzugehen. Wenn es dort aussieht wie im Hinterhof, will sie gleich wieder gehen. Klingeln braucht sie nicht, die Eingangstür ist angelehnt, wahrscheinlich ist das Schloss kaputt und außerdem steht nirgendwo der Name »Polly«.

Katja muss sich bis nach oben durchkämpfen, überall stehen nur gängige deutsche Namen an den Türen. Erst im obersten Stock steht sie vor der Wohnungstür von Frau Polly. Zumindest glaubt sie, dass es ihre Wohnungstür sein könnte. An der Wand ist ein verblasstes Namensschild angebracht, auf dem sie mit etwas Phantasie den Namen »Olga« erkennen kann. Und ihr fällt ein, dass Polly tatsächlich Olga heißt. Also klingelt sie.

Eine mollige, gepflegte Dame mit pechschwarzen Haaren öffnet ihr. »Sie müssen Katja sein, kommen Sie doch herein, mein Kind«, sagt sie freundlich.

»Ja, gerne«, sagt Katja leise und betritt eine winzige Wohnung, die jedoch gemütlich wirkt.

Frau Polly nickt ihr zu. »Sehen Sie sich ruhig etwas um und setzen Sie sich.« Sie deutet zu einem Tisch mit vier Stühlen. »Ich hole Sie gleich ab, muss mich nur noch kurz vorbereiten.« Damit verschwindet sie in einem anderen Raum.

Katja setzt sich nicht, sie ist einfach zu nervös. Im Stehen lässt sie den Blick wandern. An den Wänden hängen viele Bilder mit unterschiedlichen Motiven, die meisten wirken spirituell. Bei ihrem Anblick durchströmt sie ein mulmiges Gefühl, das sie nicht so recht deuten kann, irgendwie unbeschreiblich. Dann hört sie Frau Polly hinter sich: »Sie können jetzt mitkommen, wenn Sie bereit sind«, sagt sie ernst.

Katja nickt nur.

»Na, dann wollen wir mal«, sagt Frau Polly und geht vor. Katja folgt ihr. Sie macht große Augen, als sie den nächsten Raum betreten. Die Wände sind schwarz gestrichen, es gibt lediglich ein paar helle Minileuchten an der Decke, die das alles unheimlich wirken lassen. Dann fällt ihr Blick in die Mitte des Raumes. Auf einem kleinen Tisch steht eine Kugel, wie Katja sie bisher nur aus Filmen kennt. Ihre Farben verändern sich, aber nur ganz langsam.

Frau Polly ist neben dem Tisch stehen geblieben und sieht sie an. »Hatten Sie etwas anderes erwartet?«, fragt sie.

Katja ist nun auch an den Tisch getreten und starrt auf die Kugel. Zögernd antwortet sie: »Nun ja, ich hatte mehr an Tarotkarten oder etwas Ähnliches gedacht. Dass es das mit der Kugel überhaupt noch gibt, wundert mich schon irgendwie.«

Frau Polly lächelt und zuckt mit den Schultern. »Tja, in Polen wird diese Methode noch immer angewendet und ist sehr beliebt. Sie brauchen keine Angst zu haben, ich werde Ihnen keine Horrorgeschichten erzählen, nur das, was ich in der Kugel über sie lesen kann. Wir fangen am besten gleich an, dann werden Sie bald viel lockerer sein.«

Sie setzen sich auf die kleinen Hocker, die am Tisch stehen. Es dauert nur einige Momente, dann murmelt Polly unverständliche Worte vor sich hin, wahrscheinlich etwas auf Polnisch. »Ich sehe ein unglückliches Kind im Kindergarten. Es weint, nur warum, das erkenne ich nicht genau.«

Katja wird ganz warm ums Herz, das muss die Zeit gewesen sein, in der sie und ihre Mutter vom Vater verlassen worden sind. Doch sie sagt erst einmal nichts dazu und wartet ab.

»Jemand holt Sie ab, aber es ist stets das gleiche Elternteil, auf das andere warten Sie vergeblich. Die Familie wurde zerstört durch eine Sucht, ich kann nicht erkennen, um welche es sich handelt.«

Jetzt kann Katja doch nicht mehr an sich halten: »Ja, ich war fünf, als mein Vater uns sitzengelassen hat und sich für den Alkohol entschied.«

»Sie haben noch eine Halbschwester«, stellt Frau Polly jetzt fest, den Blick starr auf die Kugel gerichtet.

Katja ist verwirrt. Halbschwester? »Wie bitte? Nein, das kann nicht sein, Sie müssen sich irren«, sagt sie sofort.

Frau Polly verzieht das Gesicht, ohne sie anzusehen. »Olga lügt nicht«, sagt sie schroff.

Katja fragt sich sofort, ob es nicht doch besser gewesen wäre, diese Frau nicht aufzusuchen. Wie soll sie das bitte verarbeiten, ohne ihre Mutter darauf anzusprechen?

Frau Polly macht weiter: »Die Schule haben Sie gut gemeistert und sind mit dem, was Sie erreicht haben, zufrieden. Ich sehe viele kleine glückliche Menschen um Sie herum.«

Katja atmet aus. Endlich ein Grund zum Strahlen, zumindest mit ihrem Beruf hat sie wohl alles richtig gemacht. Tatsächlich ist sie täglich von vielen kleinen glücklichen Menschen umzingelt.

Es bleibt kaum Zeit, das zu verarbeiten, schon geht es weiter mit den nächsten Informationen. Die Farbe in der Kugel verändert sich erneut. Ein kräftiges Rot leuchtet auf. Jetzt kommt wohl die Liebe dran, mutmaßt Katja.

Nicht ganz, wie sich herausstellen wird. »Jemand, der Ihnen sehr nahesteht, ist in Gefahr«, murmelt Frau Polly mit konzentrierter Stimme. »Aber damit verbunden sehe ich Liebe, viel Liebe. Aber Sie brauchen Kraft und müssen hart um Ihr Glück kämpfen ...« Damit verstummt sie und es herrscht eine unbeschreibliche Stille im Raum. Nach wenigen Momenten fährt sie dann leise fort: »Es tut mir leid, meine Konzentration lässt nach. Ich schaffe es nicht mehr, die Kommunikation zwischen der Kugel und mir ist unterbrochen.« Sie schaut Katja entschuldigend an.

Die kann es nicht fassen, ausgerechnet bei diesem Thema lässt die Konzentration nach, verdammt. »Bitte sagen Sie mir nur noch, wer in Gefahr ist und ob es sich lohnt, für die Liebe zu kämpfen«, bittet sie die Wahrsagerin und ihre Stimme zittert. Sie kann kaum glauben, was Olga ihr da erzählt hat.

Aber Frau Polly schüttelt nur den Kopf. »Es tut mir leid, ich kann nichts mehr erkennen. Sie können nur noch abwarten, was passiert. Die Kugel will und kann mir nicht mehr mitteilen.«

Katja ist fassungslos. »Aber, was soll das denn?«, fragt sie aufgebracht.

Frau Polly bleibt ruhig. »Sie müssen das akzeptieren, ich habe Ihnen doch recht viel erzählen können, oder etwa nicht? Denken Sie in Ruhe über das nach, was ich zu berichten wusste. Und machen Sie das Beste daraus«, rät sie und klingt jetzt wieder freundlich und entspannt.

So abgewimmelt zu werden, hatte Katja sich nicht erwartet. »Was bekommen Sie nun von mir?«, fragt sie völlig perplex.

»Normalerweise 150,00 Euro, doch weil ich den Durchblick verloren habe, geben Sie mir 100,00 Euro«, sagt die Wahrsagerin und erhebt sich.

Völlig durcheinander und mit leerem Kopf verlässt Katja die Wohnung. Sie will jetzt nur allein sein und verarbeiten, was ihr zu Ohren gekommen ist. Doch einfach wird das nicht werden, dessen ist sie sich bewusst.

Sie läuft zurück zu ihrem Wagen, schließt von innen ab und grübelt. Vielleicht ist es ja alles Blödsinn, was diese Frau gesagt hat, versucht sie sich einzureden. Dann wieder denkt sie an all das, was eindeutig stimmte. Sofort bekommt sie Panik. Halbschwester? Dann müsste ihre Mutter doch wieder mit einem Mann zusammen gewesen sein, von allein entsteht ja kein Kind. Und wo war es all die Jahre? Nein, davon hätte sie doch etwas mitbekommen müssen. Hat sie es zur Adoption freigegeben? Das ist unmöglich, da war nie ein anderes Kind. Totaler Blödsinn! Doch ein Gedanke jagt den nächsten: »Jemand, der Ihnen sehr nahe steht, ist in Gefahr«, das hatte sie auch noch gesagt. Eine große Auswahl gibt es da nicht. Was soll mit ihrer Mutter schon sein, die ist doch kerngesund. Da wäre noch Sofia, aber die ist doch noch so jung. Leo schließt sie aus, um den wird sie vermutlich kämpfen müssen. Oder?

Sie lehnt sich im Sitz zurück und schließt die Augen. Das Grübeln bringt sie nicht weiter. Nun muss sie wohl einfach damit leben und abwarten, was alles passiert. Damit versucht sie sich zu beruhigen und beschließt, die Heimreise anzutreten.

Bereits nach wenigen Kilometern merkt sie, wie unkonzentriert sie fährt und hält kurz am Straßenrand an. Für ein paar Momente sitzt sie einfach nur da und sieht die anderen Autos an sich vorbeirollen. Da klopft es an ihrem Fenster: »Hallo junge Dame, alles in Ordnung bei Ihnen?«, fragt ein älterer Herr, der sie wohl beobachtet hatte.

Sie lässt die Seitenscheibe herunter. »Ja, danke, alles bestens«, versichert sie schnell.

Doch der Mann lässt nicht locker. »Wenn ich Ihren

traurigen Blick so sehe, bin ich da aber anderer Meinung«, entgegnet er.

»Ich komme schon klar, Sie können mir eh nicht helfen. Aber trotzdem danke«, sagt sie schnell und zwingt sich zu einem Lächeln.

Der Mann nickt. »Na gut, wenn Sie nicht wollen, kann ich nicht helfen. Einen schönen Tag noch, die Dame«, sagt er noch und wendet sich dann ab.

»Ihnen auch«, ruft sie ihm hinterher.

Danach schließt sie wieder das Fenster und starrt zur Windschutzscheibe hinaus. Wie peinlich war das denn? Egal, jeder soll sich um seinen eigenen Mist kümmern. Sie seufzt, sie muss sich jetzt aber wirklich zusammenreißen.

Erneut begibt sich Katja in den regen Verkehr. Eine rote Ampel nach der anderen führt zu einem Stop-and-go. Dann kommt endlich die Autobahnauffahrt. Sie versucht sich zu konzentrieren, kann aber kaum klar denken. Ein Echo im Hinterstübchen ist stärker als der Wille, endlich abzuschalten. Sie verflucht sich selbst, hätte sie doch bloß auf ihre Mutter und Sofia gehört. Aber das darf sie den beiden nicht sagen. Denn dann muss sie sich garantiert diesen einen Satz anhören, den sie so hasst: Ich habe es dir ja gesagt. Doch wie kann sie ihre Gefühle verheimlichen, wo die beiden sie doch so gut kennen? Schade, dass sie keine gute Schauspielerin ist, das würde vieles erleichtern. Muss sie wirklich zugeben, dass sie Scheiße gebaut hat? Es hätte ja auch anders enden können und sie wäre froh darüber gewesen, diesen Schritt gemacht zu haben. Na ja, wäre, hätte, hätte, wäre …

Die Wahrsagerin hat wohl etwas über ihr bevorzugtes Thema erwähnt, Klarheit sieht in ihren Augen jedoch anders aus. Eines nimmt sie sich dann aber doch vor: Ihre Freundin wird sie nicht belügen. Nur mit ihrer Mutter wird es schwieriger, denn die hat ihr ja angeblich etwas verheimlicht. Katja hat zudem ein bisschen Angst, ihr gutes Verhältnis könnte darunter leiden.

Nach einem quälenden, langen Selbstgespräch ist sie endlich zu Hause angekommen. Dort wird sie heftig begrüßt. Snoopys Napf ist leer, das Bäuchlein ebenso. Nun geht alles drunter und drüber, Snoopy lässt ihr kaum Zeit eine Dose zu öffnen, geschweige denn, diese zu leeren. Dann sieht sie, dass ihr Anrufbeantworter im Flur blinkt und blinkt. Sie hört die Nachrichten ab. »Hey Kind, bereits zu Hause? Wie ist es dir ergangen? Melde dich bitte schnellstens, danke, Mum.«

Und der nächste Anruf: »Hallo Katja, ich mache mir Sorgen, ruf doch bitte zurück, Sofia.«

Sie steht da und seufzt tief. Ach du Scheiße, was erzählt sie denen bloß? Um noch ein bisschen runterzukommen, macht sie sich einen Tee, dann setzt sie sich in die Küche, nimmt ihren ganzen Mut zusammen und ruft zunächst ihre Mutter an: »Hallo Mum, bin grade zurück«, beginnt sie.

»Endlich, ich habe schon auf deinen Anruf gewartet. Und, erzähl …«

Katja ringt noch kurz mit sich, dann sagt sie: »Es gibt nicht besonders viel zu erzählen, die gute Frau meinte bloß, ich müsste um die große Liebe kämpfen.«

Es herrscht kurz Schweigen in der Leitung. »Aber das kann doch nicht alles gewesen sein«, sagt ihre Mutter schließlich. »Dafür nimmst du so eine Strecke in Kauf? Nein, das glaube ich nicht.«

Aber Katja bleibt bei ihrer Geschichte. »Du hast recht, ich bin auch ein bisschen enttäuscht, hätte mir mehr erwartet. Aber egal, jetzt weiß ich es. Du, sei mir nicht böse, ich bin total müde und würde gern Schluss machen. Wir hören uns die Tage, okay?«

»Alles klar, dann ruh' dich erst einmal aus. Vielleicht fällt dir noch etwas ein, was du mir erzählen möchtest«, sagt ihre Mutter daraufhin nur.

»Ist gut, tschüssi.« Katja legt auf.

Danach kullern ein paar Tränen, sie hat ein schlechtes Gewissen, ihre Mutter belogen zu haben. Aber was hätte sie sonst tun sollen? Solch ein Gespräch sollte man unter vier Augen führen und nicht am Telefon. Nur wann? Vielleicht in den Sommerferien, die in wenigen Wochen beginnen. Gerade jetzt will Katja sich nicht festlegen, wer weiß, was bis dahin noch alles auf sie zukommt.

Einfach abschalten kann sie immer noch nicht. So aufgewühlt, wie sie sich nun fühlt, kann sie selbst im übermüdeten Zustand kein Auge zudrücken. Also verschwindet sie erst einmal in ihrem Atelier. Natürlich nicht alleine, denn Snoopy weicht nicht mehr von ihrer Seite. Sie greift nach der Farbpalette, denkt kurz nach und pinselt dann drauf los. Dabei denkt sie überwiegend an den letzten Satz von Frau Polly: Jemand, der Ihnen ... Ihre Phantasie ist grenzenlos, das Bild ziemlich schlicht, aber dennoch verständlich. Sie malt ein großes Herz, mittendrin ein Kreuz mit Blutstropfen. Oh Gott, was soll das denn bedeuten, fragt sie sich. Es scheint so, als ob ihre Hand ferngesteuert wird, sie hat keinen Einfluss darauf. Und als sie das Bild bewusst sieht, ist sie ziemlich entsetzt. Einen Titel für das Gemälde hat sie auch schnell gefunden: Ein Todesfall **für die Liebe.** Sie entscheidet, das Bild auf gar keinen Fall an die Wand zu hängen. Stattdessen versteckt sie es zwischen der Wand und dem Kleiderschrank im Schlafzimmer, wo niemand es findet…

Trotz Übermüdung wird es wieder spät nach Mitternacht, so ein Gemälde beschäftigt Katja mehrere Stunden, aber Malen ist die beste Möglichkeit, den Alltag zu verarbeiten und für kurze Zeit in einer Fantasiewelt zu leben.

Nach einer viel zu kurzen Nacht wandert Katja im Halbschlaf durch die Wohnung. Erst nach mehreren Tassen Kaffee fühlt sie sich halbwegs fit. Bei klarem Verstand kommen leider auch die quälenden Gedanken zurück. Morgen muss sie wieder zur Arbeit. Katja ist recht verschlossen, Arbeitskollegen würde sie nie ihr Herz ausschütten. Je weniger diese von ihr wissen, umso besser ist es für sie.

Den angebrochenen Tag verbringt sie mit Putzen, Staubwischen und Aufräumen, allerdings im Zeitlupentempo und stets mental abgelenkt. Es sieht sie ja keiner und Snoopy ist es ohnehin egal, Hauptsache Frauchen ist zu Hause. Auf den bevorstehenden Abend kann sie sich nicht so recht freuen. Trotz ständigem Nachdenken, weiß sie nicht, ob sie Sofia wirklich alles erzählen soll. Aber es kommt meistens sowieso ganz anders, als man denkt oder es sich vornimmt.

Katja macht es sich nach der Arbeit auf dem Sofa gemütlich und wartet auf Sofia. Zum Schminken hat sie keine Lust, zum Umziehen auch nicht. Ihr Verhalten stört sie wohl, doch sie befindet sich in einem Loch, lebt gerade am Leben vorbei. Ob Sofia das tolerieren wird?

Auf eine Antwort muss Katja nicht lange warten, ihre Freundin parkt soeben ihr Auto vor dem Haus.

Sofia bemerkt gleich im Flur, dass über der Eingangstür ein neues Bild hängt. »Oh lala, Romantik pur. Welcher gutaussehende Mann reicht dir denn die Blümchen?«, fragt sie neckend.

Katja lächelt verlegen. »Es kann nur einen geben.«

»Etwa der Typ aus dem Fitnessstudio?« Sofia steht im Flur und schaut noch kurz das Bild an. Als sie ihre Jacke aufhängt, redet sie ihrer Freundin wie nebenbei ins Gewissen. »Katja, du kennst den doch kaum und bist gleich wieder so verschossen. Ich hoffe für dich, dass du dir nicht allzu große Hoffnungen machst. Später bis du dann wieder enttäuscht. Manchmal glaube ich, dass du jetzt erst in der Pubertät bist, so naiv wie du denkst und reagierst. Und wenn du nicht ins Fitnessstudio gehst, kommst du auch keinen Schritt voran.«

Katja winkt ab und schlurft voran in Richtung Küche. »Ja, ja, schon klar. Demnächst gehe ich wieder, nur ...« Sie beendet den Satz nicht.

»Was?«, fragt Sofia, als sie in der Küche stehen.

Katja sieht sie an. »Erkläre ich dir später, hat was mit der Wahrsagerin zu tun.«

Sofia nickt nur. »Ich verstehe. Wann gedenkst du dich eigentlich umzuziehen?«

Katja macht ein trotziges Gesicht. »Bin ich doch. Ist dir das nicht gut genug?«

Sofia schüttelt tadelnd den Kopf. »Was ist nur los mit dir? Sonst bist du immer perfekt geschminkt, sexy gekleidet, aber heute ... Nein, ab ins Schlafzimmer mit dir, such dir etwas Tolles aus, ich helfe dir dabei«, entscheidet sie resolut und dreht sich sofort um.

»Okay, wenn's denn sein muss«, brummt Katja und folgt ihr ins Schlafzimmer.

Dann der nächste Schock: Sofia steht vor dem Schrank und entdeckt sofort das (schlecht) versteckte Bild an der Seite. »Seit wann versteckst du denn deine Bilder zwischen dem Kleiderschrank und der Wand?«

Katja steht da und sucht nach Worten. »Äh, ist noch nicht ganz fertig, deshalb.«

Aber ihre Freundin beachtet sie nicht weiter. »Egal, lass mal sehen.« Sie zieht das Bild hervor und bevor Katja eingreifen kann, betrachtet sie es schon. »Du meine Güte, was bedeutet das denn? Ein großes Herz mit einem blutverschmierten Kreuz?« Sie sieht Katja zweifelnd an. »Du, jetzt mache ich mir echt Sorgen. Ich weiß ja, dass du deine Probleme nur so verarbeiten kannst. Was ist los mit dir?«

Jetzt kann Katja die Tränen nicht mehr zurückhalten.

Sofia stellt das Bild zurück. »Mein Gott, was hat

diese Wahrsagerin nur mit dir gemacht. Du hast ja jeglichen Boden unter den Füßen verloren. Ich glaube, das Lollypub lassen wir mal lieber und verbringen den Abend hier«, sagt sie nun und mustert ihre Freundin voller Sorge.

Schluchzend willigt Katja ein.

Beide setzen sich auf's Bett. »So Katja, jetzt fang dich mal wieder und dann versuchst du mir alles zu erzählen, okay?«, beginnt Sofia.

Katja holt ein weiteres Taschentuch hervor und versucht nun die ganze Geschichte rüberzubringen. »Also, als Erstes sah sie mich als unglückliches, kleines Mädchen im Kindergarten. Zögernd, aber korrekt fand sie dann heraus, dass mein Vater uns verlassen hat und auch warum. Das hat mich dann schon schockiert oder überrascht, wie auch immer. Und dann hat sie mir so einen Scheiß von einer Halbschwester erzählt. Das kann ich immer noch nicht einordnen und irgendwie auch nicht glauben. Nur, wie kommt sie darauf? Die Kugel hat es ihr mitgeteilt, genauso wie das davor. Da muss doch was dran sein ... « Sie schaut Sofia mit traurigen Augen an.

Diese nickt bedächtig. »Um ehrlich zu sein, mir fehlen die Worte. Das ist eine harte Nuss. Fahr mal fort, wir sprechen anschließend über jeden einzelnen Punkt.«

»Okay, beruflich sei alles in bester Ordnung, dass ich das erreicht habe, was ich haben wollte, und die Kinder mich mögen, das hat sie gesagt. Und am Ende kam dann etwas, was ich am wenigsten verarbeiten kann. Jemand, der mir sehr nahesteht, sei in Gefahr.

Und außerdem bringt diese Situation die große Liebe mit sich, um die ich allerdings heftig kämpfen muss. Vielleicht verstehst du nun das Gemälde hinter der Tür.« Katja starrt auf die Hände in ihrem Schoß, nachdem sie alles erzählt hat.

Sofia wirkt geschockt. »Und ob. Ich bin damit genauso überfordert wie du. Mir fehlen wirklich die Worte. Ich weiß nicht, ob ich dich trösten, bedauern, verstehen oder dir in den Arsch treten soll. Dieser Besuch hat dein Leben total auf den Kopf gestellt und du kannst nicht damit umgehen. Na ja, ich ...«

Katja schaut auf und unterbricht sie genervt. »Ja, ja, spar dir den Rest. Das brauche ich jetzt wirklich nicht.«

Sofia rollt mit den Augen. »Tut mir leid, was um Himmelswillen, möchtest du von mir hören? Mensch, ich will die alte Katja wieder zurück.«

Sie starren sich kurz wütend an. Dann seufzt Sofia und fährt freundlicher fort: »Lass uns die einzelnen Probleme der Reihe nach angehen, okay?«

Katja nickt bedrückt, sie weiß natürlich, dass Sofia ihr nur helfen will.

»Die Sache mit der Halbschwester finde ich echt krass. Du musst deine Mutter darauf ansprechen, anders geht es nicht. Das würde ich an deiner Stelle aber nicht am Telefon tun. Nimm dir ein paar Tage Urlaub und fahr zu ihr. Meinst du nicht, das bist du dir selbst und ihr schuldig?«

»Daran habe ich schon gedacht, aber erst in den Sommerferien ...«, murmelt Katja, »vielleicht.«

Sofia sieht sie eindringlich an. »Nicht vielleicht, du

wirst es machen, okay? Was ich nicht so ernst nehmen würde, ist die letzte Prophezeiung. Das ergibt doch keinen Sinn. Mir ist noch nie zu Ohren gekommen, dass man jemanden opfern muss, um die große Liebe zu finden. Völliger Blödsinn! Niemand, den du kennst, ist gesundheitlich angeschlagen, also was soll schon passieren?«

Katja zuckt mit den Schultern. »Vielleicht ein Autounfall oder etwas in der Art?«

»Ach Katja, übertreib's mal nicht! Du wirst mir auf der Stelle versprechen, dass du mit dem Grübeln aufhörst und dein Leben weiter lebst wie zuvor. Und du solltest schnellstens in den Sportpalast, damit dein Kampf beginnen kann.« Sofia grinst sie breit an.

Aber Katja ist nicht nach Scherzen. »Sofia, das finde ich nicht witzig.«

»Mann, ich will doch nur endlich ein Lächeln sehen, ist das so schwer?« Sofia knufft sie in die Seite.

Aber Katja merkt, dass Sofias Freundschaft gerade an ihr abprallt, aber das liegt allein an ihr selbst, nicht an Sofia. »Bei aller Liebe, ich würde jetzt gerne allein sein und über unser Gespräch nachdenken«, sagt sie nach kurzem Zögern.

»Tu das, aber nur über das Gespräch, ja? Ich lass dich dann und rufe morgen an.« Sofia macht sich auf den Weg.

Katja bleibt allein im Schlafzimmer zurück und rollt sich dort zusammen. Sie fühlt sich plötzlich sagenhaft verlassen. Kein Mensch kann sich vorstellen, was zurzeit in ihrem Kopf abgeht, schon gar nicht

Sofia. Die hat gut reden, sie ist schließlich nicht betroffen. Oder etwa doch?

Als Katja zu Bett geht, ahnt sie noch nicht, dass dies eine schlimme Nacht wird. Schweißgebadet wacht sie irgendwann auf. Im Traum hat sie die Post aus dem Briefkasten geholt, unter anderem war ein Päckchen gekommen. Sie öffnet es und findet darin eine tote Katze, aber nicht irgendeine, nein, es ist Snoopy. Sie hat Herzklopfen ohne Ende, zudem ist ihr übel und sie muss sich am frühen Morgen bei der Direktorin abmelden. Diese ist natürlich sichtlich überrascht, es ist das erste Mal in all den Jahren, dass sich Katja krankmeldet. Den wahren Grund gibt sie nicht an, sondern sagt, sie habe abends vermutlich etwas Verdorbenes gegessen. Also bleibt sie den ganzen Tag zu Hause, lässt Snoopy nicht aus den Augen, zu sehr verfolgt sie der Albtraum. Sie bittet ihre Freundin per SMS darum, schnellstmöglich vorbeizukommen.

Nach der Arbeit sitzt Sofia wieder bei Katja im Wohnzimmer auf der Couch. »Katja, Katja, was machen wir nur mit dir? Du solltest einen Arzt aufsuchen, der dir Beruhigungstabletten verschreibt«, schlägt sie vor.

»Nein, von solchen Dingern halte ich gar nichts, das ist doch nur was für Psychopathen«, antwortet Katja genervt.

»Wenn du meinst. Dann musst du halt ohne klarkommen. Glaub mir aber, einfach wird das nicht. Ich mache mir inzwischen große Vorwürfe, dich nicht mit aller Gewalt von deinem beschissenen Vorhaben abgehalten zu haben«, kontert Sofia ernst.

»Du hast keine Schuld, Sofia, ich hätte eh gemacht, was ich will. Du kennst mich doch«, lenkt Katja bedrückt ein.

»Da hast du vermutlich recht. Aber es wäre ein Versuch wert gewesen und ich hätte wenigstens ein sauberes Gewissen.« Sofia mustert sie mit echter Sorge. »Du darfst dich jetzt auf keinen Fall in deinen vier Wänden einschließen. Du musst unter Leute, dich auf andere Gedanken bringen. Wenn's sein muss, begleite ich dich Tag und Nacht.«

»Ich weiß, du meinst es nur gut mit mir, aber ich hab's mir ganz allein eingebrockt, also muss ich es auch alleine ausbaden«, lehnt Katja das Angebot ihrer Freundin ab.

Aber Sofia bleibt hartnäckig. »Ich sehe das anders. Du schaffst das nicht allein, dafür bist du viel zu sensibel.«

Katja atmet tief aus. »Ich bin froh, dass du hier bist. Es geht mir auch schon etwas besser. Und ich werde auf dich hören, gleich morgen nach dem Kindergarten gehe ich ins Fitnessstudio, okay?«

»Ich kann dich ja begleiten, wenn du es willst?«, bietet Sofia an.

»Nein, lass nur, ich schaffe das schon alleine«, lehnt Katja ab.

Sofia mustert sie noch einmal. »Alles klar, ich denke, du kommst jetzt ohne mich zurecht«, sagt sie nach einigen Momenten. »Ich habe noch etwas zu erledigen und verschwinde wieder.«

»Sofia, du hast mir sehr geholfen. Du bist eine super Freundin, meine Schnecke«, entgegnet Katja mit einem dankbaren Blick.

Am nächsten Morgen ist sie dann wieder halbwegs fit. Ihr erster Gang führt sie zur Rektorin. Als sie vor ihrem Schreibtisch steht, erklärt sie so fröhlich wie möglich: »Guten Morgen, ich bin wieder da. Es geht mir wieder besser. Ich glaube, ich habe verdorbene Pilze gegessen.«

»Oh je, das hört sich gar nicht gut an. Die Kinder haben Sie schon vermisst und waren mit dem Ersatz nicht ganz so zufrieden wie mit Ihnen«, entgegnet die Rektorin mit einem Lächeln.

»Das höre ich gern, danke. Dann werde ich mal bei meiner Rasselbande antreten.« Katja lächelt zurück.

»Ja, tun Sie das, Sie werden bereits sehnsüchtig erwartet«, sagt die Rektorin und greift schon zur dicken Akte auf ihrem Tisch, die sie wohl noch durcharbeiten muss.

Als Katja den Raum betritt, jubeln die Kleinen. Sie genießt es in vollen Zügen. Das hebt ihre Moral schon um einiges an. Ein paar Kinder fragen sogleich, was denn passiert sei.

»Ja Kinder, eure ›Fee‹ hatte etwas Schlechtes gegessen und ihr war speiübel«, erklärt Katja, halb auf dem Pult vorne sitzend. Dabei fühlt sie sich gar nicht gut, aber die Wahrheit würden die Kinder natürlich nicht verstehen. Die sind einfach nur froh, dass sie wieder da ist. »Wenn ihr wollt, gehen wir heute spazieren, ganz hier in der Nähe ist ein toller Spielplatz«, schlägt sie nun vor.

Und ob die Meute das will! In nur wenigen Momenten stehen alle bereit und warten auf den Abmarsch. Dass dieser nicht unbedingt lautlos abgeht, ist wohl klar. Sie müssen an der Rektorin vorbei. »Wir machen einen Spaziergang, ist doch kein Problem, oder?«, ruft Katja ihr zu.

»In Ordnung, Veronica, die die Kinder gestern betreut hat, soll sie begleiten. Warten Sie einen Moment, sie kommt gleich.«

Die beiden Damen nehmen jeweils ein langes Seil, versehen mit vielen Knoten, an dem sich jedes Kind festhalten soll. So behalten sie einen guten Überblick. Veronica ist nicht besonders redselig, so wird überwiegend Katja mit vielen Fragen überhäuft. Wie Kinder halt so sind. Doch das macht ihr nichts aus und sie kann für einige Stunden gut abschalten. Ein Grund mehr, warum sie sich für einen Tag in der freien Natur entschieden hat.

Wieder zu Hause überlegt sie, ob sie wirklich noch in den Sportpalast gehen soll. Sie weiß, dass es das Beste wäre, also packt sie ihre Tasche. Nur nicht in der Stube hocken und grübeln, das ist ihr neues Motto. Bis jetzt hat sie sich gut gefühlt, das soll auch so bleiben. Aber wer weiß, wie lange dieser Zustand anhält.

Die Dame an der Rezeption hat Katjas Namen schon fast vergessen: »Grüß Gott, Frau ... ach ja, Frau Siebert?« Sie schaut sie fragend an.

»Genau, guten Abend. Ich habe mich ein Weilchen

nicht blicken lassen, hatte persönliche Probleme, aber es geht mir jetzt besser«, erklärt Katja schnell und fragt sich gleichzeitig, warum. Das geht diese Frau ja eigentlich nichts an.

Die Dame guckt bedauernd. »Ich hoffe, es ist nichts Schlimmes. Aber in den meisten Fällen ist Sport ja genau das Richtige, sie werden sehen.«

Heute ist jede Menge los, wie Katja feststellt. Obwohl der Fitnessraum riesengroß ist, kann sie fast an jedem Gerät einen schwitzenden Menschen sehen. Katja muss lange suchen, bevor sie »ihren« Leo findet. Er ist beschäftigt, natürlich mit einer Frau. Trotzdem geht sie auf ihn zu, doch er hat lediglich ein knappes Hallo für sie übrig.

Katja geht eilig weiter und versucht sich nichts anmerken zu lassen. Der ist auch nicht besser als alle anderen, stellt sie enttäuscht für sich fest. Ein typischer Fall, geht frau nicht regelmäßig hin, bekommt sie später auch keine Achtung mehr geschenkt. Und für solch einen Idioten soll ich kämpfen? Sie fühlt sich abgelehnt und geht nur einmal quer durch das große Studio, um dann wieder in die Umkleide zurückzukehren. Es ist ihr auch egal, was die Rezeptionistin von ihr denkt. Um das Studio zu verlassen, muss sie ja auf jeden Fall an ihr vorbei. Leider ist ihr das dann doch peinlich.

Die Dame sieht ihr hinterher. »Frau Siebert, Sie sind doch gerade erst gekommen«, ruft sie ihr zu. »Geht es Ihnen nicht gut? Kann ich Ihnen vielleicht helfen?«

Aber Katja bleibt stehen und wendet sich zu ihr um.

»Nicht wirklich, mein Trainer hat keine Zeit für mich, also gehe ich wieder.«

Die Dame mustert sie verdutzt. »Was erwarten Sie von dem Mann? Er kann sich ja nicht um mehrere Kunden gleichzeitig kümmern. Das ist ein bisschen egoistisch von Ihnen, das muss ich jetzt einfach mal so sagen. Aber wenn es Ihnen hilft, lasse ich Herrn Kott ausrufen, dann reden wir darüber.«

Aber Katja winkt ab. »Nicht nötig, ich habe genug gesehen.« Damit dreht sie sich um und geht.

Die Dame an der Rezeption sieht ihr kopfschüttelnd nach. Die Frau hat echt ein Problem, stellt sie für sich fest. Sie sollte sich behandeln lassen. Sie wird Leo darüber informieren müssen, denn das gehört leider zu der Kategorie Kundenbeschwerden. Und doch hat sie stark die Vermutung, dass diese Kundin psychisch krank ist. Dabei hatte sie gedacht, sie wäre eine unkomplizierte, nette Frau. So kann man sich irren.

Katja ahnt, was die Rezeptionistin über sie denkt. Aber das interessiert sie gerade nicht. Dass sie sich gerade total blamiert hat, auch nicht.

Als sie endlich wieder zu Hause ist, fliegt ihre Sporttasche samt Inhalt in eine Ecke. Das Bild über der Eingangstür entfernt sie und stellt es neben das Gemälde, das niemand zu Gesicht bekommen soll. Danach wirft sie sich auf die Couch und schmollt. In gewissen Situationen reagiert sie immer noch wie ein kleines Kind. Damit macht sie sich das Leben nicht unbedingt leichter.

Ihr Telefon klingelt und obwohl sie sieht, dass es

Sofia ist, geht sie nicht ran. Ihre Freundin versucht es dann noch mit einer SMS: *Katja, melde dich doch bitte! Was ist denn nun schon wieder?* Daraufhin antwortet sie: *Mach dir keine Sorgen. Nur so viel: Leo ist ein Idiot wie viele andere auch. Ich will nur noch meine Ruhe haben, sorry!*

Sofia respektiert diesen Wunsch und meldet sich die nächsten Tage nicht bei Katja. Alles andere bringt nichts, das weiß sie genau. Irgendwann kommt sie von alleine angetanzt, spätestens wenn es etwas Neues zu berichten gibt.

Nachdenklich und mit einer Tasse kalt gewordenem Kaffee in der Hand sitzt Katja immer noch auf dem Sofa und viele Gedanken kreisen in ihrem Kopf herum. Wenn sie zum Beispiel zu einem Arzt geht, der eine Diagnose stellt, die ihr ganz und gar nicht gefällt, dann sucht sie noch einen weiteren auf, um eine zweite Meinung einzuholen. Es könnte ja sein, dass dieser etwas anderes diagnostiziert. Sie könnte also auch eine weitere Wahrsagerin aufsuchen, die ihr dann das prophezeit, was sie hören will, aber vor allem etwas ganz anderes als diese Frau Polly. Doch recht bald verwirft sie diese Idee, das wird ihr dann doch zu viel. Sie muss zunächst mit dem klarkommen, was sie jetzt bedrückt. Es scheint, als ob ihr Verstand sich zur Abwechslung mal eingeschaltet hätte. Also meistert sie so gut es geht ihren Alltag. Und der hält schon die nächste Überraschung für sie bereit.

Zwei Tage nachdem sie im Fitnessstudio war, findet sie in ihrem Briefkasten ein Schreiben, der Absender ist »Sportpalast c/o Kott«. Was soll das denn, fragt sie sich verwirrt und rennt hastig die paar Stufen hoch. Dabei wirft sie fast Frau Schmücke um, die ihr entgegenkommt. Sie schafft noch ein kurzes Hallo, dann verschwindet sie in ihrer Wohnung. Frau Schmücke schüttelt den Kopf, murmelt etwas vor sich hin, aber Katja bekommt davon schon nichts mehr mit. Sie wirft sich auf ihre Couch und öffnet den Brief. Sie ist wahnsinnig gespannt auf den Inhalt. Na ja, eine Vorahnung hat sie schon, es muss mit dem missglückten Wiedersehen zu tun haben … Sie beginnt zu lesen:

Hallo Katja, mir wurde von der Rezeptionistin eine Beschwerde übermittelt, die ich nicht so recht deuten kann. Es tut mir wahnsinnig leid, dich ungewollt verletzt zu haben. Aber an dem besagten Tag war viel los. Vielleicht kann ich mein Verhalten wiedergutmachen, wie wäre es mit einem Drink, außerhalb des Sportpalastes? Dies ist keine Anmache, nur mag ich es nicht, wenn Kunden unzufrieden sind. Falls du auf mein Angebot eingehen möchtest, du findest mich morgen Abend (alleine) im Saint Tropez, direkt gegenüber vom Fitnessstudio. Solltest du nicht aufkreuzen, kann ich es dir nicht übelnehmen. Mit diesem Schreiben habe ich meinerseits versucht, alles wiedergutzumachen. Liebe grüße, Leo Kott

Ihre Hände zittern, als sie den Brief zusammenfaltet. Mit so etwas hat sie nicht gerechnet. Recht außergewöhnlich, diese Entschuldigung. Nun ruft sie doch Sofia an, weil es etwas Neues zu berichten gibt. Wie ihre Freundin es schon vorausgesehen hat.

»Sofia, Sofia, stell dir mal vor, was mir soeben passiert ist«, ruft Katja aufgeregt in den Telefonhörer.

»Oh je, das muss ja etwas ganz Besonderes sein. Dann schieß mal los. Hoffentlich ist es etwas Positives«, fordert Sofia sie geduldig auf.

»Und ob, ich halte einen Brief in der Hand, mit einem seltsamen Inhalt«, fährt Katja fort.

»Ich verstehe kein Wort.«

»Kannst du auch nicht«, sagt Katja und erzählt ihr dann die Geschichte. In ihrer Euphorie vergisst sie fast, Luft zu holen.

»Siehst du, das Schicksal meint es doch gut mit dir. Noch niemand hat mir jemals so etwas geschrieben. Du solltest morgen unbedingt hingehen. Oder versaust du es dir erneut?«, sagt Sofia am Ende lachend.

»Bist du blöd? Natürlich gehe ich hin. Und ich brauche wohl doch niemanden zu opfern, wie es scheint.« Nun muss Katja selber lachen.

»Ich freue mich so für dich und wünsche dir viel Glück. Und mir einen ausführlichen Bericht.«

»Den bekommst du«, verspricht Katja, »denk an mich.« Mit diesen Worten beendet sie das Telefonat und ist endlich mal wieder positiv gestimmt.

Nach einer endlosen Nacht folgt ein Tag, der ihr genauso vorkommt. Sie sehnt sich nur den Abend herbei. Im Schlafzimmer vor ihrem Schrank sucht sie einen sexy Look aus, was dauert. Katja steht vor dem Spiegel. Ihr Bett gleicht inzwischen einer Boutique, fast alles hat sie ausgeräumt und noch immer nicht das Passende gefunden. Am Ende entscheidet sie sich für einen Minirock, dazu Netzstrümpfe und ein knappes Top. Damit dürfte sie »ihren« Leo bestimmt verrückt machen.

Tatsächlich kommt sie fast zu spät zu ihrer Verabredung. Aber das hebt die Spannung, denkt sie sich.

Als sie das Lokal betritt, winkt ihr Leo bereits zu. Er hat sich eine gemütliche Ecke ausgesucht, mit bequemen Clubsesseln. Die feuerrote Farbe der Sessel passt optimal zu Katjas Stimmung. Sie setzt sich auch sofort neben ihn. Er wirkt bei ihrem Anblick ziemlich verwirrt. »Mann, jetzt sehe ich erst, wie hübsch du wirklich bist«, sagt er, als sie sich zu ihm setzt.

»Oh danke, es freut mich, das zu hören.«

»Nun, wo soll ich anfangen? Dieser Brief hat mich ganz schön Überwindung gekostet. Aber die Sache lag mir schwer im Magen, also dass ich dich unabsichtlich verletzt habe. Ich muss lernen, besser mit Stress umzugehen, ohne dabei jemandem auf die Füße zu treten, verstehst du? Aber ich trainiere nicht nur Frauen, falls du das denkst. Jedes Mal, wenn ich Männer betreut habe, warst du nicht da.«

Katja kann sich ein Grinsen kaum verkneifen. Ist er vielleicht doch kein Weiberheld, wie sie es vermutet hat? Das will sie nun behutsam herausfinden. Sie schaut ihm in die Augen, wird dann aber von der Bedienung abgelenkt. Leo bestellt eine Flasche Sekt, zur Feier des Tages, selbstverständlich lädt er Katja ein. »Bereits als unsere Blicke sich zum ersten Mal trafen, dachte ich mir, dass du etwas Besonderes bist, anders als die anderen Männer.«

Er atmet erleichtert aus. »Danke, es tut gut, das zu hören. Die Rezeptionistin hat mir erzählt, du hättest einige Probleme. Willst du vielleicht darüber reden? Oder hast du sie alle gelöst in der Zwischenzeit?«

»Nein, schön wär's«, gibt Katja bedrückt zu, freut sich aber, dass er sie fragt.

»Was bedrückt dich denn?«, hakt er nach, um dann entschuldigend fortzufahren: »Eigentlich geht es mich ja nichts an, aber ich kann gut zuhören. Das Bisschen, was ich von dir weiß, ist mit einem ungelösten Rätsel vergleichbar. Vielleicht verstehe ich deine Reaktionen besser, wenn du mir mehr von dir erzählst.«

Die Bedienung nähert sich ihrem Tisch und bringt den beiden den Sekt. »Oh, wie der prickelt ...«, rutscht es ihr spontan heraus und sie schaut ihn verführerisch an.

Katja zögert noch, aber im Grunde hat sie sich genau das von ihm gewünscht – dass er mehr über sie wissen möchte, dass er sich für sie interessiert. Ihr Herz schlägt ihr bis zum Hals. »Ich würde mich als einen unglücklichen Single bezeichnen. Abgesehen davon habe ich mein Leben gut im Griff. Meine Arbeit als Kindergärtnerin macht mir wahnsinnig Spaß. Ich habe eine tolle Wohnung und eine liebe Katze.«

»Hört sich doch gut an, viele würden dich darum beneiden«, sagt Leo nun lächelnd.

»Bestimmt nicht um die Einsamkeit«, schränkt sie ein.

»Aber um den Rest, glaub mir.«

Katja nickt, ist aber in Gedanken schon beim eigentlichen Thema. »Wie auch immer, ich hatte nun neulich die verrückte Idee mit einer Wahrsagerin, seitdem ist nichts mehr, wie es mal war.«

Er mustert sie verwirrt. »Sorry, muss ich das verstehen?«

Und wieder muss sie die ganze Geschichte erzählen. Der lacht bestimmt über mich, geht es ihr dabei durch den Kopf.

Schon recht bald bemerkt Leo, wie nahe ihr das Ganze geht und auch wie nahe sie am Wasser gebaut ist. Er reagiert ganz spontan und nimmt sie kurz in den Arm. Und Katja denkt sofort an Sofias Ratschlag: »Du brauchst eine männliche Schulter ...« Sie fühlt sich unbeschreiblich wohl in seinen Armen.

Nach einigen Momenten fragt er behutsam: »Na, geht es dir besser?«

»Und ob«, murmelt sie.

Trotzdem ist die Situation Leo ein bisschen unangenehm und er lässt sie gleich wieder los. »Du, entschuldige, das ging jetzt eine Nummer zu weit, will dir nicht zu nahe treten«, entschuldigt sich Leo leise.

»Kein Problem, ich hätte mich ja dagegen wehren können, ich wüsste allerdings nicht, warum«, entgegnet Katja sofort.

»Gefällt es dir hier im Lokal oder möchtest du woanders hin?«, fragt Leo nun.

Katja sieht sich kurz um und meint zögernd: . »Also, ich weiß nicht so recht ... Na ja, die Leute hier passen nicht in meine Welt, aber die Musik ist recht passabel. Wir könnten zu mir, wenn du dir nichts dabei denkst.«

Grinsend verteidigt er sich. »Aber hallo, sehe ich etwa so aus?«

»Wer weiß …« Katja mustert ihn aufmerksam, aber Leo wirkt irgendwie unbekümmert. Sie fühlt sich wohl in seiner Gegenwart und hat keine Bedenken, ihn mit nach Hause zu nehmen. Sie weiß selbst nicht warum, sie vertraut ihm einfach.

Leo ist begeistert von Katjas Wohnung. »Mensch, alles so sauber und an seinem Platz hier, toll, gefällt mir. Du bist bestimmt eine gute Hausfrau.« Natürlich bewundert er auch ihre selbstgemalten Bilder. »Eines ist schöner als das andere. An Phantasie mangelt es dir scheinbar nicht, das sehe ich. Ups, was huscht denn da an meinem Bein entlang?« Sie stehen gerade im Wohnzimmer und er schaut überrascht an sich herab.

»Das ist mein verwöhnter Tiger«, stellt Katja lachend ihren Snoopy vor.

Leo zwinkert ihr zu. »Bei dir wäre ich auch gerne eine Katze.«

Katja tut so, als ob sie diese Bemerkung überhört hätte. Dann sieht sie, dass ihr Anrufbeantworter blinkt, der im Flur auf einer weißen Kommode steht. Sie geht hin und drückt automatisch die Taste. Sofort erklingt Sofias Stimme: »Hallo Frau Kott, na, war es ein schöner Abend?«

Katja kann Sofias Grinsen vor sich sehen, ihr wird ganz warm und sie läuft rot an – wie peinlich!

Leo steht neben ihr und bemerkt: »Na, aller Welt von unserem Date erzählt? Typisch Frau. Dass wir verheiratet sind, das wusste ich tatsächlich nicht.«

Sie starrt ihn an, immer noch puterrot im Gesicht.

Aber Leo winkt ab. »Keine Angst, ich kann darüber lachen, so sind Frauen halt, alles müssen sie gleich jedem erzählen.«

»Aber nein, glaub mir, nur meine beste Freundin Sofia weiß Bescheid, sonst niemand«, beteuert sie sofort.

»Ist ja gut, ich finde es irgendwie lustig.« Er schaut sie freundlich an.

Katja weiß trotzdem gar nicht wohin mit ihrer Verlegenheit. »Ich eher nicht, ich könnte im Erdboden versinken. Warum habe ich das blöde Ding nicht später abgehört, nachdem du weg bist? Ach egal, ist eh zu spät.« Sie seufzt tief. »Blamiert habe ich mich auf jeden Fall. Das passiert mir laufend, ich müsste mich eigentlich schon daran gewöhnt haben.«

»Mach dich doch nicht verrückt wegen so einer Kleinigkeit. Diese Aktion bleibt unter uns.«

Das sind beruhigende Worte, also versucht Katja, die Sache zu verdrängen und den Rest des Abends mit Leo zu genießen.

»Los, zeig mir doch dein Atelier, das würde mich interessieren«, sagt dieser gerade und sieht sich suchend um.

»Ja, gerne«, sagt sie sofort und geht voran.

Was sich in einem kleinen Zimmer alles so ansammeln kann – viele unbemalte Leinwände, jede Menge Farben und unterschiedlich große Pinsel, kurz, einfach alles, was ein Malerherz begehrt. Aber es ist keineswegs unordentlich, alles ist schön sortiert.

Leo staunt bei dem Anblick. »Ich wünschte, ich

hätte auch so eine Gabe. Entweder man hat es, oder man hat es nicht.«

»Jeder hat eine Begabung, man muss sie nur ausüben, das tue ich halt. Besonders wenn es mir nicht so gut geht, sitze ich schon mal stundenlang hier und male«, sagt Katja und schaut versonnen zu den Farben und Leinwänden.

»Könntest du mir auch ...?«, beginnt Leo und sieht sie fragend an.

Katja lächelt. »Klar, verstehe, sag mir nur, was für ein Motiv du haben möchtest.«

»Das müsste ich mir etwas genauer überlegen, so auf Anhieb weiß ich das gar nicht. Oder ich überlasse dir die Entscheidung, du machst das schon.« Er strahlt sie an.

»Ich kenne dich doch kaum, auch deine Interessen nicht ...«, sagt sie zögernd.

Er zuckt nur mit den Schultern. »Das macht doch nichts, jedes Bild von dir gefällt mir.«

Sie sehen sich an und es scheint, als könnte bald der Funke überspringen zwischen ihnen. Oder doch nicht? Jedes Thema endet in irgendeiner Form mit einem Kompliment für Katja.

»Wie kann eine Frau wie du manchmal so unglücklich sein? Das ist mir echt ein Rätsel«, sagt Leo langsam und lässt erneut den Blick schweifen.

»Alles kann man sich kaufen, nur die wahre Liebe nicht. Und das ist das Schönste und Wichtigste auf der Welt, jedenfalls für mich«, antwortet Katja traurig. Dabei schaut sie ihn mit ihren rehbraunen Augen verführerisch an.

Leo hat sich kaum noch unter Kontrolle, er merkt, dass es allmählich zu heiß wird. Also trifft er eine Entscheidung. »Du, sei mir nicht böse, es ist besser, wenn ich jetzt gehe«, sagt er mit einem ernsten Blick.

Katja erstarrt. »Wie bitte? Warum denn das?«, reagiert sie verwirrt.

Leo aber muss sofort raus. »Ich rufe dich morgen an und erkläre es dir, okay?« Ohne eine weitere Begründung macht er sich aus dem Staub. Nur Momente später hört Katja, wie die Wohnungstür ins Schloss fällt.

Sie steht in ihrem Atelier und versteht die Welt nicht mehr. Sie fühlt sich wie ein Hund, der soeben abgeschoben wurde. Nachdenklich geht sie ins Schlafzimmer und setzt sich auf ihr Bett. Was habe ich denn nun schon wieder falsch gemacht, fragt sie sich. Man muss echt ein Schwein sein in dieser Welt, um etwas zu erreichen.

Ihre Enttäuschung verwandelt sich schnell in Wut. Sie rennt wie aufgescheucht durch die Wohnung, nimmt sich dann das Gemälde mit dem Heißluftballon, trägt es ins Wohnzimmer und zerstört es. »So, mehr bist du nicht wert«, schimpft sie, die Trümmer vor sich, auf dem Boden an.

Snoopy hat sich verkrochen, das Toben von Frauchen mag er ganz und gar nicht.

Irgendwann wirft sie sich aufs Sofa, ruft Sofia an und lässt ordentlich Dampf ab. »Dieses Schwein hat mich einfach sitzenlassen und ich weiß nicht einmal, warum«, schimpft sie ins Telefon.

»Katja, nun mal der Reihe nach. Was ist denn passiert?«, fragt Sofia geduldig.

»Eben nichts. Es war zwar nahe dran, aber passiert ist definitiv nichts.«

»Na ja, ich habe da eine Vermutung«, sagt Sofia nun. »Er ist bestimmt in festen Händen. Und als er gemerkt hat, dass es zu heiß wird, hat er den Schwanz eingezogen. Etwas anderes kann ich mir nicht vorstellen. Hast du denn nicht darauf geachtet, ob er einen Ring trägt?«

»Nein, das glaub ich nicht, er hat absolut nichts von einer Beziehung erwähnt. Aber, jetzt wo du es sagst, in meiner Euphorie habe ich tatsächlich nicht daran gedacht, auf den Ring zu achten, Scheiße. Warum nur hat er mir dann diesen blöden Brief geschrieben, wenn er eh nichts von mir will?«

»Katja, such mir mal auf Anhieb eine Frau, die Männer versteht. Wird schwierig, das sag ich dir. Die ticken anders als wir.«

»In den Sportpalast werde ich nie wieder gehen, dann mache ich halt nichts, bis mein altes Fitnessstudio seine Türen wieder öffnet, basta«, schimpft Katja weiter. »Dieser Idiot will mich morgen anrufen, ich frage mich echt, warum. Auf die Erklärung bin ich wirklich sehr gespannt. Ich bin so wütend, dass ich nicht mal heulen kann.«

»Ach, der ist doch keine Träne wert. Verschwinde in deinem Atelier und mal etwas Schönes.«

»Auf keinen Fall. Ich habe sogar dazu keine Lust, im Gegenteil. Gerade habe ich das Bild, das über der Eingangstür hing, zerstört.«

Es herrscht kurz Schweigen in der Leitung. »Was hast du?«, fragt dann Sofia entsetzt. »Nein, das glaube ich nicht.«

»Und ob. Wieso sollte ich dir Mist erzählen?« Katja klingt trotzig.

Es herrscht wieder einige Momente Schweigen. »Stimmt auch wieder. Hauptsache, deine Zerstörungswut hat dir geholfen«, sagt Sofia schließlich.

Aber Katja ist noch nicht fertig mit Schimpfen. »Ach, und du hast mich mit deiner Nachricht auf dem Anrufbeantworter in eine wirklich peinliche Situation gebracht. Ich habe ohne zu überlegen auf den Knopf gedrückt und dann, tja …«

Sofia stöhnt auf. »Oh, Scheiße! Ich konnte doch nicht ahnen, dass du die Nachricht in seiner Gegenwart abhörst.«

Katja kommt langsam wieder runter und holt noch einmal tief Luft. »Halb so wild, er hat es mit Humor genommen oder wenigstens so getan, als ob«, sagt sie etwas versöhnlicher.

»Ich glaube, ich kann gleich auflegen, du fühlst dich jetzt etwas besser, oder?«, fragt Sofia vorsichtig.

»Stimmt, ich versuche das Ganze wegzustecken, ohne langes Grübeln«, entgegnet Katja entschieden.

»Toll, so gefällst du mir. Wir sehen uns, tschüss.« Sofia legt guten Gewissens auf.

Katja hockt auf dem Sofa, die Arme um die Knie geschlungen. Snoopy ist auch wieder aufgetaucht, springt neben sie aufs Sofa und rollt sich dort zusammen. Nach all dem Chaos hat Katja die Erfahrung mit der Wahrsagerin nicht vergessen. Sie steht nur nicht mehr ganz so sehr im Vordergrund. Außerdem ist sie sich sicher, dass manche Dinge einfach nicht stimmen können und das erleichtert ihr das Leben ein bisschen. Morgen wird sie zur Arbeit gehen und danach auf den Anruf mit der Erklärung warten.

Leo meldet sich tatsächlich am nächsten Abend. Katja ist gerade in der Küche und macht sich etwas zu essen. »Hey Katja, ich bin's«, begrüßt er sie. »Ich bin dir noch eine Erklärung schuldig. Und lass mich bitte ausreden, danach kannst du dich gerne äußern, okay? Also, die Sache ist die, ich bin verheiratet und meine Frau ist schwanger. Ich wollte euch beide nicht verletzen, dabei wäre ich auch so fast zu weit gegangen. Ich habe dich trösten wollen und gemerkt, was es dir bedeutet. Ich bin kein Schwein, selbst wenn du das von mir denkst. Wäre ich eins, dann hätte ich die Situation ausgenutzt und dich vernascht. Doch was hätte es uns gebracht? Nichts als Ärger.«

Katja steht in der Küche, den Hörer am Ohr. Ihr Herz rast, dabei hatte Sofia schon genau das vermutet. »Alles klar, dann hat Sofia mal wieder recht gehabt. Aber du hättest dir die Aktion mit deinem Brief echt sparen können.«

»Das war dumm von mir, das stimmt. Eine Entschuldigung wäre ausreichend gewesen, das mit dem Date war zu viel, tut mir leid. Es ist wohl besser, wir sehen uns nicht wieder. Ich glaube, das ist auch für dich das Beste.« Damit beendet Leo das Gespräch.

Auch Katja legt auf. Sie wäre gern ziemlich wütend auf Leo, aber ganz so einfach ist das nicht, das weiß sie schon. Auch sie hatte ihren Anteil am Dilemma. Auf dem Herd kocht die Suppe, Katja allerdings auch … Sie setzt sich an den Küchentisch und tiefe Trauer übermannt sie. Nun muss sie sich leider erneut auf ein Singleleben einstellen. Aber ein kleiner Lichtblick bleibt ihr: die Sommerferien. Sie nimmt sich vor, eine Weile bei ihrer Mutter zu verbringen, an der schönen Ostsee. Das wird ihr sicherlich guttun nach all dem seelischen Stress. Snoopy soll auch mit, so lange kann sie ihren treuen Vierbeiner auf keinen Fall entbehren.

Sie hat sich eine Weile nicht bei ihrer Mutter gemeldet, das will sie jetzt nachholen und ruft gleich an. »Grüß dich, Mutti, lange nichts mehr von dir gehört. Wie geht es denn so?«

»Liebes, das könnte ich dich auch fragen. Ich habe oft an dich gedacht, was du wohl treibst und denkst.«

»Na ja, wie immer, Pech in der Liebe«, seufzt Katja.

»Das klingt nicht gut«, seufzt ihre Mutter. »Willst du darüber reden?«

»Und ob, ich hab's gut weggesteckt, er hat noch rechtzeitig abgebremst.«

»Er? Wer ist ›er‹?«

»Der gutaussehende Typ aus dem Fitnessstudio. Wir hatten ein Date und sind uns dabei etwas näher gekommen.«

»Was ist denn daran falsch, Liebes?«

»Eigentlich nichts, wenn er bloß nicht verheiratet wäre.«

»Ach verdammt, wieso suchst du dir immer die falschen Männer aus?«

»Woher sollte ich das wissen? Erzählt hat er es mir im Nachhinein. Aber der Reihe nach ...«

Ihre Mutter Sabine hört aufmerksam zu. Als Katja fertig ist, sagt sie spontan: »Mensch Kind, da hast du aber Glück gehabt. Jemand anderes hätte dich voll ausgenutzt und sich nie wieder bei dir gemeldet. Wäre dir das etwa lieber gewesen? Der Mann hat sich absolut richtig verhalten, nur hätte er dich nicht treffen dürfen. Jedenfalls aus meiner Sicht.«

Katja seufzt erneut. »Da hast du nicht ganz unrecht«, gesteht sie leise.

»Siehst du, du wirst allmählich erwachsen«, sagt ihre Mutter lachend. »Und ich gebe dir noch einen guten Rat. Die Sommerferien stehen vor der Tür, verbring eine schöne Zeit bei mir. Was hältst du davon?«

»Um ehrlich zu sein, daran habe ich auch schon gedacht. Aber nur, wenn mir bis dahin nicht mein Traumprinz über den Weg gelaufen ist, ja?«

»Gut, dann hoffe ich mal, dass dies nicht der Fall sein wird.«

»Das war aber jetzt ziemlich egoistisch«, mault Katja nicht ganz ernst gemeint.

Ihre Mutter lacht erneut. »Ich weiß. Und bevor du dir den Kopf zerbrichst, deine Katze darf natürlich auch wieder mit, sie fühlt sich hier ja stets wohl.«

Damit legen sie auf und Katja ist froh, dass ihre Mutter die Wahrsagerin nicht angesprochen hat. Aber sie weiß, spätestens bei ihrem Besuch wird darüber geredet. Ihr kommt auch in den Sinn, dass Polly mal wieder danebenlag und was hat sie ihr eigentlich für die Zukunft prophezeit? Nur irreführende Angaben, die sowieso keinen Sinn ergeben, oder etwa doch?? Diese Erkenntnis beruhigt Katja zusätzlich ein bisschen.

Trotz der Niederlage mit Leo geht es ihr relativ gut.

Sie ist um eine Erfahrung reicher. Beim nächsten Mann klappt es vielleicht.

Es sind nur noch zwei Wochen, dann sind Kindergarten und Schule zu Ende. Endlich Abstand gewinnen vom Alltagstrott und den damit verbundenen Problemen, weit weg sein von alldem. Nur Sofia und die Malerei lässt sie nur ungern zurück, aber das überlebt sie schon.

Ferien an der Ostsee

Katja hat eine Weile hin und her überlegt, wenn sie schon nicht ins Fitnessstudio geht, bleibt noch die Möglichkeit, sich zu Hause sportlich zu betätigen. Dazu benötigt sie allerdings ein passendes Gerät. Nur welches, darüber ist sie sich noch nicht im Klaren. Am liebsten wäre ihr ein Laufband, doch das ist für ihre Wohnung viel zu groß. Vielleicht ein Hometrainer? Den könnte sie gerade noch irgendwo unterbringen. Viele ihrer Bekannten hatten schon mal so ein Ding, die meisten von ihnen fanden es auf Dauer zu langweilig. Davon lässt sie sich keineswegs abhalten, Katja will es besser machen und zwar mit Durchhaltevermögen. Und bevor sie loszieht, um sich in Geschäften schlauzumachen, fragt sie Sofia, ob sie schon etwas vorhätte, denn zu zweit macht es mehr Spaß. Also fahren die beiden Freundinnen ins nahe gelegene Industriegebiet mit vielen verschiedenen Geschäften. Hier findet der Konsument alles, was das Herz begehrt – Mode, Schuhe, Schmuck, Drogeriemarkt, Supermarkt, Fahrradladen und ein großes Sportgeschäft. Sofia interessiert sich mehr für Kleidung, auch sie soll auf ihre Kosten kommen.

Zunächst begeben sie sich ins Sportgeschäft, denn Katja lässt ihr keine Ruhe. Erstaunlich, was es da an Angeboten gibt, jede Menge Geräte in verschiedenen Preisklassen. Wer nicht allzu viel von solchen Dingern versteht, kommt allerdings alleine nicht wirklich zurecht. Auf einen Verkäufer brauchen sie zum Glück nicht lange zu warten. Ein netter junger Mann wird schnell auf die Damen aufmerksam und kommt näher.

Sofia sieht ihn zuerst, stößt Katja an und tuschelt ihr zu: »Hey, der ist voll süß. Den würde ich gerne mal vernaschen.«

Er hört es und es scheint, als sei es ihm ein bisschen peinlich, dennoch will er den beiden weiterhelfen. »Na, Mädels, kann ich behilflich sein?«, fragt er, als er sie erreicht hat.

»Und ob, meine Freundin sucht ein passendes Sportgerät, nicht zu groß sollte es sein«, antwortet Sofia schnell und zeigt auf Katja.

Die beginnt zu kichern, weil sich zur Abwechslung mal Sofia in einer peinlichen Situation befindet.

Der Verkäufer tut so, als ob er nichts bemerkt hätte, und versucht das Gespräch ernsthaft fortzuführen. »An was haben Sie denn gedacht?«

»Eigentlich an einen Hometrainer, der braucht nicht ganz so viel Platz«, antwortet Katja und lässt den Blick über eine Reihe Hometrainer vor ihnen schweifen.

»Stimmt genau, die sind sehr beliebt«, entgegnet der Verkäufer eifrig. Verfolgt man seine Blicke, so könnte man denken, dass Katja eher sein Typ ist.

Katja geht die Reihe der Hometrainer entlang, Sofia bleibt an ihrer Seite, der Verkäufer folgt ihnen, den Blick auf Katja gerichtet. »Nun, dieser hier würde mir gefallen, und günstig ist der auch noch«, sagt sie schließlich, bleibt stehen und zeigt auf ein Gerät.

»Ja, Sie haben Glück, das ist ein Restposten, deshalb ist er günstiger. Aber es hat alles, was man sich von so einem Gerät erwartet, Pulsmessung, verschiedene Schwierigkeitsgrade, Zeiteinstellung und vieles mehr«, erklärt der junge Mann und strahlt Katja an.

Sie hat aber nur Augen für den Hometrainer. »Klingt gut, aber wie sollen wir beide das Gerät zu meiner Wohnung hochschleppen?« Jetzt sieht sie ihn fragend an.

Er lächelt. »Kein Problem, wir liefern auch, ohne Aufpreis, versteht sich. Normalerweise bin ich für diesen Dienst zuständig. Aber weil zurzeit in dem Bereich nicht viel los ist, helfe ich im Geschäft aus.«

»Alles klar, ich kaufe das Gerät. Meine Adresse teile ich sicherlich der Dame an der Kasse mit, oder?«, fragt Katja weiter und späht bereits zum Kassenbereich.

»Ganz genau, sie leitet diese dann an mich weiter. Wann würde es Ihnen denn passen?«

»Eigentlich egal, am späten Nachmittag bin ich meistens zu Hause.«

»Okay, wie wär es mit übermorgen, gegen sechs Uhr?«

»Klar, gern, bis dann.« Katja nickt ihm dankend zu, dann geht sie mit Sofia zur Kasse.

Wie erwartet muss sie dort noch einen Garantieschein ausfüllen und natürlich bezahlen.

Die sonst so vorlaute Sofia hatte sich während des Kaufes sehr zurückgehalten. Sie wollte wohl Peinlicheres vermeiden. Aber kaum draußen, blüht sie schnell wieder auf. »Du, Katja, ich hätte da eine Bitte an dich«, beginnt sie auf dem Weg zum nächsten Geschäft.

»Was denn? Soll ich ein gutes Wort für dich einlegen? Ihm deine Handynummer geben? Oder an was hast du da gedacht?« Katja grinst sie fragend an.

»Nein, nicht ganz, viel besser noch.« Sofia grinst zurück.

»Ich höre?«

»Würde es dir etwas ausmachen, wenn ich an deiner Stelle bei dir zu Hause das Gerät in Empfang nehme?«

Katja sieht sie überrascht an. »Hallo, du hast vielleicht Ideen, wo soll ich dann hin?«

»Bitte, Katja, das wäre meine Chance«, fleht Sofia.

»Wenn ich mir so überlege, wie oft du mir schon einen Gefallen getan hast, wäre das eigentlich das Geringste, was ich für dich tun kann«, sagt Katja nun mit einem verschmitzten Gesichtsausdruck.

»Mensch, Katja, du bist die Beste.« Sofia verpasst ihrer Freundin einen dicken Kuss auf die Wange.

»Hast du in deiner Aufregung überhaupt mal auf sein Namensschild geschaut?«, fragt diese.

Sofia stutzt. »Äh ne, du etwa?«

Katja grinst breit. »Ja klar, ich kenne dich doch.«

»Und, wie heißt er?« Sofia sieht sie erwartungsvoll an.

»Hm, was krieg ich, wenn ich es dir verrate?«, fragt Katja zurück.

Sofia rollt mit den Augen. »Ich gebe einen aus, okay?«

»Na gut, sein Name ist Hans. Hans L.«, verkündet Katja daraufhin.

»Wenigstens etwas. Hast du auch auf den Ringfinger geachtet?«, fragt Sofia weiter, während sie mittlerweile an den ersten Modegeschäften vorbeigehen.

Da muss ich dich aber enttäuschen, daran habe ich wieder nicht gedacht«, gesteht Katja.

»Zu blöde, wäre interessant gewesen. Dann muss ich wohl bis übermorgen warten«, seufzt Sofia.

»Wir hatten eine Abmachung«, entgegnet Katja versonnen.

Sofia ist vor einer Auslage stehen geblieben und sieht sie verwirrt an. »Wie? Ach ja, ich muss einen ausgeben. Na gut, das erste Lokal auf der Rückreise gehört uns. Aber jetzt will ich erst einmal shoppen.«

Drei Einkaufstüten später werden sie auf ihrer Heimfahrt schnell fündig. Das Restaurant ist zwar nicht nach ihrem Geschmack, aber sie bleiben eh keine Ewigkeit dort. Es ist keine Menschenseele im Gastraum, nur ein schwuler Kellner. Vor dem müssen sie bestimmt keine Angst haben. Ungestört können sie ihre Frauengespräche fortsetzen. Sie bestellen zwei Pizzen und zwei Colas, die schnell serviert werden. Die Pizzen sehen lecker aus und riechen verlockend.

Katja hat inzwischen eine Lösung gefunden für die Zeit, in der sie ihre Wohnung »opfern« muss. »Sofia, ich habe mir überlegt, was ich tun könnte, wenn ich zu Hause rausfliege. Ich werde einen Großeinkauf machen für meinen Aufenthalt an der Ostsee.«

»Cool, du fährst also wirklich hin?«

»Ja, hab's mir fest vorgenommen. Das wäre ein Urlaub, den ich mir leisten kann, und abschalten kann ich dort bestimmt auch.«

»Das werden harte Zeiten für mich, so ohne meine Katja«, bemerkt Sofia ein wenig wehmütig.

»Das schaffst du schon, vielleicht ist Hans ja bei dir. Dann bleibe ich sowieso auf der Strecke«, tröstet sie Katja.

»Nein, sag doch nicht so etwas«, entrüstet sich Sofia sofort.

»War nur ein Scherz. Hans? Bis dahin wäre der längst nicht mehr aktuell!«, antwortet sie lachend.

Es herrscht kurz Schweigen, sie essen und genießen.

»Was ich dich schon längst fragen wollte, wie hast du das gemacht, die Sache mit der Wahrsagerin doch noch so gut wegzustecken?«, fragt Sofia dann.

Katja guckt sie gleichmütig an. »Ganz einfach, nach der Niederlage mit Leo ist mir klar geworden, dass diese Dame nur bedingt glaubwürdig ist. Das hat mich etwas beruhigt. Nur die Geschichte mit der Halbschwester belastet mich noch, aber das werde ich an der Ostsee mit meiner Mutter schnellstens klären.«

»Stimmt, alles Schlechte hat auch etwas Positives. Damit meine ich deine Erfahrung mit Leo«, stimmt ihr Sofia zu und futtert als Letztes den Rand ihrer Pizza.

Katja hat ihren Teller zur Seite geschoben, den Pizzarand lässt sie grundsätzlich über. »Genug geredet, wir sollten nach Hause. Ich muss noch ein wenig aufräumen, Platz machen für mein neues Spielzeug. Und du denkst dir etwas aus für übermorgen.« Katja dreht sich nach dem Kellner um, der an der Kasse sitzt und eine Zeitschrift liest.

Am besagten Tag steht Sofia bereits, wie so oft, weit vor der abgemachten Zeit vor der Tür. »Es ist erst fünf Uhr, du bist viel zu früh dran«, empfängt Katja ihre Freundin.

»Ich weiß, hab's zu Hause nicht mehr ausgehalten. Ich bin viel zu aufgeregt. Schickst du mich jetzt wieder weg?« Sofia schaut Katja mit großen Augen an.

»Spinnst du, komm rein. Du kannst dich mit Snoopy beschäftigen, ich habe noch zu tun.«

»Ist gut, ich mache mir den Fernseher an, okay?«

Die Zeit vergeht ziemlich schnell und so steht Katja in der Tür zum Wohnzimmer und schaut zu Sofia, die mit Snoopy auf dem Sofa spielt, während im Hintergrund der Fernseher läuft. »So, meine Liebe, ich mache mich vom Acker. Du kannst mich über Handy erreichen, falls etwas sein sollte. Ich wünsche dir viel Glück und bin in einer guten Stunde zurück«, verkündet sie und verschwindet mit einem breiten Grinsen.

Schneller als erwartet klingelt es an der Tür. Sofia wirft einen Blick aus dem Fenster. Tatsächlich, ein kleiner Lieferwagen mit der Aufschrift der Firma ist dort zu sehen. Sie drückt auf die Sprechanlage. »Ja, hallo?«

»Frau Siebert, ich liefere Ihren Hometrainer«, sagt eine männliche Stimme.

»Okay, erster Stock«, ruft Sofia in die Gegensprechanlage.

»Alles klar, ich komme dann hoch«, verkündet die Stimme von unten.

Im Treppenhaus hört sie ein Gestöhne, der Hometrainer scheint ziemlich schwer zu sein. Sie steht in der Tür und wartet. Doch als sie den Mann erblickt, der ächzend die Treppe hochkommt, bekommt sie einen Schock. Der Typ ist gebaut wie ein Kleiderschrank und hat eine ungepflegte Erscheinung.

Sie muss entsprechend entsetzt wirken, denn der Mann entschuldigt sich sogleich, als er mit dem Hometrainer vor ihr steht. »Tut mir leid, der Herr Lörrich konnte heute seinen Dienst nicht antreten, seine Schwiegermutter musste ganz plötzlich ins Krankenhaus«, erklärt er verlegen.

Sofia starrt ihn an. »Äh, verstehe, kann vorkommen«, sagt sie nur. Sie ist wahnsinnig enttäuscht, versucht sich das aber nicht anmerken zu lassen.

Der Mann kratzt sich am Kopf und sieht sie abwartend an. »Wo soll das gute Stück denn hin?«

»Ins Wohnzimmer, bitte.« Sie tritt zur Seite.

Er nickt. »Ich werde Ihre Zeit nicht lange in Anspruch nehmen, ich baue solche Dinger öfter zusammen, das geht flott. Sie wohnen alleine hier?«

»Nein, das heißt ja. Mit meiner Katze, genau, mit meiner Katze.«

Er lächelt, was ihn ein wenig netter aussehen lässt. »Wie heißt sie denn?«

»Snoopy.«

»Schöner Name. Ich bin übrigens Oliver. Sind Sie immer so schüchtern?« Er nickt ihr zu, dann schleppt er den Hometrainer ins Wohnzimmer.

Sofia folgt ihm genervt. »Normalerweise schon.«

Der gute Oliver merkt nicht, dass er Sofia ganz schön auf den Sack geht. Sie wünscht sich nur noch eins, nämlich dass er schnellstens wieder verschwindet. Sie fühlt sich in seiner Gegenwart gar nicht wohl. Die folgende halbe Stunde kommt Sofia vor wie eine Ewigkeit. Auf dem Ablagefach im Flur liegt ein 5-Euro-Schein, Trinkgeld, eigentlich bestimmt für Hans. Dass sie total vergisst, Oliver den Schein mitzugeben, liegt wohl auf der Hand.

Etwas später trifft Katja ein. Bereits an der Wohnungstür hat sie ein großes Fragezeichen auf der Stirn: »Und, alles okay? Hast du ein Date?« Sie gibt sich nach einem Blick in Sofias Gesicht selbst die Antwort. »Du scheinst nicht gerade glücklich zu sein.«

Sofia winkt sie ins Wohnzimmer, wo in einer Ecke der Hometrainer steht. »Bin ich auch nicht, setz dich, dann erzähle ich dir den ganzen Mist«, sagt sie frustriert und lässt sich aufs Sofa fallen.

Nachdem sie geendet hat, fehlen Katja die Worte.

»Warum müssen alle Männer, die halbwegs gut aussehen, verheiratet sein?«, fragt Sofia nach einigen Momenten der Stille.

»Damit andere wie der, der eben hier war, auch eine Frau abbekommen«, antwortet Katja.

Sofia wirft ihr einen genervten Blick zu. »Oh Katja, etwas Besseres fällt dir dazu nicht ein? Du hättest den mal sehen müssen.«

»Ist ja gut, andere Mütter haben auch noch Söhne, die dir gefallen könnten«, versucht es Katja noch einmal. »Sowieso, du suchst eh nichts Ernstes, da ist es doch egal, ob er verheiratet ist oder nicht. Es ist ein Grund, aber kein Hindernis ...!«, fällt Katja dazu nur lachend ein.

Sofia nickt zustimmend und meint: »Ich fahre jetzt los, du willst doch bestimmt deinen Hometrainer noch testen. Und ich will meine Ruhe haben.«

Kaum ist Sofia weg, sitzt Katja schon auf dem Rad. Sie hat sich für den Anfang nur eine halbe Stunde vorgenommen und den Fernseher eingeschaltet, damit es nicht zu langweilig wird. Schnell findet sie Gefallen daran. Wenn mir das auf Dauer so viel Spaß macht, können mir alle Fitnessstudios gestohlen bleiben, denkt sie zufrieden und radelt vor sich hin.

Snoopy sitzt neben ihr und schaut sie mit großen Augen an. Er versteht nicht, was Frauchen da treibt.

Katja kommt tatsächlich ins Schwitzen und verschwindet anschließend gleich unter der Dusche. Während das Wasser auf sie herabprasselt, denkt sie so vor sich hin. Das ist wirklich interessant, sie braucht keine Sporttasche mehr zu packen, muss nicht extra in ein Studio fahren, kein Abo bezahlen und es gibt keinen Trainer, der ihr falsche Hoffnungen macht. Das ist alles nur vorteilhaft. Das gefällt ihr.

Sie schreibt Sofia nach dem Duschen gleich eine SMS, wie begeistert sie von ihrem neuen Spielzeug ist.

Die restlichen Tage vergehen wie im Flug, der Urlaub rückt immer näher. Katja malt in dieser Zeit kein einziges Bild. Sie hält das irgendwie für ein gutes Zeichen, denn das tut sie ja meist nur, wenn es ihr nicht so gut geht. Nur dann hat sie die richtig guten Ideen.

Auch für Sofia hat sie momentan nur wenig Zeit, ihre Urlaubsvorbereitungen laufen auf Hochtouren. Ihre Reise wird sie mit dem Auto antreten müssen, mit dem Zug wäre viel zu umständlich, sie müsste mehrmals umsteigen. Das wäre für sie und die Katze zu stressig. Einige Taschen sind schon gepackt, Snoopy weiß auch schon Bescheid. Wie einem Kleinkind hat Katja ihm erzählt, dass es bald zur Oma an die Ostsee geht.

Bevor es dann richtig losgeht, lädt sie Sofia noch zum Essen beim Italiener »Ristorante Angelo« ein. Sie will ihr außerdem einen Schlüssel geben, damit sie ab und zu nach dem Rechten sehen kann. Sie reserviert einen Tisch und pünktlich um acht Uhr erscheinen die zwei beim Italiener. Es ist ein sehr kleines, aber äußerst gemütliches Restaurant. Katja liebt den persönlichen Umgang der Kellner mit den Gästen. Das Ambiente stimmt, eine rote Tischdecke mit karierten Servietten sowie eine Kerze machen ihren vorerst letzten Abend sehr gemütlich. Und doch ist Sofia gar nicht wohl in ihrer Haut, sie lässt ihre Freundin nur ungern los. Vor einigen Jahren ist sie auch mal mitgefahren an die Ostsee, aber sie kam mit Katjas Mutter Sabine nicht so gut klar. Die Pizza schmeckt den beiden auch super, die Teller sind viel zu klein, sie ragen weit über den Rand hinaus. Für einen leckeren Nachtisch bleibt leider kein Platz mehr. An der Kasse erzählt Katja dann von ihrer Reise.

»Mama mia, Angelo sein sehr traurig, Fräulein Katja weit weg, schade«, sagt Angelo mit einem charmanten Lächeln.

»Ich komme ja bald wieder, dann berichte ich dir, was ich alles erlebt habe«, antwortet Katja und lächelt zurück.

Noch ein paar Küsschen, dann verlassen die beiden das Restaurant. Draußen stehen sie noch ein bisschen in der lauen Sommernacht bei Sofias Wagen und quatschen. An ihre Motorhaube gelehnt, direkt unter einer Straßenlaterne, die für ausreichend Licht sorgt. »Mann, es ist ja schon auch schade, dass ich erst einmal weg bin, aber es tut auch irgendwie gut«, sagt Katja schließlich.

Sofia nickt. »Aber das Schlimmste steht dir noch bevor, ich habe einen dicken Kloß im Hals.«

Katja mustert sie. »Hey Sofia, du wirst doch nicht ...«

»Kann es dir leider nicht versprechen«, sagt Sofia und verzieht schon das Gesicht.

»Nein, bitte mach es mir nicht so schwer, ja?«, seufzt Katja. »Wie soll ich mich auf den Urlaub freuen, wenn du hier herumheulst?«

Bei Sofia laufen die Tränen und sie schnieft. »Zur Abwechslung darf ich das aber auch mal.«

Auf der Heimfahrt beruhigt Sofia sich wieder. Wie üblich parkt sie vor Katjas Wohnung.

»Ich steige jetzt einfach aus wie immer, dann wird es nicht ganz so schlimm«, sagt Katja mit einem Blick zu ihr.

»Nein, damit komme ich nicht klar«, entgegnet Sofia entschieden und öffnet ihren Gurt, um ihre Freundin noch einmal fest zu drücken. »Wir können doch telefonieren oder wenigstens Nachrichten schicken.«, vertröstet Katja sie.

»Okay, vergiss mich da drüben ja nicht«, ermahnt Sofia.

»Wie könnte ich solch eine Freundin einfach vergessen? Und außerdem, ich bleibe ja keine Ewigkeit an der Ostsee.« Mit diesen Worten verabschiedet sich Katja endgültig. Sie winkt Sofia noch zu, während diese davonfährt und das Auto im Licht der Straßenlaternen immer kleiner wird.

Dann wendet sie sich ab. Wow, dass es so hart werden würde, hätte sie nicht gedacht. Spätestens jetzt wird klar, wie lieb sie sich gewonnen haben. Aber nun will sie sich auf die verdienten Ferien konzentrieren.

Ihre treue Samtpfote scheint zu verstehen, dass etwas in der Luft liegt. Snoopy rennt Frauchen dauernd hinterher, von einem Raum in den nächsten. Steht ein geöffneter Koffer irgendwo herum, setzt er sich hinein. Ja, es sieht so aus, als ob er sagen will: »Lass mich bloß nicht zurück, ich komme auf jeden Fall mit.« Dabei ist das so sicher wie das Amen in der Kirche.

Katja entscheidet ausnahmsweise, eine Schlaftablette zu nehmen, denn die letzte Nacht im trauten Heim wird bestimmt unruhig. Dabei muss sie morgen einen klaren Kopf haben, um die lange Anreise von zirka acht Stunden problemlos zu bewältigen. Sie hat sich vorgenommen, in aller Herrgottsfrühe loszufahren. So vermeidet sie den Berufsverkehr, aber auch die schlimmste Hitze. Für ihren Kater wird es wohl keine angenehme Reise, wenn ihm schon bei der Abfahrt die Sonne auf den Kopf knallt. Seine

Transportbox wird zusätzlich mit einem Tuch abgedeckt, außerdem bekommt Snoopy eine Trinkflasche am Gitter befestigt, wie es bei einem Nagetier gemacht wird. Dazu gibt es noch eine rutschfeste Schüssel mit etwas Trockenfutter.

Nach ein paar Stunden Schlaf erwacht Katja schon vor dem Wecker. Sie fühlt sich richtig gut, natürlich ist sie auch sehr aufgeregt. Noch schnell unter die Dusche, dann ein Blick aus dem Fenster: Sie sieht einen sternenklaren Himmel, für die Sonne ist es noch zu früh. Auf dem Balkon empfindet sie bereits eine angenehme Temperatur. Es ist erst Anfang Juli und schon so warm, einfach herrlich, denkt sie bei sich. Aber genug geträumt, sie macht sich jetzt startklar. Als sie sich anzieht, kommt Snoopy zu ihr. Grüne Tigeraugen himmeln Frauchen an, er scheint bereit zu sein für die Fahrt.

Dann geht alles ganz schnell. Sie bringt die Taschen nach unten, den Vierbeiner nimmt sie zum Schluss mit. Da Katja zu einem leichten Kontrollwahn neigt, überprüft sie x-mal, ob sie die Wohnungstür richtig abgeschlossen hat. Im Flur dann die nächste Unsicherheit: Sind alle Lichter ausgeschaltet, sind die Fenster zu? Nein, besiege deine Unsicherheit und deine tausend Ängste, es ist alles in bester Ordnung, fahr jetzt einfach los, ermahnt sie sich selbst und stiefelt die Treppe herunter. Sofia hat schließlich einen Zweitschlüssel und kann zu jeder Zeit nach dem Rechten sehen.

Am Auto angekommen, stellt sie behutsam die

Transportbox mit Snoopy auf dem Rücksitz ab und befestigt sie. Ein letztes Mal guckt sie in den Kofferraum. Bei der Menge ihres Gepäcks, würde wohl jeder glauben, dass sie umzieht und nicht in Urlaub fährt. Ihre Mutter bekommt garantiert einen Schreck. Tja, sie ist halt ein bisschen eitel, jedes Kleidungsstück muss optimal zu allen anderen passen. Allein in einer einzigen Tasche befinden sich Schminke, Shampoos, Cremes, Haarspangen und dergleichen. Aber alles ist bestens eingeräumt. Auf der Rücktour wird sie allerdings wenig Platz haben für all die Sachen, die sie an der Ostsee kauft. Dann muss sie wohl improvisieren. Aber noch denkt sie nicht daran, jetzt beginnt erst einmal die Anreise. Alles Weitere ergibt sich schon.

Sie steigt ein, schnallt sich an und schaltet die Klimaanlage ein. Etwas Musik wäre auch nicht verkehrt. Ihr Zopf baumelt fröhlich hin und her. Sie freut sich und wendet dem Alltag den Rücken zu.

Auf der Autobahn ist es noch extrem ruhig, so wie sie sich das erhofft hat. Viele Urlauber treten ihre Reise vermutlich erst am Wochenende an, Katja dagegen hat sich für einen Montagmorgen entschieden. Sie hat eine kurze Pause eingeplant. Weil sie die Katze an der Raststätte nicht allein im Auto zurücklassen will, hat sie sich ein paar belegte Brötchen eingepackt und heißen Kaffee in einer Thermoskanne dabei. Es ist kein Luxusfrühstück, aber es reicht.

Die beiden ersten Stunden vergehen schnell, aber danach merkt sie, wie öde die Autobahn eigentlich ist. Doch sie hat ein Ziel vor Augen, das sie schnellstmöglich erreichen will.

Da sie alleine unterwegs ist – na ja, fast allein –, kommt sie ins Grübeln. Wie soll sie bloß bei ihrer Mutter das verfluchte Thema mit der Halbschwester ansprechen? Was denkt sie wohl von ihr, wenn es nicht stimmt? Sie befürchtet, dass sie ihr die ganze Wahrheit erzählen muss. Aber vielleicht geht es ihr danach besser … Es ist schon irgendwie eine Last für sie, die sie gerne ablegen würde.

Nach einer weiteren Stunde entschließt sie sich zu einem Päuschen und will versuchen, an etwas Schönes zu denken. Snoopy macht sich nun auch bemerkbar. Er muss mitbekommen haben, dass sie die Fahrt kurz unterbrechen will, und miaut ohne Ende. Nur versteht Katja ausnahmsweise nicht so recht, was er ihr mitteilen will.

Kurz darauf fährt sie auf einen kleinen Rastplatz und dreht sich zu ihm um. »Ach Snoopy, es geht gleich weiter. Frauchen muss sich nur kurz die Beine vertreten«, flüstert sie ihm zu. Sie steigt aus und nimmt ihr Handy aus der Tasche, ein kleiner Briefumschlag leuchtet. »Oh, ich hab Post«, ruft sie leise aus. Von Sofia: *Hey Mäuschen, ich schick dir noch einen Schutzengel mit für die Reise, hab dich lieb, du fehlst mir jetzt schon!*

Wie süß ist das denn? Katja lehnt am Auto in der Sonne und schickt ihr gleich ein paar liebe Zeilen zurück. Dann geht sie ein paar Schritte hin und her. Am anderen Ende des Rastplatzes stehen ein paar LKW-Fahrer und schauen zu ihr hinüber. Da entscheidet sie, weiterzufahren.

Nach unzähligen weiteren Kilometern endlich ein Lichtblick: Rügen ist ausgeschildert, noch 200 Kilometer. »Na die schaffe ich jetzt auch noch«, murmelt sie vor sich hin.

Die Aufregung wächst. Fast ein Jahr ist es her, dass sie ihre Mutter Sabine zuletzt in den Arm nehmen konnte. Katja ist stolz darauf, eine noch junge Mutter zu haben. Sie ist knappe 50 Jahre alt und arbeitet halbtags als Kassiererin in einem Supermarkt.

Dann ist es endlich so weit. Sie verlässt die Autobahn und fährt noch ein bisschen über die Landstraßen, bis sie das kleine Dörfchen erreicht. Dort wohnt ihre Mutter Sabine in einem restaurierten Bauernhäuschen. Als Katja davor hält, hupt sie wie verrückt, um auf sich aufmerksam zu machen. Daraufhin öffnet sich die Haustür und ihre Mutter kommt zu ihr gelaufen. Katja steigt aus. Die Luft ist warm, die Sonne scheint und es weht ein sanfter Wind. Ihre Mutter umarmt sie stürmisch. »Mensch Kleines, ich bin so froh, dich zu sehen! Wie war die Fahrt?«

»Hey, Mum, ich bin total k.o. Es war ziemlich ruhig auf der Autobahn, also auch ganz schön langweilig.« Sie lächeln sich an. Dann zeigt Katja auf den Rücksitz. »Du hast noch jemanden nicht begrüßt.«

Ihre Mutter schaut ins Auto und öffnet sie Seitentür. »Stimmt, Snoopy ist ja auch noch da.« Sie hebt die Transportbox aus dem Wagen. »Hallo Mieze, du willst bestimmt aus deinem Gefängnis heraus, oder?«

Als Antwort miaut Snoopy kläglich.

Sabine hilft ihrer Tochter, das Gepäck ins Haus zu schleppen, während Snoopy schnurstracks den Weg ins kleine Bauernhaus nimmt. Er ist begeistert, endlich wieder mehr Platz zu haben und hat keine Probleme, sich zurechtzufinden. Sein erster Weg führt ihn in die Besenkammer, wo seine Leckerlis stehen. Dort mauzt er laut und heftig. Katja und Sabine müssen lachen, weil der kleine Kater noch ganz genau weiß, wo er nach seinem Fressen suchen muss. Damit beide erst einmal ihre Ruhe haben, wird sein Tellerchen ordentlich gefüllt.

Dann steht Katja in der kleinen Küche und lässt den Blick schweifen. »Hier hat sich kaum etwas verändert, bis auf den Tapetenwechsel im Flur«, stellt sie fest.

Ihre Mutter lächelt entschuldigend »Für wen sollte ich alles umkrempeln? Ich wohne doch alleine hier«, entgegnet ihre Mutter achselzuckend.

»Stimmt auch wieder«, muss Katja zugeben.

»Los, wir gehen hoch in dein Reich.« Ihre Mutter winkt ihr zu, ihr zu folgen.

Oben erwartet Katja ihr gemütliches Zimmer, ganz mit Holz eingerichtet, außerdem ein Körbchen für Snoopy, denn Sabine mag es nicht besonders, wenn die Katze im Bett schläft. »Ich lass dich kurz allein, damit du deine Klamotten einräumen kannst«, sagt Sabine.

Katja sieht sie dankbar an. »Alles klar, ich komme runter, wenn ich fertig bin.«

Allerdings ist Katja nach dem Ausräumen völlig erschöpft, fällt aufs Bett und schläft ein. Sie bemerkt nicht einmal, dass ihre Mutter ins Zimmer kommt, um nach dem Rechten zu sehen.

Die Katze hat auch ihren Schlafplatz schnell wiedergefunden und schlummert ebenfalls tief und fest. Erst gegen Abend lassen die zwei sich wieder blicken.

Sabine hat extra Katjas Lieblingsspeise zubereitet: Gulasch mit Pommes. Darüber freut sie sich sehr. Sie hat ordentlich Hunger, denn ihr Mittagessen war ja etwas mager.

Der erste gemeinsame Abend verläuft gemütlich, sie reden endlos, nur nicht über das, was Katja so sehr belastet. Sie will nichts überstürzen und den passenden Moment abwarten. Sie einigen sich darauf, auch mal getrennte Wege zu gehen, damit sie sich nicht gegenseitig auf den Geist gehen. Doch den nächsten Tag verbringen sie gemeinsam, da im Nachbardorf ein großer Jahrmarkt stattfindet. Darauf freut sich Katja besonders. Dann heißt es Schnäppchenjagd ohne Ende. Dass sie früh aus den Federn muss, stört sie nicht wirklich, sie hat sich ja bereits einige Stunden ausruhen können.

Wie abgemacht, steht ihre Mutter am nächsten Tag um sieben Uhr früh an ihrem Bett: »Guten Morgen, aufwachen«, flüstert sie ihrer verschlafenen Tochter zu.

Snoopy hebt kurz sein Köpfchen, schlummert aber dann gemütlich weiter. Frauchen dagegen scheint munterer zu sein und verschwindet gleich im Bad.

Nach einem ausgiebigen Frühstück machen sich Mutter und Tochter auf den Weg und nehmen den Bus. So ersparen sie sich jede Menge Stress. Bereits gegen neun Uhr ist ziemlich viel los auf dem Markt. Auch das Wetter spielt mit, es ist zwar bedeckt, aber trocken.

Mit den Stunden werden die Einkaufstüten immer voller, der Geldbeutel dagegen immer leerer. »Katja, ich glaube, es wird Zeit zu gehen, sonst sind wir total ruiniert«, sagt Sabine irgendwann.

Katja nickt. »Wie recht du hast. Aber einen Drink können wir uns leisten, oder?«

»Das dürfte noch drin sein«, antwortet ihre Mutter grinsend.

Zufrieden und voll bepackt fahren sie anschließend nach Hause und breiten im Wohnzimmer ihre Einkäufe aus. Damit wird das ganze Ausmaß ihres Shoppingrausches sichtbar.

»Haben wir das alles gekauft?«, fragt Sabine entsetzt mit einem Blick auf all die Sachen, die auf dem Sofa, auf Stühlen und dem Tisch liegen.

»Ach du Scheiße, ist verdammt viel«, murmelt Katja, die neben ihr steht.

»Tja, wenn man bedenkt, dass du erst angekommen bist … Wenn wir weiter so zuschlagen, muss ich am Ende noch mein Bauernhäuschen verkaufen«, stellt ihre Mutter fest.

Katja winkt ab und grinst. »Ach wo, die Scheune vielleicht …«

Ihre Mutter grinst zurück. »Dann machen wir heute mal so weiter. Ich schlage vor, dass wir zum Griechen gehen, wenn du Lust hast.«

»Und ob, das ist mal etwas anderes«, willigt Katja gleich ein.

Ihre Mutter geht zum Sofa, rafft die Sachen dort zusammen und bringt sie zum Tisch. »Bis dahin würde ich dann ganz gern noch etwas ausruhen, nur auf dem Sofa liegen und nichts tun«, sagt sie zu Katja und gähnt ausgiebig.

»Kein Problem, Mum, ich telefonier mit meiner Sofia und verzieh mich in mein Reich. Wir sehen uns in wenigen Stunden.« Und schon trabt sie die Treppe hinauf.

Wie abgemacht sitzen die beiden noch am selben Abend in dem griechischen Lokal. Es ist allerdings nicht unbedingt ein ideales Plätzchen, um heikle Gespräche zu führen, denn die »Bandidos« auf ihren kleinen Gitarren sorgen für mächtig viel Krach.

»Du Mutti, geht das jetzt die ganze Zeit so weiter?«, fragt Katja nach den ersten Minuten mit einem Stirnrunzeln.

»Nein, Schatz, das ist nur ein Willkommensgruß«, erklärt ihre Mutter und studiert die Karte.

Katja atmet erleichtert aus. »Ich hatte schon befürchtet …«

Sabine soll Recht behalten, nach einigen Klängen kehrt die ersehnte Ruhe ein. Endlich können Mutter und Tochter bestellen und über Gott und die Welt reden. Schon wenig später wird serviert – Souvlaki für Katja und eine Gyros-Platte für Sabine, außerdem bekommt jede einen Ouzo, der aufs Haus geht. Katja sieht nun eine Chance, Sabine auf das heikle Thema anzusprechen. »Du, Mutti, es gibt da etwas, das ich nicht länger mit mir herumschleppen will und kann«, beginnt sie zögernd.

Ihre Mutter sieht sie auffordernd an. »Mach's nicht so spannend.«

»Also erfreulich ist es nicht unbedingt, aber es muss raus«, fährt Katja entschuldigend fort.

»Hey, du machst mir Angst. Bist du schwanger oder was ist los?« Jetzt guckt ihre Mutter besorgt.

Katja winkt schnell ab. »Nein, nein, keine Sorge. Es hat mit meinem Besuch bei der Wahrsagerin zu tun. Sie hat mir da etwas erzählt, womit ich nicht klarkomme, weil ich nicht weiß, ob da etwas dran ist. Ich falle jetzt einfach mal mit der Tür ins Haus. Habe ich noch Geschwister?« Sie sieht ihre Mutter mit großen Augen und abwartend an.

Diese reagiert entrüstet. »Wie bitte? Spinnst du? Wo hätte ich die denn all die Jahre verstecken sollen? So ein Mist, das ist doch nicht dein Ernst!«

»Na ja, die Frau wirkte ziemlich überzeugend bei dieser Aussage ...«, wendet Katja ein und entdeckt nun im Blick ihrer Mutter Angst. »Ich möchte nur die Wahrheit, sonst nichts. Das bist du mir schuldig.«

Ihre Mutter legt das Besteck zur Seite. »Warum hast du nur diese Hexe aufgesucht? Diese Frau stellt unser ganzes Leben auf den Kopf«, sagt sie leise, aber bestimmt.

»Aber wenn nichts dran ist, wieso wirst du dann so sauer?«, hakt Katja nach.

Ihre Mutter sieht sie an. »Also gut, du sollst es wissen. Zwei Jahre nachdem dein toller Vater abgehauen ist, ließ ich mich mit einem älteren Mann ein. Es war nichts Ernstes, nur eine Affäre. Dabei ist etwas schiefgelaufen, das Kondom ist geplatzt. Ich habe diesem Mann nie von der Schwangerschaft erzählt, da ich mir ein Leben mit dem nicht hätte vorstellen können. Tja, dann nach drei Monaten kam ein neuer Schicksalsschlag. Ich hatte eine Fehlgeburt. Du hast von alldem nichts mitbekommen, du warst noch viel zu klein. Außerdem ist dir die Trennung von deinem

Paps sehr nahegegangen, warum hätte ich dich damals zusätzlich damit belasten sollen? Du hättest es ohnehin noch nicht verstanden.«

Katja starrt ihre Mutter an und es herrscht ein paar Momente lang Stille. Sie ist enttäuscht und sprachlos. »Ich weiß echt nicht, was ich sagen soll«, stammelt sie schließlich. »Das nehme ich dir übel. Du hättest doch irgendwann in all den Jahren mal etwas davon erzählen können.«

Ihre Mutter verschränkt die Arme vor der Brust und schüttelt den Kopf. »Aber warum? Ich wollte und musste alleine damit klarkommen, ich konnte doch nicht ahnen, dass eines Tages so eine Märchentante alles auffliegen lässt. Außerdem, warum sollte ich alte Wunden aufreißen? Versetz dich doch bitte mal in meine Lage!«

»Wäre sie eine Märchentante, dann würde es nicht stimmen.«

So haben sich Mutter und Tochter den Abend vermutlich nicht vorgestellt. Nun sitzen sie da wie zwei Häufchen Elend. Der Appetit ist beiden vergangen, der Ober muss die halbvollen Teller abräumen. »Hat es Ihnen nicht geschmeckt?«, fragt er besorgt. Sabine winkt nur ab. Unterwegs reden sie kaum ein Wort miteinander. Zu Hause angekommen, verschwindet Katja gleich auf ihr Zimmer. Sie wirft sich aufs Bett, nimmt ihre Katze in den Arm und grübelt. Sie quält inzwischen der Gedanke, vielleicht etwas übertrieben zu haben. Doch Katja beschließt, eine Nacht darüber zu schlafen. Dann hört sie Schritte im Treppenhaus. Aber auf eine Unterhaltung mit Sabine hat sie jetzt noch keinen Bock. »Lass mich in Ruhe«, ruft sie durch die geschlossene Tür.

»Bitte, Schatz, lass uns reden. Es geht mir doch genauso schlecht wie dir«, sagt ihre Mutter. Ihre Stimme klingt dumpf durch das Holz der Tür. Katja geht nicht weiter auf ihre Bitte ein.

Ihre Wut verwandelt sich zusehends in Angst. Könnte auch am Rest der Prophezeiung etwas dran sein? In ihrem Kopf entsteht ein einziges Chaos. Was wäre, wenn ihre Mutter in Gefahr ist? Und sie hat nichts Besseres zu tun, als sich mit ihr zu streiten. Sie versucht diese Gedanken zu verdrängen, doch so zu tun, als ob nichts wäre, kann sie auch nicht. Sie beschließt, morgen tatsächlich ihr eigenes Ding zu drehen, danach geht es ihr vielleicht besser.

Am nächsten Morgen ist sie total durcheinander, weiß nicht so recht, ob das alles nur ein blöder Traum war. Ihr Kopf ist leer, die Gedanken scheinen noch zu schlafen. Jedoch nicht mehr lange. Nachdem sie sich mit kaltem Wasser gewaschen hat, ist sie wieder auf dem Boden der Tatsachen angelangt. Sie weiß nicht so recht, wie sie sich verhalten soll. Und da sie den Rest ihres Urlaubs wohl kaum in ihrem Zimmer verbringen kann, muss sie ihren ganzen Mut zusammennehmen und runter ins Erdgeschoss gehen.

Ihre Mutter Sabine sitzt in der Küche, mit geschwollenen Augen. Lediglich ein knappes »Hallo« bekommt Katja über die Lippen. Es herrscht eine eisige Stimmung. Sabine versucht dennoch, ein Gespräch zu beginnen, als sich Katja einen Kaffee macht. »Na, wo geht die Reise hin?«, fragt sie vorsichtig.

Eine richtige Antwort erhält sie nicht. »Mal sehen, ist auch nicht wichtig«, brummt Katja nur. Dabei weiß sie ganz genau, was sie unternehmen wird. Da sie momentan nicht malen kann, ihr aber genau danach zumute wäre, will sie ihren Tag in einer Galerie verbringen. Ohne ein Wort darüber zu verlieren, verlässt sie wenig später das Haus und fährt in die Stadt.

Ihre Mutter winkt ihr bei der Abfahrt noch zu, doch Katja tut so, als ob sie das nicht bemerkt. Sie ist sehr nachtragend und hat kein Problem damit, jemandem die kalte Schulter zu zeigen. Überrascht ist Sabine über ihre Trotzreaktion nicht, sie kennt ihre Tochter nur zu gut.

Es dauert nicht lange und Katja schlendert nachdenklich durch die Galerie, doch bei den vielen Bildern vergisst sie rasch ihre Probleme. Sie holt sich neue Ideen, ist motiviert, diese oder jene Technik zu Hause auszuprobieren, findet neue Herausforderungen und eine willkommene Abwechslung.

Der Aufseher hat Katja die ganze Zeit im Auge. Sie bemerkt es und fragt sich, warum. Schon bald erhält sie darauf eine Antwort. »Entschuldigen Sie, junge Dame, ich glaube Sie zu kennen«, spricht er sie nach einer Weile an.

Sie wendet sich ihm zu und mustert ihn. »Ich wüsste nicht, woher.«

»Ich kenne Ihre Mutter, Frau Siebert. Als Kind sind Sie öfters mit ihr hierhergekommen. Sie waren damals schon sehr hübsch«, antwortet der Mann mit einem Lächeln.

»Dann haben Sie aber ein gutes Gedächtnis, das ist schon eine Weile her«, entgegnet Katja, die nicht so richtig weiß, was sie davon halten soll.

»Ich sehe hier viele Gesichter, eines wie Ihres vergesse ich nicht so schnell.«

Katja wird ein wenig verlegen. »Oh danke, ich werde meiner Mutter einen schönen Gruß von Ihnen ausrichten, sie wird sich bestimmt freuen.« (Katja denkt sich dabei nur, ob das jetzt wirklich sein muss?)

»Falls sie sich noch an mich erinnern kann, es ist schon ein paar Jahre her. Aber der Name Egon sagt ihr vielleicht etwas«, erklärt er nun.

Doch für mehr Informationen bleibt keine Zeit, Katjas Handy meldet sich. Sie nickt Egon hastig zu. »Ich werde mein Bestes geben, um ihre Erinnerungen wachzurütteln. Entschuldigen Sie mich jetzt bitte, mein Handy ...« Sie zieht es schon aus ihrer Tasche und schaut auf das Display. »Was will die denn jetzt?«, murmelt sie und geht ran.

Es ist ihre Mutter. »Katja, vergiss alles, was gestern geschehen ist und komm bitte schnellstens nach Hause. Frag nicht lange, ich will es dir nicht am Telefon sagen.«

Scheiße, das bedeutet nichts Gutes, denkt Katja, lässt Egon stehen, hastet durch die Galerie und draußen vorbei an schlendernden Touristen. Sie rennt zu ihrem Wagen, wirft sich hinters Steuer und fährt mit überhöhter Geschwindigkeit davon. Sie hat keinen blassen Schimmer, was sie erwartet, aber große Angst. Und diese ist auch begründet.

Ein mulmiges Gefühl macht sich in ihr breit, als sie das Bauernhäuschen betritt. Im Wohnzimmer dann die schlechte Nachricht von ihrer Mutter, die wie ein Häufchen Elend am Tisch sitzt. »Katja, lauf nicht gleich wieder weg, aber ...« Sabine zögert und sieht ihrer Tochter in die Augen.

Katja steht vor dem Wohnzimmertisch und starrt sie an. »Aber was?«

»Ich wollte nur schnell den Briefkasten leeren und habe die Tür einen Spalt offen gelassen. Und in dem Moment rennt Snoopy raus und direkt auf die Straße. Und gerade kam die Müllabfuhr ...« Sie spricht nicht weiter, sondern sieht Kaja nur mit großen, traurigen Augen an.

Die wird nun von einem eisigen Gefühl gepackt. »Nein, das glaube ich jetzt nicht. Wo ist mein Kater?«

»Er hat nicht gelitten, es ging alles sehr schnell«, sagt ihre Mutter, ohne sie aus den Augen zu lassen.

Katja starrt sie an, ohne zu begreifen. Dann flüchtet sie plötzlich auf ihr Zimmer. Dort sieht sie tatsächlich nur ein leeres Körbchen. In Panik durchsucht sie den ganzen Raum, ruft nach ihrem kleinen Kater, bis sie begreift, dass es sinnlos ist. Daraufhin bricht sie mit einem Weinkrampf auf dem Bett zusammen.

Auch Sabine, die noch immer im Wohnzimmer am Tisch sitzt, ist verzweifelt. Sie macht sich große Vorwürfe und fühlt sich mit der Situation überfordert. Selbst nach Stunden hört sie Katja noch immer weinen. Sie beschließt, zu ihr hochzugehen und mit ihr zu reden. Beim Anblick ihrer Tochter ist sie entsetzt. Katja sitzt zusammengekauert auf ihrem Bett und zittert wie Espenlaub. Ohne ein Wort zu verlieren, verständigt sie den Doc. Der Hausarzt erklärt sich sofort bereit, vorbeizukommen. Eine halbe Stunde später ist der gute Mann schon da. Zunächst erzählt Sabine, was vorgefallen ist, dann gehen beide hoch zu Katja. Dem Arzt bietet sich kein seltener Anblick. Er versucht mit Katja ein Gespräch zu führen, doch sie bringt keine drei Worte über die Lippen, ohne zu stottern. Vor der Tür erklärt er Sabine, was mit ihrer Tochter los ist. »Das ist ein traumatischer Schock, sehr typisch. Hier hilft nur noch eine Beruhigungsspritze. Katja ist komplett verkrampft. Sie braucht dringend Ruhe. Die Spritze wird dafür sorgen, dass sich die Muskeln wieder entspannen. Wenn sie morgen wach wird, sollten Sie Ihre Tochter auf keinen Fall bedrängen, darüber zu reden. Sprechen Sie nur mit ihr darüber, wenn sie es wünscht. Sie muss das Tier sehr geliebt haben, vielleicht so wie andere ihre Kinder.«

Sabine fühlt sich schlecht und nickt bedrückt. »Ja, das ist durchaus vergleichbar, der Kater war ihr einziger Begleiter. Mit Männern hatte sie bislang kaum Glück.«

Der Arzt lächelt sie an. »Jeder Topf findet irgendwann den passenden Deckel, auch Ihre Katja.«

»Gerade jetzt könnte sie so einen Deckel gut gebrauchen«, entgegnet Sabine.

Der Arzt nickt, geht noch einmal zu Katja und gibt ihr die Spritze. Als er wieder draußen bei Sabine vor der Tür steht, schließt er seinen Koffer und nickt ihr zu. »Okay, Frau Siebert, ich fahre dann mal wieder los. Ich habe noch andere Hausbesuche zu erledigen. Wenn noch etwas ist, melden Sie sich einfach.«

Sabine sieht ihn dankbar an. »Mache ich, und danke, dass Sie Zeit gefunden haben.«

Nachdem der Arzt fort ist, steht Sabine unschlüssig im Flur. Für Katja kann sie momentan nicht viel tun, aber die Spritze sollte allmählich wirken. Schweren Herzens beginnt Sabine mit etwas, was alles andere als spaßig ist. Sie räumt Snoopys Schüsselchen weg, die Katzenfutterdosen und das Trockenfutter. Wenigstens diesen Anblick will sie ihrer Tochter morgen ersparen, wenn sie wach wird. Auch Sabine geht das Ganze sehr nahe. Beim Aufräumen rollt die eine oder andere Träne. Es sieht sie ja keiner. Vor dem kommenden Tag hat Sabine richtig Angst. Wie wird sich Katja verhalten? Macht sie ihrer Mutter wieder Vorwürfe? Oder schweißt das Ereignis die beiden erst recht zusammen?

Bereits früh am Morgen wird Sabine wach. Ihr erster Gedanke ist, wie sie das Körbchen aus Katjas Zimmer entfernen könnte, ohne sie dabei zu wecken, Auf leisen Sohlen schleicht sie sich in Katjas Zimmer. Zunächst scheint ihr das zu gelingen, doch dann murmelt Katja verschlafen: »Mum, was machst du?«

Sabine erstarrt und sieht sie an. »Äh, nichts, ich wollte nur mal sehen, ob du schon wach bist«, sagt sie sanft und mit pochendem Herzen.

Katja dreht sich im Bett schwerfällig um. »Jein, ich

fühle mich total benebelt, meine Gedanken wandern an mir vorbei, irgendwie ist mir grade alles gleichgültig. Den Schmerz, den ich empfinde, kann ich nicht wirklich wahrnehmen«, murmelt sie.

Ihre Mutter setzt sich auf die Bettkante. »Das ist normal, das ist die Auswirkung der Spritze. Und wenn diese Wirkung nachlässt, musst du tapfer sein, das Leben geht weiter.«

Katja starrt an die Decke. »Ich werde nicht einfach so damit abschließen. Ich suche mir ein ruhiges Plätzchen, wo ich Abschied nehmen kann«, sagt sie leise.

Sabine nickt und lächelt sie traurig an. »Ja, mach das ruhig, das wird dir bestimmt inneren Frieden bringen. Wie kann ich das nur wiedergutmachen? Soll ich dir vielleicht eine neue Katze besorgen?«

Katja starrt sie entgeistert an. »Sag mal, spinnst du? Es ist kaum ein Tag vergangen und du willst mich gleich mit einer neuen Katze trösten? Ein Tier ist doch kein Gegenstand, den du einfach mal so ersetzen kannst. Schlag dir das aus dem Kopf! Ich mache das nicht noch einmal mit. Lass mich jetzt bitte in Ruhe.« Damit dreht sie sich auf die Seite und sieht ihre Mutter nicht mehr an. Sie ist erst wenige Tage bei ihrer Mutter, aber der Aufenthalt steht unter keinem guten Stern, nur Streitereien und dann auch noch der Unfall mit ihrer heißgeliebten Katze. Am liebsten würde sie sofort wieder abreisen, doch zu Hause wird das Elend kaum erträglicher sein, denn gerade dort fehlt ein wichtiger Mitbewohner. Sie muss ihre Freundin Sofia darüber informieren, aber nicht heute. Damit will Katja noch ein bisschen warten.

Ihre Mutter geht wieder nach unten und entscheidet, dass sie jetzt unbedingt mal raus muss. Sie wird einkaufen, der Kühlschrank ist leer. Auf dem Weg fragt sie sich, wie sie das Verhältnis mit ihrer Tochter wieder verbessern könnte. Doch wie, wenn Katja sie nicht an sich heranlässt? Wie eine fremde Person wird sie von ihr behandelt. Ihr bleibt nur die Hoffnung, dass es allmählich besser wird, wenn Katja den Vorfall verarbeitet hat.

Während Sabine einkaufen ist, schleicht Katja die Treppe herab und will sich etwas aus dem Kühlschrank holen. Dabei stellt sie fest, dass das Bauernhäuschen verlassen wirkt. Auf dem Küchentisch liegt ein kleiner Zettel: *Bin einkaufen, du wolltest ja vermutlich nicht mit, deine Mutti.*

Das trifft sich gut, denkt sich Katja, dann kann ich ungestört mit Sofia telefonieren. Sie setzt sich ins Wohnzimmer und wählt Sofias Nummer. Es klingelt und klingelt. In dem Moment, in dem Katja auflegen will, geht Sofia doch noch ran. »Ja, hallo?«, fragt die Freundin außer Atem.

»Grüß dich, Katja hier«, sagt Katja erleichtert.

»Mensch, endlich meldest du dich. Wie geht es dir?«, fragt Sofia sofort erfreut.

Katja stockt kurz, dann bricht es aus ihr hervor. »Gar nicht gut …« Schluchzend erzählt sie ihrer Freundin von dem Unfall.

Sofia ist entsetzt. »Ach du Scheiße, dann bist du vermutlich bald wieder zu Hause, oder?«

»Nein, ich bleibe trotzdem hier«, schluchzt Katja.

»Du, da fällt mir die Prophezeiung der Wahrsagerin ein. Überleg doch mal …«, sagt Sofia nun.

Katja ist im ersten Moment verwirrt. »Wie? Was meinst du?«

»Sie hat dir prophezeit, dass jemand, der dir sehr viel bedeutet, in Gefahr ist. Was hat sie dir daraufhin noch erzählt? Denk doch mal an dein Bild, das du nach dem Termin gemalt hast. Oder daran, wie du es genannt hast.«

Katja starrt vor sich hin. Es herrscht für einen Moment Totenstille. Dann stöhnt sie auf. »Scheiße, das Bild! *Ein Todesfall für die Liebe.* Sofia, ich habe Angst! Wenn alles stimmt, was sie gesagt hat, was kommt dann noch auf mich zu? Ich bin eh schon mit den Nerven komplett am Ende. Und jetzt fällt mir noch ein, dass die Geschichte mit der Halbschwester auch gar nicht so weit hergeholt ist.« Aufgeregt berichtet sie Sofia von dem Streit und der Fehlgeburt.

»Oh je, da hast du mit deiner Mutter noch keine glücklichen Stunden gehabt, wie ich merke«, sagt Sofia am Ende bedauernd.

»Du hast recht«, stimmt Katja leise zu. »Vielleicht war es doch falsch, sie zu besuchen.«

Aber Sofia sieht die Situation nicht so negativ. »Vielleicht auch nicht, wer weiß. Halt einfach die Ohren steif, okay?«

»Okay, mach ich. Drück mir die Daumen, dass es ab jetzt besser wird«, entgegnet Katja schweren Herzens.

»Klaro, hab dich lieb«, verabschiedet sich Sofia.

Über eine Stunde haben die beiden telefoniert und Katja hat nicht bemerkt, dass ihre Mutter längst zurück ist. Jetzt streckt sie den Kopf zur Tür herein. »Du hast aber ganz schön lange telefoniert. Wer war denn der Glückliche?«, fragt sie mit einem Zwinkern.

Katja sieht zu ihr hinüber. »Ein Er? Nein, eine Sie. Was haben die überhaupt mit Snoopy gemacht? Ihn mitgenommen?«

»Ich habe die Jungs darum gebeten, ihn bei einem Tierarzt abzugeben und mir anschließend mitzuteilen wo sie ihn hingebracht haben. So könntest du Snoopy wenigstens angemessen begraben.«

»Darf ich ihn denn noch einmal sehen?«, fragt sie ihre Mutter hoffnungsvoll.

»Behalte ihn so in Erinnerung, wie er war!«, blockt sie sofort ab.

»Habe verstanden«, antwortet Katja traurig.

Backe, backe Kuchen

Sabine hat sich vorgenommen, nichts unversucht zu lassen, um irgendwie an ihre Tochter heranzukommen. Sie probiert es zunächst mit diesem Vorschlag: »Schatz, Lust auf eine Pizza heute Abend?«, fragt sie, als Katja mal wieder wortlos im Flur an ihr vorbeiläuft.

»Nein, hab keinen Hunger«, antwortet Katja nur. Sie weiß genau, ihre Mutter geht eigentlich nicht besonders gern auswärts essen. Das bietet sie nur an, um ihr eine Freude zu bereiten. Aber nicht einmal das kommt bei ihr gut an.

Doch Sabine gibt nicht auf und greift spontan tiefer in die Trickkiste. »Okay, dann backe ich morgen den Käsekuchen auch ganz allein.«

Nun hält Katja doch inne und dreht sich zu ihr um. »Käsekuchen? Fies, was du dir alles einfallen lässt.«

»Oh, Fräulein, habe ich da einen wunden Punkt bei dir gefunden?«, sagt ihre Mutter und grinst sie an.

Katja fühlt sich ertappt, aber mit Käsekuchen ist sie leider wirklich zu locken. »Na gut, aber wehe, die Stimmung kippt, dann gehe ich gleich wieder auf mein Zimmer«, droht sie dann noch.

»Und wenn nicht?« Ihre Mutter mustert sie mit schiefgelegtem Kopf.

Katja seufzt. »Dann muss ich wohl zugeben, dass du das Duell gewonnen hast.«

Sabine atmet innerlich auf. Was Katja nicht weiß, ist

jedoch, dass sie eh einen Kuchen hätte backen müssen, für einen guten Zweck. Allerdings wäre es wohl nur ein Marmorkuchen geworden. Als Sabine in die Küche geht, denkt sie über das Problem nach. Katja fragt sie bestimmt gleich, wieso sie zwei Kuchen backen. Und dann stellt sie fest, dass sie es nicht extra wegen ihr angeboten hat. Oh je … Aber was soll's, wenn's was bringt? So turbulent wie diese Ferien waren bis jetzt noch keine verlaufen. Dabei war das erst der Anfang.

Katja folgt ihrer Mutter und dabei überkommt sie das blöde Gefühl, dass ihre schlimme Serie noch längst nicht vorbei ist. Ob ihre Mutter sich berechtigt Sorgen macht?

Gemeinsam bereiten sie nun alles für den Käsekuchen vor, die Zutaten werden zusammengestellt, das Backblech noch einmal ordentlich gesäubert, dann kann es losgehen. Aber wie soll es anders sein, etwas fehlt.

Sabine lässt den Blick über die Zutaten wandern. »Du, Katja, ich glaube, dass die Butter nicht reicht«, stellt Sabine fest.

»Oh, Mum, hättest du das nicht früher bemerken können?« Katja sieht sie genervt an.

Ihre Mutter zuckt entschuldigend mit den Achseln. »Würdest du schnell zu Biggi fahren? Du weißt doch, der kleine Tante-Emma-Laden gegenüber der Kirche?«

»Schon gut, ich fahre hin. Bis gleich.« Katja trampelt extra laut aus der Küche.

»Die Butter hätte sehr wohl ausgereicht, aber nur für einen Kuchen«, murmelt Sabine vor sich hin.

Katja macht sich schnell auf den Weg. Sie hat Glück, die Dorfbewohner scheinen noch zu schlafen, es ist erst neun Uhr. Im Tante-Emma-Laden greift sie nach einem Pfund Butter in der Kühltheke, begibt sich zur Kasse und zahlt. Dann läuft sie wieder zu ihrem Auto, wo ihr der Schlüssel zu Boden fällt. »Scheiße, muss das jetzt sein?«, schimpft sie leise. Schnell legt sie Handy, Butter und Wechselgeld auf das Autodach, um den Schlüssel aufzuheben. Dann schnappt sie Handy, Schlüssel und Wechselgeld, springt ins Auto und startet den Motor. Gerade will sie losfahren, da klopft es an ihr Seitenfenster. Jetzt bloß nicht öffnen, wer weiß, wer da vor mir steht, denkt sie genervt. Aber der Mann lässt nicht locker und zeigt immer wieder auf ihr Autodach.

Katja blinzelt ihn durch die Scheibe an. Ist das ein fieser Trick oder habe ich vielleicht eine Delle im Autodach, fragt sie sich verwirrt. Dann stellt sie den Motor ab und lässt die Seitenscheibe herunter.

Der Mann mustert sie. »Sie mögen Ihre Butter wohl sehr streichzart«, sagt er.

»Ich kann Ihnen nicht folgen«, antwortet Katja nur.

»Dann steigen Sie vielleicht mal kurz aus und schauen sich an, was ich meine«, sagt der Mann nun mit einem Schmunzeln.

Katja versteht nur Bahnhof, aber steigt nun doch aus und schaut aufs Autodach. Sofort muss sie lachen. Er auch. Sie hat die Butter dort vergessen. »Danke schön, das war sehr nett von Ihnen«, sagt sie schließlich und nimmt die Butter an sich.

»Kein Problem, es war mir eine Freude«, entgegnet der Mann mit einem Augenzwinkern.

Wieder zu Hause in der Küche erzählt sie ihrer Mutter davon. Natürlich muss diese auch darüber lachen. »Mensch, Katja, dich kann man keine fünf Minuten alleine lassen. Kennst du den Mann, der dich darauf aufmerksam gemacht hat?«

»Nö, keine Ahnung, wo der auf einmal hergekommen ist. Ich habe ihn mir zwar nicht so genau angeguckt, aber so auf den ersten Blick war er eher nicht mein Fall«, antwortet Katja achselzuckend.

Ihre Mutter greift zur Butter. »Trotzdem lustig. Aber viele Romanzen haben schon mit solchen Missgeschicken begonnen.«

»Ha, ha«, lacht Katja gekünstelt. Da fällt ihr Blick auf das zweite Backblech. »Sag mal, wieso hast du noch ein Backblech rausgelegt?«

»Falls der erste Kuchen misslingt«, antwortet ihre Mutter und beginnt mit dem Teig.

»Hallo? Bist du jetzt von allen guten Geistern verlassen?« Katja sieht sie kopfschüttelnd an.

»Dann eben, weil wir gleich zwei Kuchen backen werden«, korrigiert ihre Mutter und nimmt sich das Mehl.

Katja steht einfach nur neben ihr. »Warum denn zwei?«

»Wenn ich dir das sage, schüttelst du eh nur den Kopf.«

Katja verflucht ihre Neugier, aber verspricht: »Na gut, ich tu's nicht.«

»Weil wir noch einen Kuchen für einen guten

Zweck backen müssen. Er ist für die Kirche, wir feiern zehn Jahre Kirchenchor«, erklärt ihre Mutter und schaut sich suchend nach den Eiern um.

Katja verdreht die Augen.

»Was habe ich da gesehen?« Ihre Mutter hebt drohend den mehligen Finger. »Auch das solltest du unterlassen. So komme ich wenigstens regelmäßig unter Leute. Ich bin doch immer alleine, es sei denn, du bist hier. Ich bin halt Katholikin, akzeptiere es doch einfach.«

Katja schiebt ihr die Eier hin. »Und du musst ihn wohl auch noch extra hinbringen, oder?«

»Nein, muss ich nicht, vermutlich kommt der Dirigent morgen früh vorbei und holt ihn ab. Ich habe einen Termin beim Zahnarzt. Ich wäre dir dankbar, wenn du ihm den Kuchen geben könntest«, antwortet Sabine und schlägt die Eier auf. Mit einem verschmitzten Lächeln fügt sie dann noch hinzu: »Du kannst ihn aber auch gern persönlich zur Kirche bringen.«

»Ja, Mum, ganz bestimmt. Lass mich bloß in Ruhe mit dem Mist«, brummt Katja.

Danach arbeiten sie gemeinsam weiter an den Kuchen. Als sie im Ofen sind, schaut Sabine ihre Tochter an und sagt: »Es wird Zeit, dass du etwas mit mir unternimmst. Du kannst doch nicht deinen gesamten Urlaub Trübsal blasen. Ich habe auch den Eindruck, dass es dir schon etwas besser geht, oder?«

Katja lehnt sich an den Tisch und überlegt, was sie antwortet. »Na ja, ich weine mich noch in den Schlaf«, gibt sie nach kurzem Zögern zu.

Ihre Mutter legt tröstend einen Arm um ihre Schulter. »Das ist normal, aber auch das legt sich wieder und dann blühst du wieder auf«, sagt sie begütigend und drückt sie kurz.

Am kommenden Morgen wartet Katja auf den Dirigenten, der sich allerdings ganz schön Zeit lässt. Sie hasst es, auf etwas oder jemanden zu warten. Erst gegen zehn Uhr klingelt es endlich. Katja rennt die Stufen herunter, öffnet die Tür – und guckt in die schönsten blauen Augen, die sie je gesehen hat! »Ah, der Dirigent, warten Sie, ich hole den Kuchen aus der Küche«, sagt sie schnell, um ihre Verwirrung zu überspielen. Momente später übergibt sie dem Mann den Käsekuchen, schön sauber, in Folie verpackt.

Dieser grinst sie nur an, bedankt sich und verschwindet gleich wieder.

Katja schließt die Tür und murmelt vor sich hin: »Mensch, diese Augen, ich wusste nicht, dass ein Dirigent so gut aussehen kann.«

Wenig später kommt Sabine zurück und findet ihre Tochter auf dem Sofa im Wohnzimmer mit einer Zeitschrift auf den Knien und leise pfeifend vor. Sie bleibt überrascht in der Tür stehen. »Hast du etwas eingenommen? Was ist denn mit dir los?«, fragt sie.

Katja sieht auf. »Hättest mir auch gleich sagen können, dass der Dirigent ein gutaussehender Mann mit strahlend blauen Augen ist«, erklärt sie mit einem schmalen Lächeln.

Jetzt ist Sabine richtig verwirrt. Der Dirigent ein gutaussehender Mann? Entweder leidet ihre Tochter jetzt an Geschmacksverwirrung oder der Dirigent hat sich einer Schönheitsoperation unterzogen. Aber sie entscheidet, es dabei zu belassen und schweigt. Hauptsache, es geht Katja wieder besser. Sie setzt sich erleichtert zu ihrer Tochter aufs Sofa.

Katja legt nun die Zeitschrift weg und fragt sie: »Wieso gehst du eigentlich nicht zu dieser Feier? Du gehörst doch auch dazu.«

Sabine lächelt sie an. »Ganz einfach, wenn man lieben Besuch hat, dann ist so etwas nicht von Bedeutung. Außerdem wäre da noch etwas wesentlich Wichtigeres. Die Müllmänner haben sich gemeldet und mir mitgeteilt, wo sie Snoopy hingebracht haben. Nur wenige Straßen weiter, bei Dr. Wallbaum. Warte mal kurz ...!«

Katja schaut ihr verdutzt hinterher. »Wo läuft die denn jetzt hin?«

Schnell taucht Sabine wieder auf, in der Hand hält sie einen Plastikbeutel. »So, meine Liebe, ich habe da etwas für dich.« Katja nimmt den Beutel verunsichert entgegen.

»Na los, guck ruhig mal rein!«, fordert ihre Mutter sie auf.

Als ihre Tochter den Inhalt sieht, laufen die ersten Tränen. Sie drückt eine kleine, goldfarbene Urne fest an sich, möchte sie vermutlich nie wieder loslassen?

»Wenn es dir inneren Frieden gibt, dann könnten wir ihn hinten im Garten begraben, vielleicht neben dem Apfelbaum, wo wir beide doch so gerne sitzen, was meinst du?«, schaut sie ihre Tochter fragend an.

»Es ist zwar eine traurige Angelegenheit, wenigstens bekommt er einen würdigen Platz, den Snoopy verdient hat«, ergänzt Katja zufrieden. Auf dem Weg nach draußen, erkennt sie bereits durch die Glastür, die zur Terrasse führt, ein ausgegrabenes Loch, die Erde sauber daneben gestapelt. Sie hat an alles gedacht, auch an ein kleines Holzkreuz mit Snoopys Namen darauf. Katja empfindet Trauer und Überwältigung zugleich. Die Tränen fließen, nicht nur bei ihr … Es zerreißt ihr das Herz und sie bricht weinend zusammen. »Mensch Katja, es tut so weh dich so zu sehen«, sagt Sabine und versucht dabei versucht stark zu bleiben. »Wir setzen ihn jetzt liebevoll in sein Grab und wünschen ihm einen friedlichen Weg über die Regenbogenbrücke!«, tröstet sie Katja und drückt sie kurz. Sabine nimmt die Urne wieder an sich und setzt sie vorsichtig nieder, schaufelt dann noch die Erde darüber. Katja steht nur daneben, kann es fast nicht mit ansehen, weiß aber auch, dass es die beste Lösung ist. Sabine steckt noch das Kreuz in den Boden und der Anblick wirkt doch irgendwie tröstend.

Sie hat längst bemerkt, dass ihre Tochter jetzt alleine sein möchte und begibt sich wortlos wieder ins Haus, lässt die Gartentür offen. Sie hört Katja noch ein Weilchen reden. Kurz danach ist es allerdings verdächtig still geworden. Sabine beschließt, nach dem Rechten zu sehen. Der Anblick überrascht sie nicht, Katja »wacht« auf dem Stuhl, neben dem Apfelbaum. In der Hand hält sie eine Zeitschrift, ihr Handy jedoch liegt daneben im Gras. »Das hat sie gebraucht!«, stellt ihre Mutter zufrieden fest.

Erst als es wesentlich kühler wird, taucht sie pünktlich zum Abendessen auf. »Na, gut geschlafen?«, will ihre Mutter wissen.

»Ja Mum, hat gut getan, dort ein Nickerchen zu halten, bei meinem kleinen Schatz!«, antwortet Katja etwas erleichtert. »Und danke für das, was du getan hast!«

Wahrscheinlich glaubt Sabine, nicht richtig gehört zu haben, freut sich aber sehr über die paar netten Worte. »Das war das Mindeste, was ich für dich tun konnte, ich war ja nicht ganz unschuldig an der Sache …!«, gibt sie offen zu. »Sag mal, warst du wirklich beim Zahnarzt?«, will Katja wissen.

»Ja klar, danach habe ich die Urne abgeholt!«, versichert ihr Sabine.

Man sieht Katja die Strapazen zwar noch an, ihr Gemüt scheint sich dennoch gebessert zu haben. Nach dem Essen schaut sich Sabine noch einen Krimi an, während ihre Tochter lieber in ihr Reich flüchtet, um einfach nur nachzudenken. Bevor sie in ihre Gedankenwelt eintauchen will, möchte sie noch mit ihrer Freundin telefonieren. Kaum hat sie ihre Nummer gewählt, geht Sofia auch schon ran.

»Grüß dich, Süße, was machst du so?«, will Katja wissen.

»Das Übliche, arbeiten, den Alltag bewältigen und an dich denken. Es ist so öde hier ohne dich. Und was gibt's Neues? Du hast bestimmt etwas auf dem Herzen. Hast du etwa eine neue Katze?«, fragt Sofia neugierig.

»Nein, dafür ist es noch zu früh«, antwortet Katja und seufzt tief. »Meine Mutter und ich haben Snoopy heute Nachmittag im Garten begraben, das ist für mich der beste Weg, darüber hinwegzukommen. Meine Mum hatte für alles gesorgt, sie hat die Urne beim Tierarzt abgeholt und alles Weitere auch gleich erledigt. So konnten wir ihn auch sofort in seine Ruhestätte setzen. Aber es war so schmerzhaft!«, erzählt Katja schluchzend.

»Verstehe, komm lass uns über etwas Schöneres reden, okay?«

Daraufhin beginnt Katja mit der Geschichte des »Dirigenten ...« (Ihr Gemüt klingt dabei besser.)

»Okay, hört sich interessant an, aber auch irgendwie lustig. Nur, was gedenkst du jetzt zu machen? Versuche doch erst einmal herauszufinden, wer da wirklich vor dir gestanden hat. Dazu müsstest du dich allerdings überwinden und einmal in die Kirche gehen«, schlägt Sofia vor.

»Oh Gott, ist das die einzige Möglichkeit?«, fragt Katja entsetzt.

»Ich fürchte ja«, antwortet Sofia. »Überleg es dir, vielleicht hängt deine Zukunft davon ab. Wer weiß das schon?«

»Ich lass es mir durch den Kopf gehen, danke dir.«

»Gut, Katja, ich wünsche dir alles Glück der Welt. Vergiss ja nicht, mich auf dem Laufenden zu halten.«

Nach dem Gespräch lässt Katja alles noch einmal Revue passieren. Sie muss sich eingestehen, dass es keine andere Möglichkeit gibt als die, die Sofia ihr vorgeschlagen hat. Und weil es bei ihr kein Demnächst gibt, alles wird lieber gestern als morgen erledigt, nimmt sie sich vor, gleich am nächsten Tag in die Kirche zu gehen. Nur was soll sie ihrer Mutter auftischen? Nur noch dieses eine Mal, denkt sie, dann gehe ich mit ihr, wohin sie auch immer möchte. Dieses Vorhaben stimmt sie irgendwie zufrieden, sie wird in der Kirche zusätzlich eine Kerze für ihren treuen Vierbeiner anzünden, obschon es eigentlich gegen ihre Prinzipien verstößt. Ihrer Mutter das zu erzählen, nachdem sie sie so negativ angemacht hat, wäre vermutlich keine gute Idee. Außerdem wird sie es wohl nie herauskriegen!?

Schnell kehrt sie ins Haus zurück und geht in ihr Zimmer. Dort hat sie noch das kleine Holzstäbchen, mit dem ihr der Arzt in den Mund geschaut hat. Sie bastelt daraus ein kleines Kreuz und schreibt mit einem schwarzen Stift den Namen »Snoopy« darauf, dazu malt sie ein kleines Herz, dabei weiß sie nicht einmal, was sie damit machen soll. Der Anblick schmerzt, doch sie reißt sich trotzdem zusammen und ist fest entschlossen, diesen für sie seltsamen Weg einzuschlagen. Sie plant, wie das am besten gelingen könnte. Ihrer Mutter wird sie erzählen, ihr Ladegerät sei kaputt und sie müsse deshalb mal kurz los. Sonst käme Sabine womöglich noch auf die Idee, sie zu begleiten. Es ist doch nur eine »kleine Notlüge«, denkt sie sich, um ihr eigenes Gewissen zu erleichtern.

Und wieder kann sie vor Aufregung nicht schlafen. Was, wenn jemand in der Kirche sie erkennt und es ihrer Mum erzählt? Dann sagt sie einfach, dass es eine Verwechslung sei. Ja, so macht sie es.

Beim Mittagessen am nächsten Tag äußert ihre Mutter den Wunsch, endlich wieder etwas zu zweit zu unternehmen. »Es ist schön, dass du hier bist, aber erlebt haben wir fast noch gar nichts zusammen, außer dem Shopping und dem misslungenen Abendessen im Restaurant. Sonst war es immer viel schöner mit uns.«

Katja nickt geistesabwesend. »Ja, ich weiß, das wird schon noch«, murmelt sie nur.

Sabine kennt ihre Tochter und weiß, dass etwas nicht stimmt. Aber sie hat keinen blassen Schimmer, was hinter ihrem recht seltsamen Verhalten stecken könnte.

Nach dem Essen geht Katja schnell auf ihr Zimmer, steckt das Übliche ein, dazu noch das kleine Kreuz. Dann macht sie sich auf den Weg. Ihr Herz schlägt wie verrückt, in nur wenigen Minuten erreicht sie bereits ihr Ziel. Der Parkplatz vor der Kirche ist fast leer. Nur drei Autos parken dort. Inzwischen ist sie sich nicht mehr so sicher, ob ihr Vorhaben gut ist. Sie beobachtet noch ein Weilchen das maue Kommen und Gehen der Kirchgänger, überwindet sich dann aber. »Einmal tief durchatmen, dann reiß dich zusammen, es geht schließlich nicht um Leben und Tod«, ermahnt sie sich in Gedanken und steigt aus dem Auto.

Es ist wieder ein schöner Tag, die Luft ist warm und die Vögel singen. Sie nähert sich langsam dem Eingang, dreht sich x-mal um und geht wieder weiter. Schließlich öffnet sie die schweren Türen und tritt in die Kirche ein. Es ist kühl und andächtig still. Am anderen Ende eines langen Ganges hängt Jesus am Kreuz. Sie sieht sich um. Niemand hier, denkt sie, oder doch? Weit vorne betet ein Großmütterchen andächtig den Rosenkranz. Die Arme, sie trauert bestimmt ihrem Mann nach, mutmaßt Katja. Aber wenigstens hatte sie einen. Sie geht langsam weiter. Wo sind bloß diese verdammten Kerzen? Muss man die von zu Hause mitbringen? An einer Wand entdeckt sie dann die Körbchen mit den Kerzen. Sie bleibt davor stehen. Toll, wo soll sie nun Feuer herbekommen? Ihr Blick fällt auf die bereits brennenden Kerzen. Da ist sie wohl mal wieder blond und blöd, sie kann ihre Kerze ja an einer der anderen brennenden entzünden.

Dass sie aus der Ferne beobachtet wird, bemerkt sie nicht. Zu sehr ist sie mit ihrer Kerze beschäftigt, hält den Docht an die Flamme einer anderen, und zuckt regelrecht zusammen, als eine männliche Stimme ihr von hinten zuflüstert: »Hallo Frau Butter, hier ist der Dirigent.«

Katja dreht sich um und starrt dem Mann ins Gesicht. »Oh Gott«, stottert sie dann.

»Ich bin zwar nicht Gott, Pfarrer reicht völlig aus«, entgegnet der Mann.

Sie mustert ihn kurz von oben bis unten und als sie ihm in die Augen schaut, wird ihr heiß und kalt zugleich.

Er merkt, dass er sie überrumpelt hat, und versucht mit einem lockeren Gespräch die Lage zu entspannen. »Schön, dass es noch junge Leute gibt, die sich hierher verirren. Aber ich glaube, ganz so oft schlagen Sie diesen Weg nicht ein«, sagt er leise und kann sich ein Grinsen nicht verkneifen.

Katja ist mit der Situation total überfordert und kann nicht mehr klar denken. Der gutaussehende »Dirigent« entpuppt sich schlagartig als Pfarrer. Sie starrt ihn einfach nur an.

»Wissen Sie was, ich habe noch ein bisschen Zeit, wir könnten uns kurz in der Sakristei unterhalten, wenn Sie möchten«, bietet er daraufhin an. »Ich bin auch der Seelsorger der Gemeinde, ein guter Zuhörer und Ratgeber.«

Katja atmet aus. »Gut, ich komme gerne mit«, hört sie sich selbst sagen. Sie kann es nicht fassen, dass sie die »Augen ihres Lebens« unerwartet wiedersieht.

Seite an Seite gehen sie durch die andächtige Stille in die Sakristei. Dort setzen sie sich auf eine kleine Holzbank. Er sieht sie abwartend an. »So, dann erzählen Sie mal etwas über sich«, fordert er sie ruhig auf. Dass sie etwas bedrückt, hat er längst bemerkt.

»Ich, ich heiße Katja, komme eigentlich aus Frankfurt und bin hier in den Sommerferien zu Besuch bei meiner Mutter«, plappert sie wie ferngesteuert los. »Gut, Katja, ich bin Ralf, jede weitere Anrede ist gar nicht notwendig.«

Er legt eine Hand auf ihr Knie, vermutlich ohne sich etwas dabei zu denken. »Mein Kind, wenn ich dir helfen soll, musst du dich mir schon öffnen.«

Katja erlebt alles wie durch Watte. Die Berührung seiner Hand schlug wie ein Blitz in sie ein.

»Katja, hallo, bist du noch hier?«, hakt er behutsam nach.

Sie reißt sich zusammen und macht den Rücken gerade. Mit neuer Entschlossenheit sieht sie ihn an.

»Ja, ja, Entschuldigung, ich war mit meinen Gedanken ganz woanders.« Sie atmet aus.

»Das macht nichts. Möchtest du mir jetzt von deinem Leid erzählen?«, fordert er sie erneut auf.

Aber Katja zögert. »Ich befürchte, du findest das absolut lächerlich«, gesteht sie schließlich.

Er schüttelt entschieden den Kopf. »Nein, was auch immer dich bedrückt, kein Problem ist lächerlich, keines.«

Dann beginnt sie stockend: »Ich lebe alleine, mein einziger Begleiter war mein heißgeliebter Stubentiger Snoopy.«

»War?«

Ihre Augen füllen sich zusehends mit Tränen. »Ich wollte ihn nicht einfach irgendwo unterbringen und habe ihn mitgenommen. Wie eigentlich jedes Jahr. Meine Mutter war nur für einen kurzen Moment unaufmerksam und dann ist es passiert ...« Schluchzend packt sie ihr selbstgebasteltes Kreuz aus und zeigt es ihm. »Wir haben ihn gestern in einer Urne im Garten begraben.«

Es tut ihm in der Seele weh, doch er bleibt locker und ruhig, um es ihr nicht noch schwerer zu machen. Statt auf ihren Verlust näher einzugehen, wählt er einen anderen Weg und sagt: »Das tut mir sehr leid. Dann erzähle mir doch einfach, was dich hierher verschlägt?«

»Ich bin bei meiner Mum zu Besuch, wie fast jedes Jahr.«

»Interessant, wie heißt deine Mutter denn?«

»Sabine Siebert«, antwortet Katja noch immer leicht verunsichert.

»Oh, die Sabine, ja, wir reden ab und zu miteinander!«, entgegnet er aufgeregt. »Liebe Katja, wenn du nichts Besonderes mehr am Herzen hast, belassen wir es bei dem angenehmen Gespräch, die Pflicht ruft…! Und grüß deine Mutter von mir, okay?« Wie soll ich das denn anstellen?, ist daraufhin ihr erster Gedanke. Sie lässt sich die »peinliche« Situation nicht anmerken und verspricht, seine Grüße auszurichten.

»Du kannst mich jederzeit ansprechen, wenn du das Bedürfnis hast.« Er lächelt sie an.

»Vielen Dank, Ralf, das kleine Gespräch hat mir schon gutgetan, danke«, antwortet Katja und schlägt die Augen nieder.

»Aber gerne. Lass dich mal wieder blicken. Es ist schön, mal andere Gesichter zu sehen.«

Damit erhebt sie sich und verlässt die Sakristei. Er steht in der Tür und sieht ihr nach. Sie winkt ihm noch kurz verunsichert zu und macht sich dann auf den Weg zu ihrem Auto.

Sie wirft sich hinter das Steuer, verriegelt die Tür, kann nicht mehr klar denken. Was hab ich bloß getan, was soll das werden, fragt sie sich. Sie müsste schon wieder ganz dringend mit jemandem reden, aber Sofia ist zur Arbeit. Wäre sie doch nur in Frankfurt geblieben, auch Snoopy wäre dann noch bei ihr. Und sie könnte sich in ihre Wohnung zurückziehen und müsste sich keine lästigen Fragen stellen. Eines versteht sie aber nicht: Wie konnte sie diese Augen beim ersten zufälligen Treffen einfach **übersehen**? Na gut, es ging alles sehr schnell. Warum hat er sich nicht zu erkennen gegeben, als er den Scheißkuchen abgeholt hat? Vielleicht sollte sie mit dieser Geschichte einfach abschließen ... Nein, auf keinen Fall! Sie hat doch noch gar nicht begonnen. Einmal noch, dann gibt sie auf, vereinbart sie mit sich selbst.

Völlig durch den Wind macht sie sich auf den Weg zu ihrer Mutter. Nur nichts anmerken lassen, ermahnt sie sich wieder und wieder. Als sie nach Haus kommt, ist ihre Mutter in der Küche und räumt auf. »Hey Katja, da bist du ja wieder«, ruft sie ihr durch die Tür zu. »Und, hast du ein neues Kabel gefunden?«

Katja geht in die Küche und lässt sich auf einen Stuhl am Esstisch fallen. »Ja, Mum, hab ich.«

»Geht's dir gut, du siehst mitgenommen aus?«, fragt ihre Mutter, während sie den Geschirrspüler einräumt. Sie sieht sie kopfschüttelnd an. »Hattest du ein heimliches Date, oder was?«

Katja kann es nicht fassen, mit welcher Sicherheit ihre Mutter den Nagel auf den Kopf trifft. »Mum, ich bin fast 25 Jahre alt und keine 15 mehr. Musst du mich laufend bemuttern?« Sie erwidert den Blick ihrer Mutter trotzig. Die zieht nur eine Augenbraue hoch und schließlich gesteht Katja: »Gut, ja, ich habe jemand getroffen. Erinnerst du dich an die Geschichte mit dem Schlüssel? Ich habe diesen Typen zufällig in der Stadt getroffen und wir waren ein Eis essen. Er heißt Jörg und ist nur zehn Jahre älter als ich.«

Ihre Mutter setzt sich zu ihr. »Wow, ich freue mich für dich. Was arbeitet der denn?«

Katja überlegt fieberhaft. »Er, er ist ... Bankangestellter, ja«, sagt sie dann schnell.

Ihre Mutter lächelt ihr aufmunternd zu. »Siehst du,

denk an meine Worte. So haben schon viele Romanzen angefangen.«

Nun muss sich Katja echt bemühen, innerlich lacht sie, versucht aber, sich nichts anmerken zu lassen und äußert sich nicht.

»Du hast bald Geburtstag, was wünschst du dir überhaupt?«, wechselt Sabine das Thema.

»Du brauchst mir nichts zu schenken, ich habe doch fast alles.«

»Was hältst du von einem Boutique-Gutschein?«

»Kannst du machen, musst du aber nicht.«

»Wir könnten doch eine kleine Party schmeißen, wir beide und vielleicht auch Jörg?«, schlägt ihre Mutter nun vor.

Katja bekommt einen dicken Kloß im Hals. Was antwortet sie denn jetzt?

»Mit ein paar mehr Leuten wäre es natürlich interessanter. Kannst dir ja was überlegen, sind ja noch ein paar Tage bis dahin«, sagt Sabine nach einigen Sekunden Stille.

Katja weiß sehr wohl, dass sie dabei ist, ein Netz aus Lügen aufzubauen, aber sie kann doch nicht einfach hingehen und sagen: »Gute Idee, der Priester kommt bestimmt auch!?« Sie lenkt vom Thema ab und erzählt ihrer Mutter von der Galerie, in der sie neulich war, als das Unglück mit Snoopy passierte. »Der Aufseher grüßt dich übrigens, er wusste sogar deinen Namen«, endet sie.

Ihre Mutter hat einen Kaffee gemacht, stellt zwei Tassen auf den Tisch, schenkt ihnen ein und setzt sich wieder. »Wie heißt der Mann denn?«

Katja erinnert sich dunkel, dass er seinen Namen nannte, aber sie hat ihn schon längst wieder vergessen.

»Lass uns morgen mal hinfahren, dann schaue ich ihn mir mal an.«

»Gute Idee, ich habe sowieso nicht viel von der Galerie gesehen«, stimmt Katja zu.

Auf dem Weg dorthin erzählt Katja ihrer Mutter etwas mehr über ihren Besuch bei der Wahrsagerin. Selbst Sabine muss nach alldem, was bisher passiert ist, gestehen, dass diese Frau doch etwas kann. Mit dem Galeriebesuch möchte sie Katja auf andere Gedanken bringen, nur deshalb hat sie sich dazu bewegen lassen. Der Aufseher war für sie nur ein Vorwand, so groß ist ihre Neugier nicht.

Es dauert nicht lange und sie stehen in der Galerie. Es ist nicht besonders voll, sie schlendern entspannt an den vielen Gemälden entlang. Einige sind abstrakt, aber es gibt auch verschiedene sehr schöne Landschaftsbilder. »Schau, Mum, da hinten links steht er«, sagt Katja, als sie gerade vor ein Bild von der Ostsee an einem rauen Tag treten.

Sabine dreht sich um und späht unauffällig in die angegebene Richtung. »So auf Anhieb erkenne ich den Mann nicht. Wir müssen näher ran«, flüstert sie ihrer Tochter zu.

»Direkt zu ihm zu gehen, wäre zu auffällig, wir drehen eine Runde und gehen anschließend an ihm vorbei, ja?«, schlägt Katja leise vor.

»Okay, so machen wir das«, willigt Sabine ein.

Katja schaut sich einige Bilder genauestens an, ihre Mutter dagegen spaziert etwas gelangweilt neben ihr her. Irgendwann bleibt Katja bei einem Gemälde wie angewurzelt stehen. Es zeigt eine Kirche im Sonnenuntergang. Und es fasziniert sie. Das Bild hat eine wundervolle, nahezu wilde Romantik. Sie macht ein Foto davon, obwohl das nicht erlaubt ist. Schnell sieht sie sich nach dem Aufseher um. Der guckt ganz offensichtlich zu ihrer Mutter herüber. Katja geht zu ihr, den Blick weiter auf die Gemälde gerichtet. »Ich glaube, er hat dich entdeckt«, murmelt sie ihr unauffällig zu.

Sabine schielt aus den Augenwinkeln zu ihm hinüber. »Könnte sein«, flüstert sie zurück.

»Los, wir gehen mal rüber«, sagt Katja und zieht ihre Mutter am Arm einfach mit sich.

Und plötzlich stehen sie vor ihm. Katja tritt einen Schritt zur Seite und wartet ab, was nun passiert.

Sabine mustert den Mann und der strahlt sie freundlich an. »Hallo Frau Siebert, wie geht es Ihnen?«, begrüßt er sie und nickt Katja freundlich zu.

»Danke, ganz passabel«, antwortet Sabine. »Meine Tochter hat mich von Ihnen grüßen lassen. Das war sehr nett von Ihnen, aber ich weiß definitiv nicht, woher wir uns kennen könnten. Bitte helfen Sie mir mal auf die Sprünge.«

Der Aufseher grinst. »Ich war mal Ihr Fahrlehrer.«

Sabine kann es nicht fassen. »Nein, das gibt es doch nicht! Wissen Sie, ich kann mir nur Gesichter schlecht einprägen«, gesteht sie.

»Jeder hat so seine Schwäche.« Er lacht. »Und? Noch immer glücklich verheiratet?«

Jetzt lacht Sabine. »Oh Gott, nein, ich bin schon lange geschieden. Glücklich geschieden.«

»Klingt überzeugt. Ich bin leider Witwer, meine Frau starb vor drei Jahren an Krebs.«

Sabine wird sofort ernst. »Das tut mir leid«, sagt sie bedauernd und meint es auch so.

»Ist schon okay, ich habe mich mittlerweile damit abgefunden«, sagt er nur.

»Und Sie arbeiten immer noch?«, wechselt Sabine schnell das Thema.

Er zuckt mit den Schultern und holt tief Luft, dann erklärt er mit einem Augenzwinkern: »Na ja, die jungen Mädels wollten keinen alten Sack als Beifahrer. Deshalb habe ich meine Karriere als Fahrlehrer vor etwa sechs Jahren beendet. Zu Hause hocken ist aber nicht mein Ding. Also habe ich mich auf die Suche nach etwas anderem gemacht und bin durch einen Kumpel zu diesem kleinen Job gekommen. Ich verausgabe mich nicht, ich bin ja immerhin schon Anfang 70, aber ich drehe zuverlässig meine Runden, um nach dem Rechten zu sehen.«

»Hört sich gut an, und Sie liegen nicht auf der faulen Haut«, fasst Sabine zusammen und mustert ihn anerkennend.

»Eben. Wenn Sie mal jemanden zum Reden brauchen, hier haben Sie meine Visitenkarte.« Er zieht mit einer flinken Bewegung eine Karte aus seiner Jackentasche und reicht sie Sabine.

Diese nimmt sie überrascht entgegen. »Danke, ich fühle mich geschmeichelt. Es ist lange her, dass mir jemand ein solches Angebot gemacht hat.« Sie lächelt verlegen.

Er nickt ihr freundlich zu. »Also, wie gesagt, und einen schönen Tag noch, die Damen«, sagt Egon Heck, wendet sich von ihnen ab und geht, um seiner Pflicht nachzukommen.

Katja knufft ihre Mutter in die Seite. »Mensch, Mutti, du gefällst ihm«, stellt sie leise und amüsiert fest.

Ihre Mutter sieht sie entrüstet an. »Ach Quatsch, der ist doch viel zu alt für mich. Er könnte mein Vater sein.«

Jetzt guckt auch Katja entrüstet. »Sag mal, spinnst du? Dafür gibt es keine Altersgrenze! Du solltest dich bei ihm melden.«

»Nur weil du auf Opas stehst, muss ich das noch lange nicht auch.« Sabine schaut ihre Tochter an. »Willst du mich etwa verkuppeln? Hast du mich überhaupt schon gefragt, ob er mir gefällt?«

Katja lächelt sie an. »Ich muss dich nicht fragen, das habe ich auch so schon bemerkt.«

»Wie das denn?«

»Blicke sagen mehr als tausend Worte.«

»Wenn du meinst.« Sabine seufzt und fragt sich, ob ihre Tochter recht hat. Sie weiß noch nicht so richtig, was sie fühlen soll.

Der Tag klingt noch schön aus bei einem guten Glas Wein im Bauernhaus.

Katja hat es tatsächlich geschafft, an diesem Tag in der Galerie abzuschalten. Doch als sie im Dunkeln im Bett liegt, kreisen wieder die Gedanken. Jetzt hatte sie etwas mit ihrer Mutter unternommen und kann sich guten Gewissens um ihr eigentliches Problem kümmern. Wenn sie nur wüsste, wie sie das angehen soll? Das kann sie ihre Mutter leider kaum fragen. Die wundert sich vermutlich schon, dass sie nicht mal ein Wort über ihre angebliche Eroberung mit Jörg verloren hat.

Sie wälzt sich auf die andere Seite.

Wobei es auch seltsam ist, dass Sabine sie so gar nicht darauf anspricht, wo Katja doch in so einem Fall laufend von ihrem neuen Helden schwärmt.

Erneut dreht sie sich um.

Na ja, wird schon schiefgehen. Einen Plan B gibt es nicht, sie muss wohl oder übel wieder zu den Heiligen.

Das tut sie auch. Am nächsten Tag fährt sie wieder zur Kirche. Erneut geht ihr der Arsch auf Grundeis und sie traut sich nicht, aus dem Wagen auszusteigen. Sie sitzt da, starrt aus dem Fenster und ringt mit sich selbst. Ob sie den Pfarrer wohl antrifft in der Kirche? Mann, diese Augen! Und sein Charme! Und dann schimpft sie leise mit sich selbst: »Mensch, Katja, überleg doch mal, du hast doch nicht vor, bei einem Geistlichen zu landen? Spinnst du nun total? Du gehst jetzt einfach da rein, schaust dich ein bisschen um und falls er nicht da sein sollte, verschwindest du schnellstens wieder.«

Also steigt sie nun doch aus dem Auto. Es ist ein grauer Tag und sie friert leicht, also beeilt sie sich, in die Kirche zu kommen. Doch sie muss an einigen

Klatschtanten vorbei, die beim Tratschen fast den ganzen Eingang blockieren. Auch das noch, haben die alten Kühe nichts Besseres zu tun, fragt sie sich stumm. Im Vorbeigehen hört sie: »Wer ist das denn?«

Und: »Was will die denn hier?«

Dass die Frauen ihr neugierig nachblicken, ist ja wohl klar.

Oh Mann, hoffentlich kennt mich niemand von denen, fleht Katja innerlich.

Dann dreht sie im Inneren der Kirche fast schon schizophren ihre Runden. Vom Pfarrer gibt es natürlich keine Spur. Was mache ich jetzt, fragt sie sich ratlos. Gleich wieder rauszugehen, wäre zu auffällig. Sie entscheidet, sich für ein Weilchen in eine Bank zu setzen und zu warten.

Nach zehn Minuten, in denen sie absolut allein war, hört sie keine Stimmen mehr vor der Kirchentür und vermutet, dass die alten Hühner wieder weg sind. Das wäre gut, denn es ist auch im Inneren der Kirche recht kalt. Wie schön wäre es doch, wenn jemand sie aufwärmen würde ... Aber sie bleibt noch ein bisschen, in der Hoffnung, dass der Pfarrer mit den schönen Augen auftaucht. Nach einer gefühlten Ewigkeit sieht sie dann aber ein, dass weiteres Warten sinnlos wäre. Sie begibt sich zum Ausgang. Dort sieht sie wieder die Tanten stehen. Am liebsten würde sie schnell vorbei an ihnen, gleichzeitig rät ihr ihre innere Stimme davon ab – nicht gleich rauszulaufen, es könnte vielleicht noch interessant werden. Stattdessen taucht sie ihre Finger in die große Schale mit dem Weihwasser und tut so, als ob sie auf dem Handy eine Nachricht lesen würde. Und es gelingt ihr tatsächlich, etwas sehr Interessantes aufzuschnappen: »Stell dir mal vor, unser Pfarrer hat einen Hund. Hab ihn gestern Abend beobachtet, als er da oben am Deich spazieren ging, in der Nähe des Leuchtturms«, sagt die eine.

»Oh, was für einen Hund hat er denn, Gerti?«, fragt eine andere.

»Es ist ein recht großer Hund, mehr kann ich dazu nicht sagen«, antwortet Gerti.

»Das sieht ihm aber nicht ähnlich, finde ich«, sagt die Nächste.

»Na ja, warum soll ein Pfarrer kein Tier haben? Kommst du noch mit zum Kaffeekränzchen?«, bemerkt wieder eine andere.

»Nein, ich muss doch meinem Robert das Essen zubereiten. Du weißt doch, wie Männer sind, wenn es etwas später wird.«

»Ja, da hast du recht, dann ein anderes Mal, ja?«

Damit löst sich die Damenrunde auf. Katja wartet noch, bis sie fort sind, und geht dann zu ihrem Auto. Obwohl sie ihn nicht angetroffen hat, hätte es nicht besser laufen können. Gleich nach dem Abendessen will sie sich auf den Weg zum Leuchtturm machen. Oh, ist das aufregend. Während sie dort auf ihn wartet, will sie versuchen, ihre Schnecke Sofia zu erreichen.

Gedacht, getan. Zur Dämmerung fährt sie zum Leuchtturm. Da ihre Mutter mal wieder wissen wollte, wo die Reise hingeht, musste erneut der arme Jörg herhalten. Aber ob diese Lüge noch lange funktioniert …?

Die Versuchung

Katja ist also auf dem Weg, nur wo genau muss sie hin? Obwohl sie fast jedes Jahr hierherkommt, hat sie sich für den Leuchtturm eigentlich nie interessiert und muss erst einmal herausfinden, wie sie am besten dorthin kommt. Schnell entdeckt sie ihn beim Vorbeifahren, steuert auf die Parkplätze zu, holt noch einmal tief Luft und steigt dann sofort aus. Ganz schön windig und kalt, stellt sie fest. Und oben beim Leuchtturm wird es wohl noch kälter sein. Egal, einen kleinen Schnupfen ist ihr die Sache wert. Von dem Deich trennen sie jetzt bloß noch unzählige Stufen. Zum Glück ist Katja sportlich. Dennoch kommt sie völlig außer Puste oben an. Aber die Aussicht ist gigantisch. Sie genießt das Kreischen der Möwen, das Rauschen der Wellen, aber vor allem die Ruhe und Einsamkeit, die hier herrschen. Sie gerät fast ins Träumen, nur hat sie dafür keine Zeit, schließlich muss sie ihre Augen offenhalten. Katja setzt sich auf eine Bank und wartet ab. Vielleicht Stunden, vielleicht vergeblich? Nein, heute Abend sieht sie ihn wieder. Das Schicksal darf es nicht zulassen, dass sie gleich zweimal an einem Tag enttäuscht wird. Und tatsächlich, in der Ferne sieht sie eine Person mit einem Hund, die ihr oben auf der Promenade entgegenkommt. Ob das der Pfarrer ist? Beim Näherkommen stellt sie fest, dass die Gestalt zwar ein Mann ist, aber nicht der, den sie sich erhofft hat. Er grüßt Katja und beobachtet sie im Vorbeigehen. Wahrscheinlich, weil er sie hier noch nicht gesehen hat. Wer weiß. Mag auch sein, dass sie ihm gefällt. Aber das interessiert Katja gerade wenig.

Ihre Finger kribbeln und sie müsste unbedingt mit Sofia reden. Schnell zückt sie das Handy und ruft sie an. Es klingelt und klingelt, aber Sofia geht nicht ran. Verdammt, flucht Katja stumm. Dann fällt ihr ein, dass Mittwoch ist und sie ihren Kegelabend hat.

Inzwischen sitzt sie schon mehr als eine Stunde da. Der Wind macht ihr zu schaffen, sie friert allmählich richtig. Vielleicht geht er nicht jeden Tag hier entlang, überlegt sie. Sie wartet noch ein Weilchen und will dann wieder nach Hause, sonst holt sie sich noch den Tod hier oben.

Aber dann ... Sie glaubt, eine Person in dunkler Kleidung und mit einem schwarzen Hut zu erkennen, aber sie ist noch weit weg. »Ich werd verrückt, ich glaube, das ist er, in Begleitung eines Schäferhundes«, murmelt sie. Jetzt nur nicht durchdrehen, ganz locker bleiben, es soll ja so aussehen, als ob sie rein zufällig hier sitzt. Also wartet sie und schaut in den Himmel.

Endlich, er ist näher gekommen, so nahe, dass auch er erkennen kann, wer dort auf der Bank sitzt. Er bleibt bei ihr stehen. »Mensch, Katja, dich hätte ich am wenigsten hier oben erwartet. Was treibst du hier, ganz alleine?«, begrüßt er sie.

Sie schaut ihn so überrascht an, wie es ihr möglich ist. »Oh hallo, ich wollte ein bisschen abschalten, und dies ist der beste Ort dafür.«

Er sieht kurz nach seinem Hund, der ein paar Schritte weiter an einem Stein schnüffelt. »Was für ein Zufall«, stellt er dann fest. »Hast du Lust, ein bisschen mit mir und meinem Hund spazieren zu gehen? Es macht doch mehr Spaß zu zweit. Und du frierst schon. Es wird Zeit, dass du dich bewegst. Du kannst auch meine Jacke haben, oder willst du den Rest deines Urlaubs im Bett verbringen?« Wie ein Gentleman zieht er seine Jacke aus und legt sie Katja um die Schultern. Am liebsten würde sie ihn in den Arm nehmen und fest an sich drücken. Aber Gott steht vermutlich zwischen ihnen.

Sie gehen Seite an Seite in die Dämmerung. Nach einigen Momenten Schweigen fragt Katja: »Wie heißt dein Hund?«

»Das ist Derrick, er gehört meinem Onkel. Ich habe ihn nur noch wenige Tage in meiner Obhut, dann holt er ihn wieder ab.«

»Ah, wie kommt das?«

Derrick nähert sich ihnen, schnüffelt an Katjas Hand und leckt sie dann.

»Der gute Mann ist verreist, so wie du. Nur etwas weiter weg, nach Afrika hat es ihn verschlagen. Derrick ist sehr zutraulich, du siehst ja, er leckt dir sogar schon die Hand.«

»Das hat Snoopy auch immer gemacht«, fällt Katja nun wieder ein.

»Bitte nicht wieder weinen«, sagt Ralf schnell.

Doch genau diese Worte sind nun der Auslöser. Er weiß nicht so recht, wie er sich verhalten soll. Vielleicht hilft es ihr, wenn er sie kurz in den Arm nimmt, denkt er sich. Doch etwas unsicher fühlt er sich dabei schon. Wie reagiert sie wohl darauf? Er bleibt stehen und legt eine Hand auf ihren Arm. »Sieh mich an, du hast so wunderschöne Augen, selbst wenn du weinst«, sagt er sanft.

Katja ist auch stehen geblieben und sieht ihn sprachlos an. Ohne zu zögern, fällt sie ihm in die Arme und lässt ihrer Trauer freien Lauf. Auf diesen Moment hat sie so lange gewartet. Wird er sie wegstoßen?

Nein, er tut es nicht. Aber irgendwie peinlich ist ihm der Moment schon. Etwas in dieser Art hat er noch nie getan. Er hat die Arme um sie gelegt und nimmt sich nun aber wieder zurück. Entschuldigend sieht er sie an. »Es tut mir leid, es war dumm von mir, das zuzulassen. Ich wollte dir nicht zu nahetreten, Katja.«

Sie sieht ihn an und wischt sich die Tränen aus dem Gesicht. »Mach dir keine Sorgen, das ist schon okay. Ich komme damit klar«, schnieft sie. Und wie sie damit klarkommt…

»Wir gehen jetzt einfach weiter und unterhalten uns über Gott und die Welt«, schlägt er vor.

»Gut, ich habe tausend Fragen an dich«, stimmt sie schnell zu.

Er lacht. »Das sind aber ganz schön viele, ich höre?«

»Wieso bist du Pfarrer geworden?«

Er sieht in die Dämmerung vor ihnen und beobachtet, wie Derrick vorausläuft. »Hm, das ist eine seltsame Frage. Ich denke mal, dass es mit meinem Glauben zu tun hat. Ich habe noch zwei Geschwister, alle haben sie es gehasst, in die Kirche mitgeschleppt zu werden. Nur ich nicht. Ich habe mich dort stets wohlgefühlt und habe recht früh erkannt, dass ich ein Diener Gottes sein möchte. Frauen haben mich nie interessiert, das waren quasi beste Voraussetzungen.«

»Letzteres finde ich schade«, bemerkt sie sofort.

Er wirft ihr einen amüsierten Blick zu. »Mensch, Katja, du redest manchmal echt zweideutig. Was willst du mir denn damit sagen?«

»Es ist halt schade, dass du mit Frauen nichts am Hut hast. Ich meine, du könntest bestimmt alle möglichen Frauen haben, wenn du wolltest.« Nun wird ihr tatsächlich wieder warm.

»Danke, es freut mich, dass du das so siehst. Aber mit 44 ist es vielleicht ein bisschen spät, eine Familie zu gründen.«

Sie musterte ihn von der Seite. »Aha, du bist also 44 Jahre alt? Eigentlich ist es nie zu spät, selbst im Rentenalter kannst du noch einen Neuanfang wagen.«

Sie sehen sich in die Augen.

Katja seufzt, natürlich bewegen sie auch irgendwie ihre Eigeninteressen zu diesen Bemerkungen, aber das kann sie ihm natürlich nicht sagen.

Ralf zeigt nach vorn. »Sieh nur, wir sind fast am Leuchtturm angekommen. Und dreh dich mal um, wir haben schon eine ziemliche Strecke zurückgelegt. Geht schnell, wenn man so viel redet.« Er wirkt zufrieden.

Katja sieht zum Leuchtturm, der sich trutzig ein Stück vor ihnen erhebt. »Der Leuchtturm fasziniert mich, er wirkt so romantisch. Das gefällt mir. Wie gerne würde ich da mal rein.«

Er knufft sie sanft an der Schulter. »Dann bleibt wohl nur eins: einbrechen.«

Sie sieht ihn groß an.

Er lacht. »Sieh mich nicht so an, das war nur ein Scherz.«

»Du bist für einen Pfarrer ziemlich locker drauf, erstaunlich«, bemerkt sie.

»Findest du? Pfarrer sind doch keine Roboter, wir sind auch nur Menschen, Katja.«

Als sie den Leuchtturm erreicht haben, machen sie sich wieder auf den Rückweg. Nie zuvor hat sich Katja in der Gegenwart eines Mannes so wohlgefühlt, obschon sie weiß, dass es nicht sein darf.

Es ist mittlerweile fast dunkel und Ralf sagt leise: »Ich muss jetzt nach Hause, die Haushälterin wartet sicherlich schon auf mich. Sonst denkt die noch, ich wäre überfallen worden und ruft die Polizei.«

»Die Haushälterin? Hat die ein Glück ...«, sagt Kaja lachend. Sie bleiben stehen und sehen sich an. »Wann sehen wir uns wieder?«, fragt sie.

»Recht bald, wenn du mir versprichst, dass du dir nichts dabei denkst«, sagt er und erwidert ihren Blick.

»Geht klar, ich reiß mich zusammen«, verspricht sie.

»Morgen hier, um dieselbe Zeit?«, fragt er.

»Kein Problem, ich freue mich. Danke für deine Aufmerksamkeit«, willigt sie schnell ein.

Viel zu schnell ist Katja wieder bei ihrem Auto. Momentan ist sie nicht in der Lage, sich aufs Fahren zu konzentrieren. Viele Gedanken kreisen ihr im Kopf herum, diese Begegnung hat sie endgültig aus der Bahn geworfen. Es besteht kein Zweifel mehr, sie hat sich unsterblich in einen Pfarrer verknallt. Über eine Stunde sitzt sie im Dunkeln in ihrem Auto und grübelt. Egal, wie schön dieser Abend mit ihm war, es darf nicht sein. Was passiert, wenn sie sich noch näherkommen? Oh je, nicht auszumalen! Ach, wäre doch nur Sofia hier, das würde ihr sehr helfen. Aber sie muss wohl alleine damit klarkommen. Und was soll sie bloß ihrer Mutter erzählen? Mit offenen Karten spielen wäre vielleicht doch das Beste, oder?

Schließlich begibt sich dann doch auf die Heimreise. Sie hat jedoch große Angst vor der Reaktion ihrer Mutter, wenn sie ihr die ganze Geschichte erzählt. Sie wird wohl kaum zu ihr sagen, dass sie das gut gemacht hat.

Als Katja im Hof ankommt, sitzt Sabine auf der Bank vor dem Haus, ein Glas Wein in der Hand. Sie geht zu ihr, baut sich vor der Bank auf und sagt ohne lange zu überlegen: »Mutti, wir müssen reden«

Ihre Mutter schaut zu ihr auf. »Na wo brennt's denn?«, fragt sie, dann mustert sie ihre Tochter genauer. »Sag mal, wessen Jacke hast du denn da an?«

Katja lässt sich neben sie auf die Bank fallen. »Ich werde dir alles erklären, aber schön der Reihe nach. Bitte hör mir einfach nur zu und unterbrich mich nicht, okay? Anschließend kannst du dich äußern. Und ich bin mir sicher, das wirst du auch«, beginnt sie.

Ihre Mutter stellt das Weinglas auf den Boden und sieht sie abwartend an. »Alles klar, ich bin ganz Ohr.«

Katja holt noch einmal tief Luft, dann fährt sie fort: »Also, ich habe dich belogen. Es gibt gar keinen Jörg, jedenfalls nicht in meinem Leben. Aber es gibt einen anderen Mann.«

Es fällt Sabine schwer, Katja nicht ins Wort zu fallen, aber sie hat es ihr versprochen, also reißt sie sich zusammen.

»Deine Zweifel sind berechtigt, ich habe ein Auge, wenn nicht sogar beide, auf jemanden anderes geworfen. Und ich falle jetzt einfach mit der Tür ins Haus, es ist … es ist.« Sie stockt und starrt durch die Dunkelheit zur Straße. Dort tanzen Insekten im Licht der Straßenlaterne. »Nein, sorry, ich kann's nicht«, endet sie dann.

Ihre Mutter mustert sie besorgt. »Findest du das fair? Ich bin immerhin deine Mutter, wer auch immer es ist, sprich mit mir darüber. Vielleicht kann ich dich unterstützen«, sagt sie behutsam.

»Na gut«, versucht Katja es noch einmal, »es ist nicht der Dirigent, es ist euer Gemeindepfarrer.«

Ihre Mutter muss schlucken.

»Das Beste an der ganzen Geschichte, ich glaube fast, es geht ihm genauso. Ich habe ihn heute ›zufällig‹ am Deich angetroffen.«

»Zufällig? Wer's glaubt, wird selig. Du warst noch nie da oben, warum ausgerechnet jetzt? Das war doch bestimmt abgemacht.« Ihre Mutter schüttelt den Kopf.

»Nein Mum, war es nicht«, widerspricht Katja, auch wenn sie zugeben muss, dass es nicht so ganz zufällig war. »Weißt du was, dann erzähle ich dir eben alles, von Anfang an.« Und das tut sie dann auch. »So sind wir dann zusammen spazieren gegangen und haben geredet ohne Ende. Zwischen den Zeilen habe ich ihm zu verstehen gegeben, dass er mir gefällt. Ich glaube, es war ihm peinlich. Er hat höchstens mal nachgefragt, wie ich dies und jenes genau meinen würde. Wir sind dabei verblieben, dass wir uns morgen an der gleichen Stelle und zur gleichen Zeit wieder treffen«, endet sie dann. Er herrscht kurz Schweigen. In der Dunkelheit zirpen die Grillen. »Und frag mich jetzt bloß nicht, was daraus werden soll«, ergänzt Katja noch leise und trotzig.

Sabine ist fassungslos – ihre Tochter mit einem Pfarrer? »Katja, was denkst du dir nur dabei? Diesen Mann ins offene Messer laufen zu lassen? Der ist seinen Job los, wenn alles auffliegt, und dich, je nachdem, auch. Ich kann mir nicht vorstellen, dass er dir irgendeinen Anlass gegeben hat, zu glauben, du würdest ihm gefallen. Oder? Das kann nicht sein, Katja. Ich weiß, du bist erwachsen, aber leider auch sehr naiv. Du bist nicht stark genug, das gibt nur Probleme. Selbst wenn es bitter klingt, zieh dich zurück, geh morgen auf keinen Fall hin. Er wird es verkraften, du auch, wenn auch nicht sofort. Noch ist es nicht zu spät, noch ist nichts passiert. Jedes weitere Treffen macht es noch schwerer, besonders dir. Der gute Mann wollte dir ganz bestimmt ein wenig moralischen Beistand leisten, weil du im Moment sehr traurig bist, aber du hast das falsch interpretiert. Er hat sich hilfsbereit verhalten und hätte das bei jedem anderen genauso getan. Ja, du bist sehr hübsch, kein Zweifel, trotz allem kannst auch du nicht bei jedem landen. Lass es dir noch einmal durch den Kopf gehen. Deine Mutter hat recht, glaub mir. Und falls du gedacht hast, ich würde dich jetzt anbrüllen oder sonst was, dann hast du dich geirrt. Nein, das bringt gar nichts. Ich finde es allerdings sehr traurig, dass du mich angelogen hast! Denk einfach darüber nach und vergiss das Ganze. Wie gesagt, noch ist es nicht zu spät.« Nach dieser langen Rede nimmt Sabine ihr Weinglas und trinkt es in wenigen Zügen leer.

Katja nickt nur. Wie ein geschlagener Hund geht sie hoch in ihr Zimmer. Die Jacke trägt sie immer noch. Sie ist völlig durcheinander. Hat er ihr wirklich keinen Anlass gegeben? Sie zieht dann doch die Jacke aus, nachdem sie fast schon ins Schwitzen kommt. Obwohl sie kein Recht dazu hat, setzt sie sich aufs Bett und durchwühlt seine Taschen. Erst bei der letzten wird sie fündig. Es fühlt sich an wie eine EC-Karte oder etwas Ähnliches. Sie schaut sich die kleine Karte genauer an. Nein, viel besser, es ist sein Ausweis. Als sie sein Foto sieht, klopft ihr Herz mindestens doppelt so schnell wie zuvor. Ist ja interessant – Ralf Polster heißt er. Sie nimmt sich ihr Handy und macht ein Foto von seinem Bild, so kann sie ihn immer bei sich haben. Alles andere braucht sie nicht, nur der Name ist für Katja noch wichtig. Jetzt fehlt ihr bloß noch ein Telefonbuch. Anrufen wird sie ihn natürlich nicht, aber sie findet vielleicht heraus, wo er wohnt. Er und seine angebliche Haushälterin. Bei dem Gedanken an die Haushälterin bemerkt Katja, dass sie einen Hauch von Eifersucht verspürt und das wegen einer harmlosen Mitbewohnerin. Aber jetzt ins Erdgeschoss zu laufen und sich das Telefonbuch zu schnappen, würde ihrer Mutter sicherlich auffallen. Sie wird das morgen ganz unauffällig machen, wenn sie mit irgendetwas beschäftigt ist.

Sie legt sich aufs Bett, starrt an die Decke und spürt ihr Herz klopfen. Das Ganze jetzt abzubrechen, kommt gar nicht in die Tüte. Man legt ja auch kein spannendes Buch zur Seite, nachdem man es angefangen hat zu lesen. Ihre Mutter hat mit ihren Beziehungen auch nicht alles richtig gemacht. Warum sonst hat Paps sie einfach verlassen? Na ja, sie beide …

Katja findet in dieser Nacht keinen Schlaf. In ihr brodelt es gewaltig. Es lässt ihr keine Ruhe, ob sie nun herausfinden kann, wo Ralf wohnt oder nicht. Sie beschließt schließlich mitten in der Nacht, nach unten zu gehen und ins Telefonbuch zu schauen. Sie muss leise sein, ihre Mutter wacht nämlich bei dem geringsten Geräusch gleich auf, das kann Katja jetzt echt nicht gebrauchen. Im Wohnzimmer auf dem Sofa, das Buch auf den nackten Knien, blättert sie nervös hin und her, bis sie beim Buchstaben »P« angekommen ist. »Na bitte, Polster R., Gemeindepfarrer. Am Deichgraben 1«, murmelt sie zu sich selbst. Perfekt, mehr muss sie nicht wissen. Und jetzt schnell wieder das Telefonbuch an seinen Platz legen und nach oben ins Bett. Vielleicht kann sie nun endlich schlafen. Doch sie bemerkt in ihrer Schusseligkeit, dass diese Aktion erst gar nicht nötig gewesen wäre. Im Internet hätte sie die Angaben wesentlich

schneller gefunden und sie stellt fest, dass sie ziemlich durcheinander zu sein scheint.

Sie hat über alles Mögliche nachgedacht, nur nicht
darüber, was ihre Mutter ihr ans Herz gelegt hat.

Beim Frühstück stellt Sabine dann eine Frage, die
Katja gar nicht gefällt. »Na, bist du inzwischen einsichtig geworden?«, fragt ihre Mutter.

Katja wirft ihr einen kalten Blick zu. »Nö, warum
auch? Wie heißt es so schön? Wo die Liebe hinfällt«,
antwortet sie bissig.

Sabine sieht ihre Tochter ernst an. »Und ich habe
geglaubt oder gehofft, du hättest verstanden, was ich
dir gestern sagen wollte. Aber was soll ich machen,
wenn du nicht auf mich hören willst? Beklage dich
dann später bitte nicht bei mir und heule mir auch
nicht die Bude voll. Klar?«

Katja wirft ihr Brötchen auf den Teller und verschwindet. Nicht auf ihr Zimmer, sie setzt sich ins
Auto und fährt einfach weg. Das kleine Biest in ihr
kommt immer mehr zum Vorschein …

Sabine bleibt zurück am Frühstückstisch und ihr
wird klar: Sie kann nur zusehen, wie ihre Tochter die
Reise ins Unglück antritt.

Wie gerne würde Katja nach ihrem Pinsel greifen
und ein Bild malen. Da dies nicht möglich ist, bringt
sie sich mit Einkaufen auf andere Gedanken. Dabei
vergisst sie ihre Probleme rasch und konzentriert sich
darauf, schöne Klamotten für ihr bevorstehendes
»Date« zu besorgen. Bei ihrer Figur ist das recht einfach, sie kann bedenkenlos alles tragen. Ob ein knap-
per Minirock und ein passendes Top Ralf wohl gefal-

len? Ob er dabei vergessen kann, dass er nur Gott treu sein will - oder muss? Was für Ralf alles auf dem Spiel steht, grenzt sie aus. Sie riskiert es einfach und nimmt alles mit, was ihr gefällt. Nur zu dumm, dass Katja vor ihrem Treffen noch einmal nach Hause muss, sie hat bei ihrer Flucht total vergessen, Ralfs Jacke ins Auto zu packen. Die will sie unbedingt noch holen. Dort lauert bereits die nächste Überraschung.

Als Katja den Flur betritt, hört sie, wie ihre Mutter mit jemandem telefoniert. Sabine hat von ihrer Rückkehr nichts mitbekommen und Katja macht sich nicht gleich bemerkbar.

»Was soll ich denn machen, sie einsperren? Wohl kaum ...« Sabine scheint Katja nun doch bemerkt zu haben. »Du, Anna, ich muss Schluss machen, tschüss«, sagt sie schnell.

Katja starrt grimmig auf ihren Rücken. »Na, wem hast du die Geschichte von meinem angeblichen ›Untergang‹ erzählt?«

Sabine dreht sich um und Katja blickt in die verheulten Augen ihrer Mutter. »Ich musste mit jemandem reden. Das war deine Tante Anna, sie kennt den Pfarrer bestimmt nicht.«

»Und, was sagt sie so?«, fragt Katja tonlos.

»Sie war entsetzt, ich soll dich im Auge behalten, zu deinen Gunsten, Katja.«

»Na toll, werde ich jetzt bespitzelt, oder was? Aber ist schon okay, ich habe verstanden.« Damit wendet sie sich wütend um und stürmt die Treppe nach oben. Sie holt die Jacke. Als sie wieder unten ist, steht ihre Mutter immer noch da. »Die werde ich ihm wohl noch zurückgeben dürfen, oder?«, fährt sie ihre Mutter an. Ohne ein schlechtes Gewissen zu haben, setzt sie ihr Vorhaben fort und ignoriert alle bevorstehenden Probleme ... Dann knallt die Tür und weg ist sie wieder.

Sie rennt zu ihrem Auto und wirft sich hinters Steuer. Warum versteht sie denn keiner? Ihre Laune ist an einem neuen Tiefpunkt angelangt. Und sie weiß, nur ein Mensch auf der Welt kann es schaffen, sie wieder aufzumuntern.

Sie erreicht erneut den kleinen Parkplatz und springt aus dem Wagen. Die Dämmerung setzt gerade ein – perfekt. Heute Abend ist es etwas wärmer und der Wind hat sich gelegt. Jetzt muss sie nur noch die vielen Stufen hoch, dann ist sie an ihrem Ziel.

Wenig später bemerkt sie zu ihrer Überraschung, dass der Pfarrer schon auf »ihrer« Bank auf sie wartet. Damit hat Katja nicht gerechnet. Ihr Herz rast wie verrückt. Verunsichert rennt sie zu ihm. »Hey Ralf, wartest du schon lange?«, fragt sie außer Atem.

»Hallo, Katja, nein, vielleicht ein paar Minuten. Du bist doch pünktlich, alles gut.«

Sie setzt sich neben ihn und Derrick kommt schwanzwedelnd zu ihr und beschnuppert sie.

Ralf grinst sie an. »Los, wir machen einen Spaziergang, ich hab eine tolle Überraschung für dich«, sagt er und erhebt sich.

»Da bin ich aber gespannt, was das sein könnte«, sagt sie und steht wieder auf.

Er geht los und sieht sich nach ihr um. »Warte einfach ab.«

Sie gehen wieder die gleiche Strecke wie gestern und unterhalten sich. Ralf hat sofort bemerkt, dass es Katja nicht besonders gutgeht, und fragt nach: »Sag mal, was ist los, du wirkst so fremd?«

»Ach, ich hatte Zoff mit meiner Mutter«, antwortet Katja zögernd.

»Willst du mir erzählen, warum?«, fragt er weiter.

Aber Katja winkt ab. »Nein, lass mal, besser nicht. Jedenfalls noch nicht.«

Ralf grinst erneut. »Stimmt, ich bin ja mit der Frau verabredet, die nur unverständliches Zeug redet.« Er scheint es mit Humor zu nehmen. Dann zeigt er voraus. »So, meine Liebe, wir sind fast am Ziel«, erklärt er.

Das einzige Ziel, das Katja sieht, ist der Leuchtturm. Sie schaut ihn mit großen Augen an. »Nein, hast du doch vor einzubrechen?«

Ralf lacht. »Quatsch, das muss ich nicht.« Er zeigt auf Derrick, der vorausrennt und schon fast beim Leuchtturm ist. »Er hat das Geheimnis schon fast gelüftet, denn er kennt den Leuchtturm nur zu gut, immerhin ist sein Herrchen der Leuchtturmwärter. Und ich habe den Schlüssel mitgebracht. Mein Freund meinte, ich solle ab und zu mal nach dem Rechten sehen. Er hat jedoch nicht gesagt, dass ich das alleine tun muss.«

Katja strahlt. Tatsächlich hat Ralf ihre Probleme soeben aus der Welt geschafft und sie kann sich richtig freuen. »Das hast du alles für mich organisiert? Wow!«

»Du hast diesen Wunsch gestern geäußert und ich wollte dir eine Freude machen.«

»Aber warum?« Sie sieht ihn glücklich an, während sie weiterschlendern.

Er zuckt mit den Schultern. »Du bist mir sympathisch und es gibt nur wenig richtig nette Menschen auf diesem Planeten.«

Katja wird ganz warm ums Herz. »Oh danke, ich fühle mich geschmeichelt.«

Kurz darauf stehen sie vor der Tür am Fuße des Leuchtturms, der hoch über ihnen aufragt. Die ersten Sterne sind schon in der Dämmerung zu sehen. Katja bemerkt, dass Ralf sich vor dem Aufschließen noch einmal gründlich umschaut. Vielleicht hat er Angst, jemand könnte sie zusammen beobachten. Wenn er wüsste, was die Klatschtanten alles sehen, denkt sie nun. Selbst das nimmt sie in Kauf, diesen Mann wird sie sich so schnell nicht mehr aus dem Kopf schlagen! Dann treten sie ein und die schwere Tür fällt hinter ihnen ins Schloss. Ralf schaltet das Licht an und Derrick legt sich sofort auf seine Decke, die sich am anderen Ende des Flures befindet. Katjas Blick wandert nach oben. Sie sieht eine Wendeltreppe ohne Ende. »Ein bisschen Respekt habe ich schon davor«, gibt sie langsam zu.

»Dir passiert nichts, geh einfach vorsichtig hoch, achte auf jede einzelne Stufe und schau möglichst nicht nach unten«, entgegnet Ralf gelassen.

»Alles klar, aber geh du vor, ja?«

Er mustert sie mit schiefgelegtem Kopf. »Umgekehrt wäre es mir doch lieber, falls du …«

Katja atmet aus – falls sie stürzt und er sie mit seinen starken Armen auffangen muss. »Na gut«, sagt sie nur.

Nach einer Weile ist sich Katja nicht mehr so sicher, ob das eine gute Idee war. »Mann, das ist wesentlich anstrengender, als den Damm hochzulaufen. Dabei bin ich recht gut in Form. Aber ich bin schon total geschafft«, stöhnt sie.

Aber sie sind fast oben.

Noch ein paar Stufen, dann bleibt Katja stehen.

»Okay, du musst jetzt die Falltür hochklappen, damit wir auf die Plattform können«, erklärt Ralf hinter ihr.

Katja müht sich mit der Falltür ab. »Die ist ganz schön schwer, aber ich versuch's noch mal.« Und es gelingt ihr beim zweiten Anlauf. Dann endlich – sie klettern raus und ein bombastischer Ausblick erwartet sie. Katja ist mehr als überwältigt. »Großartig, dass ich so etwas erleben darf. Und dazu noch mit dir«, schwärmt sie.

Der Wind wirbelt ihnen kräftig um die Ohren.

Ralf tritt neben sie und lässt den Blick schweifen. Am Horizont ist noch ein letzter Rest Sonnenlicht zu sehen. »Kein Mensch weit und breit, dabei ist der Abend doch so mild«, stellt er fest.

»Ist dir überhaupt aufgefallen, dass ich gestern vergessen habe, dir die Jacke wiederzugeben?«, fragt Katja.

Er sieht sie an. »Ja, aber da war es schon zu spät. Gut, dass mein Haustürschlüssel in meiner Hosentasche war. Wobei mir zur Not sicher die Haushälterin die Tür aufgemacht hätte. Aber was hätte ich ihr erzählen sollen?«

»Die Wahrheit, Ralf, die Wahrheit. Du bist zwar ein Pfarrer, aber auch nur ein Mensch. Ich spüre doch, dass du ...«, beginnt sie.

Er unterbricht sie. »Katja, ich nehme meinen Beruf sehr ernst, das musst du wissen.«

»Das alles hier hättest du vermutlich auch für jemand anders getan?«, fragt sie provokant.

Er sieht sie nicht an, sondern aufs Meer hinaus. »Das weiß ich nicht genau ... Mensch Katja, du machst mich ganz verlegen, ich weiß nicht, was mit mir los ist«, gesteht Ralf daraufhin.

Sie wirkt überrascht: »Wie kommt es, dass du auf einmal so offen redest?«

Er erwidert ihren Blick. »Weil uns hier oben niemand hört und sieht, deshalb. Komm, wir setzen uns auf die Plattform, da zieht es nicht so.«

Das machen sie dann und tatsächlich ist der Wind unten nicht so stark zu spüren. »Und warum hast du Zoff mit deiner Mutter?«, nimmt Ralf das Gespräch wieder auf.

Katja zögert, soll sie ihm das wirklich sagen? »Weil, weil ich ihr gestanden habe ...«, beginnt sie.

»Was denn?«, hakt er nach, als sie nicht weiterspricht.

Also gut, denkt sie nun, dann sagt sie es eben. »Ich habe mich in dich verliebt«, gesteht sie knapp.

Er starrt sie an. »Katja, ich ... ich darf nicht ... Was nun? Es ist besser, wir gehen wieder runter.«

Er will sich erheben, doch sie legt eine Hand auf

seinen Arm und hält ihn zurück. Und lässt nicht locker. »Es ist in meinen Augen eine Sünde, dass ein Mann wie du auf die schönsten Dinge des Lebens verzichten muss, wegen Gott.«

»Das ist nicht fair, was du da sagst«, entgegnet er scharf.

Katja schaut ihn mit einem leidenschaftlichen Blick an. Er ist wie gefangen in ihrem Bann und kann ihrem Blick kaum noch widerstehen. Hier oben, dem Himmel so nahe, die Freiheit fast grenzenlos ... Wie geht es unten auf der Erde wohl weiter?

Katja schaut in seine wunderschönen blauen Augen. Er gibt sich große Mühe, ihren Blicken auszuweichen. Doch plötzlich können beide dem Druck nicht mehr standhalten. Sie nähern sich einander – und beginnen sich zu küssen, wild, voller Leidenschaft. Ihre Hände wandern hin und her. Katja zieht ihn mit sich, er kann gar nicht anders. Sie haben jegliche Hemmungen verloren. Hier oben erleben beide die Freiheit. Sie hat Erfahrung, er nicht. Doch als Katja ihr Oberteil auszieht, springt Ralf auf und ruft: »Nein, Katja, bei aller Liebe, das geht nicht. Ich bin völlig durcheinander, das geht zu weit. Los, zieh dich wieder an, wir gehen runter.«

Sie sieht ihn flehend an. »Ralf, du willst es doch auch. Mensch, glaubst du wirklich, Gott wird dich dafür bestrafen, dass du Liebe empfindest?«

Aber Ralf dreht sich um und geht.

»Bitte, bleib hier«, ruft sie ihm hinterher und springt auf.

Aber er ist längst verschwunden. Sie lässt sich

wieder niedersinken. Nun sitzt sie hier oben ganz allein und weint. Sie kann nicht verstehen, dass es Menschen gibt, die keine Gefühle zeigen dürfen. War es das nun? Nein, das darf nicht sein. Aber wie könnte sie es schaffen, Ralf ein weiteres Mal auf den Turm zu locken? Und dann hat sie eine Idee: Sie lässt ihr Handy absichtlich im Turm liegen. Sie hat es von Sofia geschenkt bekommen, dieser Mann ist es aber wert, einen eventuellen Verlust in Kauf zu nehmen. Hoffentlich hat er sich nicht aus dem Staub gemacht und mich ganz alleine zurückgelassen, denkt sie nun und verlässt ebenfalls die Spitze des Leuchtturms.

Aber Ralf sitzt gleich neben der Eingangstür und betet. Katja lässt sich neben ihm auf den Boden sinken und hört schweigend zu.

Ralf sieht sie nicht an und murmelt vor sich hin: »Lieber Gott, verzeih mir, ich habe soeben eine Frau mehr geliebt als dich. Ich fühle mich unendlich schlecht und verraten. Hilf mir, wieder klar zu denken. Bitte! Ich bete jetzt zehn Vaterunser, um mich von meiner Schuld zu reinigen, damit ich wieder voll und ganz zu dir stehen kann. Amen!«

»Na, was hat er geantwortet?«, fragt sie, als er geendet hat.

»Katja, diese Sprüche sind nicht lustig. Bitte geh jetzt und lass mich mit Gott allein«, entgegnet er ernst.

Katja steht abrupt auf und sieht ihn wütend an.

Sie eilt zurück zu ihrem Auto und fühlt sich mit der Situation völlig überfordert. Vermutlich wird sie diese Nacht kein Auge zumachen können. Wie soll es weitergehen? Wie wird er reagieren, wenn sie wieder auftaucht? Dann fällt ihr ein, sie weiß doch jetzt, wo er wohnt. Vielleicht sollte sie einfach …? Wenn ihr bloß jemand einen guten Rat geben könnte! Verdammt, Sofias Nummer ist in ihrem Handy gespeichert und das liegt gerade in unerreichbarer Ferne. Schließlich fasst sie den Plan, dass sie morgen in der Nähe seines Hauses parkt und ihn beobachtet. Anschließend will sie abwarten und dann zur Kirche fahren. Wo sonst sollte er hingehen? Ziemlich fies, der Plan, aber was bleibt ihr anderes übrig. Sie soll ja um ihre Liebe kämpfen, hatte die Wahrsagerin gesagt. Und das wird sie auch.

Am nächsten Morgen erwacht sie erst gegen 10 Uhr. Sie weiß nicht mehr genau, wie lange sie noch gegrübelt hat. Dabei muss sie dann wohl irgendwann doch eingeschlafen sein.

Beim Frühstück erwartet sie eine unumgängliche Situation. Sabine weiß genau, dass ihre Tochter nicht auf sie gehört hat, und hakt vorsichtig nach: »Bitte sag mir, dass es nicht wahr ist?«

»Doch, Mum, es ist mir gelungen, dass er seinen Gott für ein Weilchen vergessen hat.«

Sabine bricht in Tränen aus. Sie kann nicht glauben, was ihr einziges Kind hier macht. Und sie findet keine Worte, sondern verlässt plötzlich die Küche.

Wenigstens stellt sie keine blöden Fragen mehr, denkt sich Katja. Sie fühlt sich, als hätte sie Blut geleckt. Sie will mehr davon, koste es, was es wolle. Solche intensiven Gefühle hat noch kein Mann zuvor bei ihr ausgelöst.

Sie isst noch ein paar Happen, dann macht sie sich auf den Weg, um ihren Plan in die Tat umzusetzen.

Nach längerem Herumirren in der Gegend findet sie endlich das Straßenschild mit dem Namen *Am Deichgraben* und das Häuschen mit der Nummer 1. Direkt vor der Tür kann sie natürlich nicht parken, viel zu auffällig. Sie will sich gleich um die nächste Ecke »verstecken«. Nachdem sie einen guten Parkplatz gefunden hat, steigt sie aus und lehnt sich an den Wagen, um besser sehen zu können.

Etwa eine halbe Stunde später erscheint eine ältere Dame mit Derrick, vermutlich Ralfs Haushälterin. Seltsam, wie kann er bloß so unverantwortlich sein und die alte Frau mit dem großen Hund losschicken, fragt sie sich.

Die Haushälterin steuert direkt auf Katja zu. Hoffentlich erkennt Derrick sie nicht, schießt es ihr durch den Kopf. Einfach cool bleiben, Katja, ermahnt sie sich.

Der Schäferhund wedelt mit dem Schwanz, als er mit der Haushälterin auf ihrer Höhe ist. Katja tut so, als hätte sie panische Angst vor ihm.

»Der macht nichts, er begrüßt Sie nur«, sagt die alte Dame schnell und lächelt sie entschuldigend an.

»Verstehe, aber ich fürchte mich vor Hunden, wissen Sie? Ist er nicht auch ein bisschen zu stürmisch für Sie?«, entgegnet Katja und presst sich scheinbar ängstlich an ihren Wagen.

»Ja, schon, normalerweise geht unser Pfarrer mit

ihm spazieren. Aber der ist heute leider krank und Derrick muss natürlich trotzdem raus, mir bleibt also keine Wahl«, erklärt die Dame.

»Verstehe«, antwortet Katja verständnisvoll.

Derrick zieht an der Leine, er scheint etwas Interessantes zu riechen und will seine Runde drehen. Die alte Dame nickt ihr zu. »Ich geh dann mal weiter.«

»Tun Sie das, und passen Sie gut auf.«

»Danke.« Die Haushälterin und der Hund ziehen weiter.

Katja atmet aus, das ist noch mal gut gegangen. Wenigstens weiß sie nun etwas mehr. Er ist also krank. Erkältet oder ist es die Moral? In die Kirche zu gehen, ist heute jedenfalls sinnlos. Ob es ihm morgen besser geht? Aber wie kann sie das herausfinden? Sie darf auf jeden Fall nichts überstürzen, das ist eine verdammt heikle Angelegenheit. Am besten geht sie morgen in die Kirche. Und sollte er immer noch nicht anwesend sein, muss sie sich etwas Neues einfallen lassen.

Sie steigt wieder ins Auto. Aber fürs Erste weiß sie schon mal Bescheid. Sie denkt wieder an die Prophezeiung der Wahrsagerin und sagt sich selbst, dass wirklich kein Zweifel daran besteht, dass es sich bei Ralf um die besagte große Liebe handelt. Aber so hatte sie sich ihren Aufenthalt hier nicht vorgestellt.

Sie sieht auf die Uhr im Wagen. Es wird höchste Zeit, sich wieder zu Hause blicken zu lassen. Ihre Mutter macht sich bestimmt schon Sorgen. Sie startet also den Wagen und fährt los. Nur kommt jetzt wieder die Fragerei.

Aber das Bauernhäuschen ist verlassen, als Katja ankommt, und Sabines Wagen ist weg. Sie ist bestimmt einkaufen, sagt sich Katja und geht zum Küchentisch. Keine Nachricht. Also geht sie ins Wohnzimmer, schaltet die Glotze ein und wartet auf ihre Mutter.

Erst nach zwei Stunden kreuzt diese wieder auf. Mit sorgenvollem Gesicht steht sie in der Tür zum Wohnzimmer und schaut zu ihrer Tochter, die auf dem Sofa sitzt und fernguckt. »Mensch, Katja, wo warst du? Ich bin wie verrückt in der Gegend herumgefahren und habe dich überall gesucht. Warum bist du nicht ans Handy gegangen?«

Katja zuckt mit den Schultern. »Sorry, ich hab's verloren.«

Ihre Mutter setzt sich an den Esstisch und mustert sie von dort. »Verloren? Wo denn?«

Katja schaltet den Fernseher aus. »Wenn ich das wüsste, hätte ich es ja nicht verloren«, antwortet sie abweisend.

Ihre Mutter fährt sich mit beiden Händen über das Gesicht und schüttelt den Kopf. »Katja, auch wenn du Scheiße baust, lass ich dich nicht hängen. Aber es tut mir weh, wenn du nicht auf meinen gutgemeinten Rat hörst. Ich will dich doch nicht bevormunden, ich will dir nur helfen. Das ist etwas anderes«, sagt sie müde.

Aber Katja bleibt stur. »Danke, Mum, das hast du schon einmal gesagt.«

Aber Sabine will nicht aufgeben und hakt nach. »Erzähl, was ist denn passiert?«

Katja rollt mit den Augen, erzählt dann aber doch:

»Also gut, wir haben uns geküsst. Ich habe nicht lockergelassen, ihm regelrecht den Kopf verdreht, bis er nicht mehr klar denken konnte. Und dann ...« Sie seufzt tief. »Es war sehr schön. Er ist so unerfahren, aber das macht den Reiz aus, schätze ich mal.«

»Du könntest so viele Männer haben, warum muss es ausgerechnet dieser Pfarrer sein? Ich verstehe dich nicht.«

»Ich verstehe es doch auch nicht.«

»Und wie ging es dann weiter?«

»Nun kommt der weniger interessante Teil. Als es ihm dann zu weit ging, flüchtete er. Ich folgte ihm, er saß kniend da und bat Gott um Verzeihung. Und ich habe keinen Bock, den ganzen Mist, den er da von sich gegeben hat, zu erzählen.«

»Das ist ganz schön egoistisch von dir, du musst ihn verstehen. Für ihn ist es eben eine große Sünde, die er da begangen hat. Ganz im Gegensatz zu dir. Aber wie soll diese Romanze nun weitergehen?«

Katja seufzt erneut tief. »Weiß ich doch auch nicht. Vielleicht sehe ich ihn ja nie wieder.« Bei diesem Gedanken spürt sie eine tiefe Trauer in sich aufkommen.

»Es wäre das Beste, glaub mir. Zumindest für ihn«, sagt ihre Mutter leise, fast beschwörend.

»Aber ich bin doch so in ihn verknallt. Und ich weiß nicht mehr weiter. Ich habe Angst, dass er mich ignoriert, wenn wir uns je wieder begegnen«, begehrt Katja auf und hört selbst, wie verzweifelt sie klingt.

Sabine hat es mitbekommen. »Weißt du was? Du verbringst einfach ein paar Tage mit mir, vielleicht merkst du dann, dass er dir gar nicht so sehr fehlt«, schlägt sie zögernd vor. »Ich kann mir kaum vorstellen, dass er Sehnsucht nach dir hat. Das klingt zwar hart, könnte aber so sein.«

Katja sieht sie zweifelnd an. »Wenn ich an die Worte der Wahrsagerin denke, wäre es doch durchaus möglich, dass der prophezeite Kampf ihm gilt!?«, ergänzt Katja hoffnungsvoll. Ihre Mutter reagiert zunächst nicht, aber ihr Blick verrät Katja, dass da etwas dran sein könnte. Damit sich ihre Tochter nicht noch mehr hineinsteigert, gibt Sabine ihr jedoch zu verstehen, dass sie das bezweifelt. Sabine nickt und wirkt erleichtert. »Überlege dir etwas, was du gern machen möchtest, okay? Und wir schauen jetzt gemeinsam fern und reden über etwas anderes«, sagt sie, erhebt sich und geht zum Sofa, um sich dort neben Katja zu setzen und ihr einen Arm um die Schulter zu legen.

Der Abend verläuft ziemlich ruhig, Katja ist zwar anwesend, aber dennoch weit weg. Ihre Mutter respektiert es und lässt sie in Frieden.

Am nächsten Morgen am Frühstückstisch offenbart Katja ihren Plan des Tages: »Ich hätte da eine Idee, du arrangierst ein Date mit Herrn Heck und ich gehe zu Ralf, wie wäre das?«

Ihre Mutter sieht sie über ihre Brötchenhälfte an. »Katja, das ist nicht fair. Du versuchst wieder alles Mögliche, um mich zu überzeugen.«

Katja schmiert sich ein zweites Brötchen. Ob Ralf heute wieder auf den Beinen ist? Er ist wie ein Magnet, ja, ich werde magisch von ihm angezogen. Ich muss in die Kirche und versuchen, ihn wiederzusehen, ohne Rücksicht auf Verluste. Das ist vielleicht egoistisch, aber es ist mir egal. Und außerdem, wer sagt denn, dass es ABSOLUT unmöglich ist, ihn zu bekehren?, geht ihr dabei durch den Kopf.

Gleich nach dem Frühstück macht sie sich zu Fuß auf die Socken, ihrer Mutter macht sie nichts mehr vor, das steht fest. Und wieder Herzklopfen ohne Ende, als sie von Weitem die Kirche sieht. Selbst wenn er nicht anzutreffen ist, wird sie ein Weilchen dortbleiben. Dann setz ich mich in eine der Bänke und spitze meine Ohren, vielleicht höre ich ja wieder etwas Interessantes von irgendwelchen Klatschtanten!?, denkt sie sich.

Zu ihrer Enttäuschung muss sie feststellen, dass Ralf tatsächlich nicht da ist. Es bleibt die Frage: gar nicht, noch nicht oder nicht mehr? Geduld ist angesagt. Sie setzt sich wie geplant in eine Bank und tut so, als ob sie andächtig betet. Dabei ist sie die Einzige in der Kirche.

Irgendwann hört sie Schritte. Ein alter Mann mit einem Gehstock hat die Kirche betreten. Der wird ihr sicherlich nicht weiterhelfen können.

Schließlich hat sie eine Stunde mit »Beten« verbracht und allmählich Rückenschmerzen von der harten, unbequemen Sitzbank. Ihre Nerven liegen blank und sie beschließt dann doch zu gehen. Als sie sich gerade erheben will, sieht sie eine ältere Dame. Das ist doch seine Haushälterin, was will die denn hier?, fragt sie sich und setzt sich schnellstens wieder hin. Sie hört die alte Dame mit dem alten Herrn reden, weiter hinten in den Reihen. Der Schall in der Kirche sorgt dafür, dass Katja alles mithören kann…

»Tach Heinz, alles bestens?«

»Wie es einem alten Mann so geht. Wo ist denn unser Herr Pfarrer?«

»Er hatte einen Schwächeanfall, vermutlich ist er überarbeitet.«

»Na, das klingt aber gar nicht gut. Richten Sie ihm liebe Grüße aus und gute Besserung.«

»Wird gemacht, danke sehr. Und nun muss ich überall nach dem Rechten sehen und dann noch dieser Hund«, murmelt sie vor sich hin.

Katja wartet, bis sie an ihr vorbei ist, und geht dann schnell raus. Draußen atmet sie erleichtert aus, Ralfs Haushälterin hat sie nicht gesehen. Wobei das sicher auch nichts gemacht hätte, sie weiß ja nichts und kennt Katja nicht. Leidet sie schon unter Verfolgungswahn?

Sie läuft über den Parkplatz durch die Sonne und setzt sich ein Stück entfernt auf eine Bank. Langsam macht sie sich echt Sorgen um Ralf. Ist sie vielleicht schuld an seinem Zustand? Wenn sie nur wüsste, was sie machen könnte. Sie seufzt tief. Was für ein aufregender Tag – nach Hause, in die Kirche und wieder nach Hause. Vermutlich lohnt sich das Ganze nicht einmal. Aber ihre Gefühle für ihn werden immer stärker, ebenso die Sehnsucht. Denkt er wohl auch an sie oder will er alles schnellstens vergessen? Sie starrt ins Nichts und hat das Gefühl, langsam wahnsinnig zu werden. Sie befürchtet, dass sie eine Dummheit begeht und Ralf einen Besuch abstattet, wenn er demnächst nicht aufkreuzt. Und nichts davon hat sie Sofia erzählen können. Die ist bestimmt schon sauer auf sie. Es war doch ziemlich dumm von ihr, das Handy im Leuchtturm liegen zu lassen. In ihr schwindet langsam die Hoffnung, es zurückzubekommen. Was hatte sie sich nur in diesem Moment gedacht? Manchmal ist sie echt naiv, wie sie leider selbst feststellen muss. Jetzt ist es zu spät, das Handy wird dort verrotten.

Aber damit genug Selbstmitleid. Sie erhebt sich und sieht sich um. Und wohin jetzt?

Plötzlich hält ein Wagen direkt neben ihr ... Nein, Pater Ralf ist es nicht, es ist ihre Mutter.

Sie lässt die Seitenscheibe herunter und winkt ihr zu. »Wusste ich doch, dass ich dich hier finde. Los, steig ein, wir machen eine Spritztour«, ruft sie ihr zu.

Katja ist das schon wieder zu viel. »Ach, sei mir nicht böse, ich habe keine Lust.«

»Hör auf zu jammern und komm mit.«

»Wohin geht die Reise?«

»Das wirst du schon sehen. Wir beide haben ein Date.«

»Wie bitte? Ich will kein Date, außer mit ...«

»Nix da, andere Mütter haben auch schöne Söhne. Das wirst du bald sehen.«

Katja muss sich wohl fügen und steigt ins Auto. Nur wenige Minuten später betreten die beiden einen Pub.

»Nun sag schon, wen treffen wir?«, fragt Katja ihre Mutter, als sie im kleinen Windfang hinter der Tür stehen und die Blicke durch den Raum schweifen lassen. Er ist ganz gut besucht, die meisten essen etwas, denn es ist Mittag.

»Sieh dich einfach mal um, einen der beiden kennst du ganz bestimmt«, flüstert ihre Mutter mit einem Augenzwinkern.

Und da kommt er auch schon. Katja macht große Augen, denn es nähert sich der Aufseher aus der Bildergalerie mit einem wesentlich jüngeren Mann in Begleitung. »Ups, wer ist das denn?«

Noch sind die beiden nicht bei ihnen und Sabine erklärt schnell und leise. »Egon kennst du ja, seinen Sohn Paul wohl nicht. Aber er ist genauso wie du auf der Suche nach der großen Liebe, leider bisher ohne Erfolg.«

Katja sieht ihre Mutter entrüstet an. »Aber Mum, ich will niemanden kennenlernen.«

Sabine knufft sie in die Seite. »Reiß dich zusammen und versuche einfach mal, locker zu sein. Es muss ja nichts draus werden, aber es kann«, flüstert sie ihrer Tochter schnell zu.

»Wie hast du das denn ausgetüftelt?«, fragt Katja entgeistert.

»Du wolltest doch, dass ich mich mit Egon treffe. Und ich habe ihm so nebenbei erzählt, dass meine hübsche Tochter noch Single ist. Daraufhin kam ihm die Idee, seinen Sohn mitzubringen. Ich finde das richtig klasse. Ich will, dass du in gute Hände kommst, am besten in gleichaltrige.«

»Wie, der ist in meinem Alter? Das kann doch nicht sein, Egon ist um die 70.«

»Noch nie etwas von Nachzüglern gehört?«

Nun haben Egon und Paul die beiden erreicht und lächeln ihnen strahlend entgegen.

»Hallo, die Damen, das ist mein Jüngster, der Paule«, stellt Egon gleich seinen Sohn vor.

»Grüß Gott ... oh ...« Sabine hält inne, aber was raus ist, ist raus. Katja wirft ihr einen genervten Blick zu.

Sie setzen sich an einen Tisch am Fenster, bestellen nur Getränke und schnell stellt sich heraus, dass sie eine lustige Gesellschaft sind. Allerdings, der Funke, den sich Sabine für Katja wünscht, bleibt aus. Aber Egon und Sabine amüsieren sich köstlich und sind schnell beim Du. Katja kann wirklich nicht ausschließen, dass aus den beiden tatsächlich etwas werden könnte.

Paul zeigt großes Interesse an Katja, nur landen kann er bei ihr nicht. Sie versteckt sich hinter einer dicken Schutzwand. Es wird wortwörtlich über Gott und die Welt diskutiert, ab und zu bringt sie ein erzwungenes Lächeln über ihre Lippen. Irgendwann sind sie beim Thema Glauben. Spätestens jetzt spitzt Katja ihre Ohren. Egon scheint Ralf zu kennen und ihre Mutter stellt geschickt Fragen zu seiner Person. Irgendwann verpasst ihr Katja einen Stoß gegen das Schienbein.

»Ja, den Ralf kenne ich recht gut, mein Bruder hat mit ihm Theologie studiert. Im Gegensatz zu Ralf hat Harry früh erkannt, dass dieser Beruf nichts für ihn ist. Ein Leben lang auf Frauen verzichten ...«, erzählt Egon gerade und lacht.

»Warum hat Ralf denn weitergemacht?«, fragt Sabine.

Egon zuckt mit den Schultern. »Der war immer schon ein Einzelgänger, mit Frauen hatte er nie etwas am Hut. Eher würde er wohl mit einem Mann ins Bett gehen.« Er lacht erneut.

Katja ringt mit der Fassung. Wenn sie sich jetzt danebenbenimmt, wird sie wohl nichts mehr erfahren.

Ihre Mutter beobachtet sie und weiß genau, dass es an der Zeit ist, das Thema schnellstens zu beenden.

Egon erzählt derweil. »Na ja, nun wird der Ralf bald zum Priester geweiht, vom Bischof höchstpersönlich. Momentan ist er noch Pfarrer, nun will er definitiv Priester werden.«

Das ist Katja nun doch zu viel. Abrupt erhebt sie sich. »Bitte entschuldigt mich kurz, ich muss auf die Toilette.« Sie kann nicht weiter zuhören. Statt sich von diesem ganzen religiösen Mist zu lösen, steuert Ralf also in die andere Richtung. Sie geht durch den Gastraum zur Toilette und fühlt sich fix und fertig. Am liebsten würde sie auf der Stelle nach Hause. Doch ihre Mutter ist in ihrem Element. Auf dem Klo atmet sie kurz auf, aber hier kann sie ja nicht bleiben. Sie muss sich wieder zu den anderen gesellen.

Als sie zurück ist, haben sie wenigstens ein neues Gesprächsthema gefunden. Egon erzählt, dass Sabine damals seine erste Fahrschülerin war. »Ich weiß noch genau, gleich zu Beginn der Stunde hast du der Polizei die Vorfahrt genommen. War eine knappe Sache, aber die mussten zum Glück darüber lachen.«

Paul hat das Baggern inzwischen aufgegeben und den Korb akzeptiert.

Nach einigen lustigen und anderen weniger lustigen Stunden machen die vier sich auf die Heimreise. Unterwegs schweigt Katja, ihre Gedanken sind woanders. Sabine legt eine Hand auf Katjas Schoß. »Kind, mach dich doch nicht verrückt, es tut mir weh, dich so zu sehen. Was kann ich bloß für dich tun?«

»Nichts, Mum, leider gar nichts. Ich muss alleine damit klarkommen.«

»Ach, wenn ihr euch wenigstens aussprechen könntet. So im Regen zu stehen, ist ziemlich scheiße, das kann ich verstehen.«

»Wie soll das gehen? Soll ich ihn etwa zu Hause besuchen? Seiner Haushälterin erzählen, ich sei seine ehemalige Nachbarin? Nein, das klappt leider nicht.«

Für Sabine verlief der Tag hingegen bestens. Zu Hause empfängt sie dann noch eine Nachricht auf dem Anrufbeantworter: »Danke für den tollen Abend, ich möchte dich recht bald wiedersehen, tschüss, Egon.« Sabine freut sich, doch sie versucht ihre Freude zu unterdrücken, um ihrer Tochter nicht noch mehr Schmerz zuzufügen.

»Ich geh auf mein Zimmer, ich war lange genug in Gesellschaft und brauche jetzt dringend Ruhe«, sagt diese nur und stiefelt die Treppe hoch.

»Na gut, morgen wird alles besser«, ruft ihr Sabine noch hinterher. Doch das Schicksal hat andere Pläne geschmiedet.

Mitten in der Nacht wird Katja wach wegen übler Kopfschmerzen, begleitet von Fieber und Husten. Verdammt, das hat ihr gerade noch gefehlt. Sie quält sich aus dem Bett, um zu sehen, was ihre Mutter in ihrem Arzneischrank gebunkert hat. Als sie die Tür vom Schränkchen öffnen will, wirft sie den Becher mit der Zahnbürste um. »Scheiße, hoffentlich hat sie das jetzt nicht geweckt«, murmelt sie.

Aber ihre Mutter steckt schon den Kopf ins Bad. »Kind, was machst du mitten in der Nacht für einen Krach? Und wie du aussiehst«, erschrocken kommt sie näher. »Dein Gesicht ist ja feuerrot, deine Augen sind wässerig und unterlaufen. Was fehlt dir denn?«

»Ach, Mum, ich glaube, ich habe mir eine Erkältung eingefangen«, diagnostiziert Katja.

»Kein Wunder«, stellt ihre Mutter streng fest.

»Ja, sag jetzt bloß nichts, hilf mir lieber, Tabletten zu finden, die mich wieder auf die Beine bringen«, brummt Katja genervt und hustet heftig.

»Hört sich nicht gut an«, sagt ihre Mutter. Aber sie findet etwas, was das Fieber und die Kopfschmerzen lindert. Hustensaft hat sie allerdings keinen. »Du legst dich jetzt ins Bett, deckst dich ordentlich zu und dann beobachten wir das mal. Ich will auch kein Aber von dir hören, hast du verstanden?«

Katja trottet frustriert zurück in ihr Zimmer und taucht sofort wieder in ihre Gedankenwelt ein. Er muss doch auch etwas für sie empfinden, sonst wäre es doch ein Leichtes für ihn gewesen, ihr zu widerstehen, oder? Und man kann wohl kaum behaupten, dass er nur das Eine von ihr wollte, das passte vorne und hinten nicht. Viele andere Männer ticken so, doch nicht er.

Katja zieht sich die Bettdecke bis über das Kinn und döst vor sich hin. Das Medikament zeigt schließlich

Wirkung, ihre Gedanken verlieren endlich die Übermacht.

Wenige Stunden später geht die Sonne auf, die Vögel zwitschern, nur Katjas Zustand passt nicht ins Bild. Fieber und Kopfschmerzen sind leicht abgeklungen, der Husten dagegen ist viel schlimmer geworden. Sie traut sich nicht so recht runter in die Küche, denn sie weiß genau, dass Sabine ein großes Drama machen wird. Doch ihr Rachen ist so trocken, sie muss etwas trinken.

Ihre Mutter sitzt am Küchentisch, die regionale Zeitung vor sich und einen Kaffee daneben. Sie sieht auf und mustert ihre Tochter. »Na, wie geht's?«

Katja zapft sich ein Glas Leitungswasser. »Ein bisschen besser, danke.« Nach dem ersten Schluck kommt sie aus dem Husten nicht mehr raus.

»Ah ja, erzähl mir etwas anderes. Hör auf, Spielchen zu spielen, nur damit du erneut zu ihm rennen kannst. Würde ich dich nicht kennen, würde ich denken, dass du mindestens zwei Schachteln am Tag rauchst. Vergiss nicht, in ein paar Tagen musst du fit sein für die Heimreise. Mit einer Lungenentzündung wird das nichts. Ich werde den Dok verständigen, zu ihm in die Praxis fahren, wäre auch nicht gut.«

Katja gibt sich geschlagen, zumal der Husten nicht nachlässt. »Vielleicht nicht verkehrt, dann darf ich morgen, spätestens übermorgen wieder raus«, brummt sie und kehrt ins Bett zurück.

Spät nachmittags kommt der Dok endlich vorbei. »Hallo Katja, wo drückt der Schuh denn diesmal?«, fragt er neben ihrem Bett stehend. Sabine steht in der Tür und hält sich mit besorgtem Gesichtsausdruck im Hintergrund.

Sie richtet sich auf und hustet sofort. »Ich habe mich leicht erkältet.«

»Dann wollen wir uns das mal ansehen.« Erneut greift er zum Stäbchen und schaut sich ihren Rachen an. »Na ja, ist schon etwas gerötet, und ihre Zunge ist belegt.«

»Was heißt das?«, fragt Katja.

»Sie sollten das nicht auf die leichte Schulter nehmen. Aber wir schauen mal weiter.« Als Nächstes guckt er ihr in die Ohren. »Die sind in Ordnung, dann sehen wir mal, wie es mit den Lungen aussieht«, brummt er und holt das Stethoskop heraus. »Tief ein- und ausatmen, noch einmal ... Sie rauchen doch nicht, oder etwa doch?«, hört Katja ihn hinter sich fragen.

»Nein, ganz und gar nicht«, krächzt sie.

Der Dok wirft ihrer Mutter einen skeptischen Blick zu, doch mit einem kurzen Nicken bestätigt sie Katjas Antwort. »Mein liebes Fräulein, Sie haben Glück gehabt, das hätte eine Lungenentzündung werden können. Beim Abhören war das Brodeln und Gepfeife deutlich erkennbar.«

Katja wird ganz heiß, diese Diagnose macht ihr schon ordentlich Angst.

»Haben Sie Auswurf beim Husten? Falls ja, in welcher Farbe?«, fragt der Dok jetzt mit strenger Miene.

»Ja, hab ich, so gelblich, würde ich sagen«, antwortet Katja kleinlaut.

»Das bestätigt meinen Verdacht. Ich werde ganz ehrlich zu Ihnen sein. Ihre Mutter hat mir mitgeteilt, dass Sie demnächst die Heimreise antreten wollen. Es hängt von Ihnen ab, ob das machbar sein wird. Ich verordne Ihnen jetzt erst einmal absolute Bettruhe. Außerdem verschreibe ich Ihnen Hustensaft und ein Antibiotikum, dann müsste Ihre Reise zu machen sein. Das Antibiotikum nehmen Sie bitte zehn Tage ein, zweimal täglich. Auf keinen Fall abrupt abbrechen, das könnte fatal enden.«

»Ich werde Ihren Rat befolgen, Dok«, verspricht Katja.

Der Dok schließt damit seine Tasche und schickt sich an zu gehen. »Dann wäre ja alles geklärt. Ihre Mutter kann ja die Medikamente in der Apotheke abholen.«

»Danke«, sagt Katja noch schnell.

Er nickt ihr zu. »Na dann, gute Besserung und eine sichere Heimfahrt.« Und schon ist er wieder fort.

Katja lässt sich wieder in die Kissen fallen. Mit dieser Diagnose hat sie nicht gerechnet. Sie steht nahezu unter Schock, allerdings mehr, weil es danach aussieht, als würde sie ihre Eroberung nicht wiedersehen. Sie kann und will sich damit nicht abfinden.

Ihre Mutter steht noch in der Tür. »So, Katja, ich fahr dann mal zur Apotheke, damit du schnellstens deine Medikamente einnehmen kannst. Und du legst dich hin und ruhst dich aus. Mach ja keine Dummheiten«, sagt sie leise mahnend.

»Schon gut, geht klar, Mum.«

»Bin eh nicht lange weg.«

Nachdem die Eingangstür unten im Haus ins Schloss gefallen ist, hat Katja spontan eine Idee. Schnell wickelt sie sich in ihren Bademantel, holt sich das Telefon, sie nimmt all ihren Mut zusammen und wählt Ralfs Nummer. Ihr Herz schlägt so heftig, dass sie befürchtet, es würde ihr aus der Brust springen. Nach unzähligem Klingeln geht endlich jemand ran und eine Frauenstimme fragt: »Hallo?«

Katja liegt wie erstarrt unter der Bettdecke und antwortet nicht.

»Hallo, hier ist Henrietta, mit wem spreche ich?«, fragt Ralfs Haushälterin.

Jetzt legt Katja auf. Sie starrt auf das Telefon in ihrer zitternden Hand. Scheiße, das war keine gute Idee. Was hätte ich ihm überhaupt erzählt, falls er selbst rangegangen wäre? Sie sind sich so nahe und doch so fremd. Warum läuft bloß gerade alles schief in ihrem Leben? Hat sie jemals eine Person derart schlecht behandelt, dass das Karma nun zurückschlägt? Das ist doch alles zum Kotzen, sie will nicht mehr. Ohne Handy kann sie sich noch nicht einmal sein Foto ansehen. Sehr schade.

Als Sabine zurückkommt, schlummert Katja friedlich in ihrem Bett. Sie bemerkt nicht, dass ihre Mutter das Zimmer betritt. Na dann lass ich sie mal schlafen, das ist die beste Medizin, denkt sich Sabine.

Erst spät abends wacht Katja auf und stellt fest, dass sie ziemlich lange geschlafen hat. Sie meint nun, dass sie sogar Hunger hat, und beschließt, eine Fertigpizza in den Ofen zu schieben. Unten in der Küche entdeckt sie ein kleines Päckchen auf dem Tisch. »Nanu, was ist das denn?«, murmelt sie.

Sabine hat mitbekommen, dass Katja von den Toten auferstanden ist, und gesellt sich zu ihr in die Küche. »Und, Fräulein, ausgeschlafen?«, fragt sie mit einem Lächeln.

»Ja, was ist in dem Paket drin? Mein Geburtstagsgeschenk?«, fragt Katja und sieht sie groß an.

»Ich weiß nicht, es lag in meinem Briefkasten, an dich adressiert. Mach auf, ich bin auch neugierig«, antwortet Sabine und setzt sich mit erwartungsvoller Miene an den Küchentisch.

Also öffnet Katja schnell die braune Verpackung. Was zum Vorschein kommt, verschlägt ihr den Atem: Es ist ihr Handy. Ohne jegliche Nachricht, nichts.

»Wenigstens hat es jemand gefunden, Schatz«, stellt ihre Mutter fest.

Katja überlegt schnell, dass sie ihr ja nichts von der Handyaktion erzählt hat. »Wieso hinterlässt der Finder denn keine einzige Zeile? Das wäre doch das Mindeste.« Natürlich würde sie das nicht von jedem Finder erwarten, aber von diesem einem schon …

»Na ja, wer weiß, das hatte wohl keine Priorität«, meint Sabine gleichgültig. Katja streicht sich schnell ein Brötchen, genießt es mit einer heißen Schokoladenmilch und legt sich umgehend zurück in das warme Bett.

Das Antibiotikum sorgt dafür, dass Katja zu schlapp ist, um auf dumme Ideen zu kommen. Sie ist einfach nur müde und verschläft die kommenden Tage. Doch Sabine weiß genau, dass dies nur die Ruhe vor dem

Sturm ist. Ihre Tochter ist sichtlich überfordert mit der ganzen Situation, aber sie kann diesbezüglich nicht viel unternehmen. Es gelingt ihr einfach nicht, ihre Tochter davon zu überzeugen, dass sie diesen Kampf niemals gewinnen kann. Liebe ist einfach stärker als Vernunft und Verstand. Ihre einzige Hoffnung besteht darin, dass Katja diesen Mann langsam vergisst, wenn sie erst einmal wieder in ihrem Nest in Frankfurt ist.

Es gibt keine Sünde im 11. Gebot

Privat läuft es wenigstens bei Sabine gerade richtig gut. Ihre Euphorie hält sich trotzdem in Grenzen, zu sehr belastet sie das Problem mit ihrer Tochter. Ein neues Date mit Egon steht an. Sie wird es Katja aber nicht sagen. Sie möchte ihr nicht wehtun, deshalb erzählt sie ihr, dass sie zu einem Konveniat geht, einem Klassentreffen des Jahrgangs 1984/85. Und sie hofft, dass ihre Tochter ihr das abnimmt. Als sie es ihr am nächsten Tag in der Küche beim Frühstück mitteilt, reagiert Katja gelassen. »Mach doch, du musst ja nicht immer bei mir zu Hause hocken«, sagt sie nur.

Sabine atmet aus – ihre Notlüge ist gut angekommen. Katja stellt keine weiteren Fragen.

Stattdessen nimmt ihre Tochter einen großen Schluck Tee. »Es geht mir auch schon viel besser, der Husten ist nicht mehr so schlimm.«

»Du hast morgen Geburtstag, willst du dein Geschenk bereits heute haben?«, fragt Sabine nun.

Katja sieht sie überrascht an. »Was ist es denn?«

»Na, eine Überraschung«, sagt Sabine, steht schnell auf und holt ein kleines, flaches Päckchen.

»Hm, na gut, gib her«, sagt Katja neugierig. Schnell reißt sie das Geschenkpapier auf und findet einen Wellness-Gutschein für zwei Personen. Sie strahlt ihre Mutter an. »Danke, wie gerne würde ich Ralf da mitnehmen.«

Sabine holt tief Luft und sagt nur. »Katja, bitte, du könntest Sofia fragen, wie wär's damit? Du musst ihn auch nicht gleich einlösen, es gibt kein Verfallsdatum. Ich dachte nur, nach dem ganzen Stress, den du ausgerechnet in deinem Urlaub erleben musstest, täte dir so etwas vielleicht gut.«

Katja freut sich über diese Idee ihrer Mutter. »Das stimmt, ich bewahre ihn noch auf, für bessere Zeiten.«

»Wirst sehen, die kommen schneller, als du denkst«, versucht ihre Mutter ihr Mut zu machen.

Da Katja weiß, dass ihre Mum am Abend weg sein wird, schmiedet sie also einen allerletzten Plan. Mehrere Tage sind ihr bereits verlorengegangen, durch die blöde Erkältung, doch diese Gelegenheit will sie sich definitiv nicht entgehen lassen. Sie nimmt sich vor, Ralf zu Hause einen Besuch abzustatten. Zum Leuchtturm braucht sie nicht mehr hochzulaufen, Derrick ist wieder zu Hause bei seinem Herrchen. Was sie sich von dem bevorstehenden Überraschungseffekt verspricht, weiß sie selbst nicht so genau. Ich werde ihn vernaschen, seinem Gott die Augen verbinden, damit der uns in Ruhe lässt, denkt sie sich entschieden. Da wäre allerdings noch die Haushälterin ... Die kann sie ja wohl schlecht erschießen. Aber vielleicht geht sie bereits zeitig ins Bett.

Sie geht zu ihrem Koffer. Sie muss sich noch ein paar Klamotten zurechtlegen, am besten welche, in denen sie ihre weiblichen Rundungen etwas verstecken kann, sodass man in der Dunkelheit nicht erkennt, ob sie ein Mann oder eine Frau ist. Sie kramt all ihr Zeug aus dem Koffer und stößt dabei auf ihren dünnen Regenmantel mit Kapuze. Super, denkt sie, die Haare lässt sie nach hinten verschwinden und zieht einfach die Kapuze über den Kopf. Das muss klappen. Am liebsten würde sie ihre Mutter ausquetschen, wann sie endlich aus dem Haus geht, doch dann könnte diese Verdacht schöpfen.

Inzwischen ist ihr Handy neu aufgeladen, vermutlich gibt es unzählige Nachrichten von Sofia. Auf dem Display findet sie einige verpasste Anrufe sowie eine einzige Nachricht von Sofia: *Bitte, wenn du das hier liest, dann schreib mir eine SMS, selbst wenn es nur ein Hallo ist, dann weiß ich wenigstens, dass es dich noch gibt. Bussi, deine Sofia*

Natürlich, das ist sie ihr schuldig. Aber wie berichtet sie von dieser unglaublichen Geschichte mit wenigen Worten?

Gegen sieben Uhr abends beginnt sich Sabine zurechtzumachen. Katja kann sich vor lauter Aufregung kaum noch auf den Beinen halten. Jetzt bloß keine Dummheit begehen, sonst war's das. Nach gefühlten Stunden ist es endlich soweit. Es ist schon nach 21 Uhr, als Sabine in ihr Auto steigt und endlich in der Dämmerung verschwindet. Der Weg ist frei. Schnell umziehen und dann nix wie weg hier, denkt sich Katja. Doch als sie gerade die Treppe ins Erdgeschoss runter will, hört sie das Schloss der Eingangstür. Hastig schleicht sie sich wieder in ihr Zimmer und legt sich ganz unschuldig mit der Kleidung ins Bett – das war knapp.

Von unten ruft Sabine zu ihr hoch: »Katja, hast du mein Handy irgendwo gesehen?«

»Liegt das nicht im Wohnzimmer auf der Ablage über dem Kamin?«, ruft Katja zurück.

»Ich schau mal nach ...«, ruft ihre Mutter. Dann, Momente später: »Hast recht, hier ist es, danke. Bis morgen, Schatz.«

»Ja, Mum, bis morgen.« Katja hört erneut die Tür, bleibt aber sicherheitshalber noch ein paar Minütchen liegen, nicht dass sie auch noch ihren Kopf vergessen hat.

Schließlich wagt sie es und verlässt das Haus. An ihre Erkältung denkt sie gar nicht mehr. Sie beschließt, die paar Straßen zu Fuß zu laufen. Außerdem ist es doch noch Sommer, da weht ihr höchstens ein warmes Lüftchen um die Ohren. Anders wäre es, wenn sie sich oben beim Deich aufhalten würde.

Also marschiert sie durch die laue Sommernacht. Sie kann das Häuschen, in dem Ralf wohnt, schon erkennen. Ihr ist warm, schlecht und kalt zugleich. Ihre Knie zittern. Die letzten Meter, bloß noch kurz klingeln, dann wäre das Schlimmste geschafft, der Rest ergibt sich von alleine, spornt sie sich selbst an. Und dann steht sie vor seiner Haustür. Es kostet sie große Überwindung, die Klingel zu drücken. Sollte sie nicht doch besser umkehren? Nein, auf keinen Fall, sie will sich doch nicht umsonst fast in die Hose gemacht haben. Sie zieht das jetzt durch. Also tut sie, was sie nicht lassen kann. Und schon geht das Licht im Flur an. »Ich sterbe gleich«, flüstert sie zu sich selbst.

Die Tür wird einen Spalt geöffnet, dann herrscht erst mal Stille. Ralf steht da und starrt sie an. »Um

Gottes willen, Katja, geht's noch? Weißt du, wie spät es ist?«

»Ja, weiß ich, lass mich rein. Du willst doch nicht, dass Henrietta etwas mitbekommt, oder?« Katja sieht ihn auffordernd an.

Ralf stutzt. »Ich habe ihren Namen nie erwähnt. Aber komm erst einmal herein. Allerdings, spätestens in fünf Minuten schmeiß ich dich raus.«

Katja betritt einen schmalen Flur, es gibt beidseitig jeweils nur eine Tür, am Ende des Ganges führt noch eine alte Holztreppe nach oben. Obwohl ihr kaum Zeit bleibt, entgeht ihr nichts, auch nicht die schöne Barocktapete an den Wänden. Ralf wirkt sichtlich nervös, man könnte sagen, er zittert fast schon. Auch das hat sie schnell wahrgenommen, aber nicht vor, ihn zu beruhigen.

Ralf sieht sie an. »Du machst mir Angst, woher kennst du ihren Namen? Was weißt du noch so?«

»Nicht wichtig, es gibt interessantere Fragen als diese.«

»Na gut, dann sag mir mal, warum du hier bist. Ich dachte schon, du wärst bereits nach Hause gefahren, da ich tagelang nichts mehr von dir gehört und gesehen habe.«

»Hast du das nur gedacht oder vielleicht gehofft?«
Ralf antwortet nicht.

Also fährt sie fort: »Ich lag flach, hatte mir auf dem Leuchtturm fast eine Lungenentzündung eingefangen. Und ja, ich fahre definitiv übermorgen in aller Herrgottsfrühe zurück nach Hause. Ich musste dich einfach noch einmal sehen. Ich kann nicht ohne dich sein.«

»Das hatten wir schon mal, ich will dieses Thema nicht mehr ansprechen. Wie bereits erwähnt, mein Leben gehört Gott und sonst niemandem. Willst du das nicht verstehen oder kannst du es nicht verstehen?«

»Bist du deinem verdammten Gott jemals schon begegnet? Wie kann man etwas anhimmeln, das es gar nicht gibt?«

»Es reicht, es ist besser, du gehst jetzt.« Ralf klingt scharf.

Katja lächelt ihn schief an. »Sonst? Rufst du die Polizei und sagst, hier ist eine Frau im Haus, die will mich vergewaltigen?«

Ralf seufzt tief. »Okay, du hast gewonnen. Lass uns wie Erwachsene darüber reden, mit gegenseitigem Respekt.« Er führt sie in ein Zimmer. »Setz dich aufs Sofa, ich bring dir einen Kaffee und dann machen wir das Beste daraus.«

Katja sieht sich um. »Deine Wohnung ist recht überschaubar. Möbel gibt's hier nicht besonders viele. Wo sind denn die Küche und dein Schlafzimmer?«

»Es gibt hier nur eine Küche, die wir uns teilen. Küche und die beiden Schlafzimmer befinden sich im Obergeschoss. Aufgeteilt, so wie hier unten, Katja«, erklärt Ralf.

Wenig später bringt Ralf den Kaffee. Tatsächlich schaffen es die beiden, ein sachliches Gespräch zu führen.

»Katja, irgendwie habe ich mittlerweile den Eindruck, dass so manches gar kein Zufall war«, sagt Ralf.

»Stimmt, bei mir war es Liebe auf den zweiten Blick. Beim ersten Mal ging alles viel zu schnell. Warum hast du dich nicht zu erkennen gegeben, als du den Kuchen abgeholt hast?«, fragt Katja.

Er schmunzelt. »Hm, weil mir die Geschichte mit dem Dirigenten gefallen hat und ich mich noch länger darüber amüsieren konnte. Warum ausgerechnet der Dirigent?«

Katja winkt ab. »Meine Mutter ist schuld, sie war beim Zahnarzt und hat mich darum gebeten, den Kuchen zu übergeben. Sie meinte, der Dirigent käme vorbei. Nachdem du weg warst und sie wieder zurückkam, habe ich sogar zu ihr gesagt, dass ich gar nicht wusste, dass ein Dirigent so gut aussehen könne.«

Ralf lacht leise. »Willst du wissen, wie er wirklich aussieht? Ich müsste ein Foto haben, warte kurz.« Er kramt in einer Schublade und wird schnell fündig.

Als Katja das Bild sieht, wird ihr fast übel – ein Dickerchen mit einem fetten Muttermal am Kinn. »Schciße, das hätte ich jetzt nicht erwartet.«

»Wie ging es dann weiter?«, hakt Ralf nach.

»Na ja, ich dachte, wenn ich in die Kirche gehe, stünden meine Chancen nicht schlecht, diese blauen Augen wiederzusehen. Dann hatte ich die Idee mit der Kerze. Ans Beten kriegt man mich definitiv nicht. Und mein Plan ging schneller als erwartet auf. Die traurige Geschichte mit meiner Katze stimmt aber, die Kerze war für sie bestimmt.«

Ralf schüttelt den Kopf. »Ich bin sprachlos, das muss ich erst einmal sacken lassen.«

»Die Begegnung in der Nähe des Leuchtturms war auch kein Zufall«, gesteht Katja nun.

»Ich verstehe nicht ganz, wie konntest du wissen, dass ich da sein werde?«

»Ich war mehr als einmal in der Kirche, da habe ich zufällig das Gespräch von ein paar Frauen mitgehört, sie sprachen von dir und dem Hund bei einem Abendspaziergang. Überglücklich habe ich dann die Gelegenheit noch am selben Abend genutzt. Es gab keine Garantie, dass ich dich antreffe, aber ein Versuch war es allemal wert«, erklärt Katja.

»Mensch Katja, du machst mich nervös, vergiss nicht, Pfarrer hin oder her, ich bin auch nur ein Mann«, gesteht Ralf.

»Da wäre noch etwas, du bist noch kein Pfarrer, lediglich ein Priester. Ein Rücktritt würde bestimmt schnell gehen«, sagt Katja nun.

Ralfs Mimik verändert sich, er wird rot. Ihm wird bewusst, diese Frau meint es ernst. Sie ist bereit zu kämpfen, bis sie nicht mehr kann. Ihm fehlen erneut die Worte. »Was war denn mit deinem Handy? Auch Absicht?«, fragt er weiter.

Katja nickt. »Natürlich, meine beste Freundin hat es mir geschenkt. Es bedeutet mir viel, aber du wärst mir den Verlust wert gewesen.«

»Es lag unter Derricks Decke, ich habe es entdeckt, als ich sie zusammenfalten wollte. Es war zu dem Zeitpunkt sogar noch eingeschaltet, mit einem schönen Hintergrundbild.«

Diesmal muss Katja schlucken. »Dann sollte ich dir

wohl erklären, dass ich ein Foto von deinem Ausweis gemacht habe, den ich in deiner Jacke fand.«

»Ich ... ich«, Ralf schüttelt erneut den Kopf.

»Alles okay. Wie geht es dir überhaupt mittlerweile?«

»Wie, jetzt in diesem Moment?« Er sieht sie an.

»Ich meine wegen deines Schwächeanfalls«, ergänzt sie. Und das weiß sie auch noch!, denkt er sich dabei.

Nun wird Ralfs Miene entschlossen. »Katja, bei aller Liebe, das ist grade ein bisschen viel für mich. Wir sollten dieses Gespräch an dieser Stelle beenden. Du machst mich total verlegen und ich riskiere es nicht noch einmal, Gott zu verletzen.«

»Und wenn ich dir sage, dass ich morgen Geburtstag habe und nur einen Wunsch habe, nämlich einen tollen Abend mit dir zu verbringen? Lass dein Herz sprechen, du willst es doch auch. Hier ist doch niemand, außer Henrietta, oder?«

»Die legt sich schon gegen acht ins Bett, mit Stöpseln in den Ohren, weil Nachbars Schäferhund hinten im Hof nachts öfter bellt. Außerdem, ihre Wohnung befindet sich auf der gegenüberliegenden Seite, jeder soll seine Privatsphäre haben. Wir sind schließlich nicht Mann und Frau«, erklärt Ralf.

»Das klingt gut.« Katja lächelt ihn an, rückt näher und streichelt ihm dabei sanft über das Knie. Sie geht es diesmal ganz langsam an, sodass es kein Entkommen für ihn gibt.

Ralf versucht ihre Hand wegzustoßen, aber sich gegen etwas mächtig wehren sieht bestimmt anders aus. Sie schaut ihm tief in die Augen und blinzelt ihm zu.

Der Voltpegel geht rasant in die Höhe, aber nicht nur der ... Katjas Hände wandern im Zeitlupentempo immer tiefer, sie hält es selber kaum noch aus, versucht sich aber dennoch zu beherrschen. Je länger das Vorspiel dauert, umso schwieriger wird es für ihn, der Situation zu entfliehen. Ihr ist keinesfalls entgangen, dass sich aufgrund einer gewissen Schwellung sein Verstand ausgeschaltet hat.

Ralf wehrt sich nicht mehr, bremst Katja auch nicht mehr, als diese allmählich die Hüllen fallen lässt. »Du bist wunderschön, aber ...«, flüstert er nur noch.

»Pscht, kein Aber, lass es geschehen. Ich zeig dir, wo's langgeht«, flüstert sie und reißt ihm buchstäblich die Klamotten vom Leib.

Eine feurige Leidenschaft nimmt ihren Lauf. Katja fühlt sich magisch angezogen von seinem unberührten Körper. »Da ist echt alles dran, deine haarige Männerbrust macht mich wahnsinnig. Wow, gut bestückt bist du auch noch. Das nenn *ich* eine Sünde, dieses geile Teil nicht einsetzen zu dürfen«, flüstert sie und setzt sich auf seinen Schoß, zögert das Ganze weiterhin hinaus, bis sie förmlich explodiert. »Hörst du die Glocken der Leidenschaft?«, keucht sie.

Mit erregter Stimme antwortet er: »Ja!«

»Na, dann lassen wir sie noch lauter läuten.«

Beide haben jegliches Zeitgefühl verloren. Mehr Leidenschaft geht nicht, ihr Stöhnen feuert beide immer wieder an. Schweißgebadet und völlig erschöpft fällt Katja irgendwann aufs Sofa zurück und bekommt einen ordentlichen Hustenanfall. »Mist, muss das jetzt sein? Du, fast hätte ich mir eine Lungenentzündung auf dem Leuchtturm eingefangen. Eigentlich müsste ich im Bett liegen, dafür ist aber keine Zeit«, erzählt sie.

Ralf hört ihr wohl zu, ist jedoch total in sich gekehrt. Erneut kämpft er mit der Sünde, die er soeben begangen hat.

Katja begreift es sofort, als sie ihm ins Gesicht sieht. »Oh nein, bitte, kannst du nicht dieses Mal einsehen, dass Liebe kein Verbrechen ist? So schön wie mit dir habe ich's noch nie erlebt. Lass deine Gefühle zu, vergiss dieses blöde Zölibat. Ralf, ich möchte mit dir zusammen sein, ich liebe dich, einen anderen Mann will ich nicht«, flüstert sie ihm verzweifelt zu.

Er verschwindet im Bad. Nach einer Ewigkeit horcht Katja an seiner Tür und hört ihn beten: »Herr, ich habe den Verstand verloren, ich glaube, ich liebe diese Frau, will dich aber nicht verletzen. Hilf mir, führe mich wieder auf den rechten Weg.« Stille. »Danke Gott, ich werde es dem Bischof beichten und ihm versprechen, dass es nie wieder vorkommt.«

Katja hat genug gehört. Ihre Tränen kann sie nicht mehr zurückhalten, darf sich aber natürlich nicht äußern, sie hat ja heimlich gelauscht. Dann kommt er wieder aus dem Bad heraus und sagt zu ihr: »Katja, ich bin froh, dass du dich entschlossen hast, übermorgen nach Hause zu fahren. Das hier muss ein Ende nehmen. Es ist die perfekte Gelegenheit. Ja, es war sehr schön, vermutlich die schönste Erfahrung meines Lebens, aber es darf nicht sein. Bitte nicht weinen. Es geht auch nicht spurlos an mir vorbei. Eine derartige Situation ist für mich noch schwieriger als für dich. Warte erst mal ab, die räumliche Trennung regelt alles von allein. In absehbarer Zeit gehöre ich deiner Vergangenheit an. Du lernst einen anderen Mann kennen, dann lachst du darüber, dass du ausgerechnet eine Affäre mit einem Pfarrer hattest.«

»Ah, eine Affäre bin ich also in deinen Augen? Wie willst du Gott gegenüber ehrlich sein, wenn du dich sogar selbst belügst? Ich kann nicht mehr, ich gehe jetzt.« Katja springt auf und geht an ihm vorbei in den Flur.

Der Abschied ist durchwachsen, eine kalte Umarmung, das war's. Vor der Tür bricht Katja zusammen. Dass es Ralf genauso ergeht, kriegt sie natürlich nicht mit. Er musste tapfer bleiben, um es ihr nicht noch schwerer zu machen.

Sie läuft nach Hause, weiß nicht einmal, wie spät es ist. Das Auto ihrer Mutter ist nirgendwo zu sehen. Das ist auch gut so, sie hat Drama genug erlebt und will sich nicht noch eins von ihr anhören.

Katjas Nacht verläuft unruhig. Schlafen kann sie nicht, denkt ununterbrochen an den schönsten Abend ihres Lebens. Ihr Liebeskummer macht ihr schwer zu schaffen. Nun muss sie auch noch dafür sorgen, dass ihre Mutter von alldem nichts mitbekommt. Eine Standpauke würde das Fass zum Überlaufen bringen. Am nächsten Morgen quält sie sich aus dem Bett. Sie schaut in den Spiegel und weiß, es bleibt ihr nichts anderes übrig, als sich bei ihrer Mutter blicken zu lassen.

»Liebes, wie siehst du denn aus?«, fragt ihre Mutter überrascht, erneut mit einer Kaffeetasse in der Hand und einer Zeitung auf dem Tisch.

Katja lässt sich auf einen Stuhl fallen. »Mum, es tut so verdammt weh«, jammert sie.

»Deine Lungen?«

»Nein, die meine ich nicht. Mein Herz.«

Sabine steht auf, geht um den Tisch und nimmt ihre Tochter in den Arm. Dabei wird sie nicht einmal abgewiesen. »Ehrlich gesagt, Katja, noch nie konnte ich mich darüber freuen, dass du zurückfährst. Doch diesmal ist es eine Erleichterung. Glaub mir, wäre da noch mehr passiert, ich hätte dem Freundchen persönlich einen Besuch abgestattet. Der wäre in Grund und Boden versunken. Es kann doch nicht sein, dass er es nicht mal schafft, sich gegen etwas zu wehren, das ihm eh nicht zusteht. So nicht, aber zum Glück ist es vorbei.«

Autsch, bleib jetzt cool, es ihr zu beichten, dürfte ein großer Fehler sein, denkt Katja.

»Und übrigens, alles Gute zu deinem Geburtstag. Heute Abend lassen wir die Ferien mit einem leckeren Essen ausklingen. Du gehst zeitig zu Bett, damit du morgen fit bist. Mit deiner Erkältung ist es auch besser geworden. Der Dok hat dir scheinbar gute Medikamente verschrieben, und dass du schön brav im Bett warst, hat auch dazu beigetragen«, sagt ihre Mutter lächelnd und setzt sich wieder, um sich noch ein Brötchen zu schmieren.

Wenn die wüsste ...!

An diesem Tag passiert nicht mehr viel. Katja fängt mit Packen an, doch ihr wird klar, da fehlt etwas sehr Wichtiges, was sie auf die Reise mitgenommen hat und was von heute auf morgen einfach nicht mehr da ist. Die fröhliche Katja von einst, die gibt es nicht mehr.

Sabine tut alles Erdenkliche, um ihrer Tochter eine Freude zu machen. Sie bereitet Wiener Schnitzel mit Kartoffelpüree zu. Und obwohl es nicht wirklich passt, gibt es noch eine Pilzsoße dazu. Und als Nachtisch serviert sie Eiskaffee.

Katja weiß das zwar zu schätzen, stochert aber wenig später nur mit der Gabel herum, leer wird ihr Teller so nicht.

»Du musst doch etwas essen, wie soll das nur weitergehen?«, sagt ihre Mutter irgendwann.

»Es tut mir leid, Mum, ich krieg nichts runter«, gesteht Katja.

Als ihre Mutter den Tisch abräumen will, klingelt es an der Tür. »Hast du heimlich etwas geplant, mit irgendwelchen Leuten, die ich gar nicht sehen will?«, fragt Katja sofort alarmiert.

Aber ihre Mutter verneint. »Ich habe nichts organisiert, glaub mir. Dann geht Sabine und öffnet die Tür, doch da ist niemand. »Vermutlich Kinder, die sich einen Streich erlaubt haben«, murmelt sie. Doch als sie die Tür zumachen will, hört sie ein klägliches Wimmern, kann jedoch nicht sofort wahrnehmen, woher das Geräusch kommt. Es wird allmählich dunkel und sie wirft zur Sicherheit noch einen allerletzten Blick in jeden Winkel vor dem Eingang. Da entdeckt sie einen kleinen Pappkarton, in dem sich etwas bewegt. Die Kiste ist mit vielen winzigen Löchern versehen. Sie hebt sie auf, lediglich eine kleine rote Schleife ist um den Karton gebunden.

»Mum, was ist los? Wieso kommst du nicht rein?«, ruft Katja aus der Küche.

»Ich weiß nicht so recht«, ruft Sabine ratlos zurück. Genervt eilt Katja zur Tür.

Ihre Mutter sieht sie an. »Hier geht gerade etwas Seltsames vor.«

»Was?«, fragt Katja und erwidert verwirrt ihren Blick.

»Im letzten Moment ist mir das hier aufgefallen.« Sabine hält ihr die Kiste mit den Löchern entgegen.

»Was ist das?«, fragt Katja und nimmt sie ihr ab.

»Mach auf, das interessiert mich auch brennend.«

»Hast du Paul erzählt, dass ich Geburtstag habe und er will sich jetzt bei mir einschleimen?«, fragt Katja misstrauisch.

»Nein, so glaube mir doch«, antwortet Sabine entschieden.

»Gut, dann lüften wir gleich mal das Geheimnis«, sagt Katja seufzend.

Sie gehen mit dem Päckchen in die Küche und öffnen es vorsichtig. Beide haben Tränen in den Augen, als Katja ein pechschwarzes Kätzchen in der Hand hält. Es wimmert und macht die ersten Miau-Versuche. Sie sind ratlos, wer macht denn so etwas? Es gibt keine Karte, keinen Hinweis.

Katja gibt dem Kätzchen etwas Katzenmilch, die

ihr noch übrig ist, von Snoopy. Die kleine Katze schlürft sie mit lustigen Geräuschen. Anschließend möchte sie die Gegend erkunden. Noch wackelig auf den kleinen Beinchen wird alles genau untersucht.

»Was nun? Ich kann die Kleine doch nicht einfach behalten?«, fragt Katja.

»Nun, Liebes, die dürfte aber für dich bestimmt sein. Fragt sich bloß, von wem sie kommt.« Ihre Mutter sieht zum Karton, der noch auf dem Küchentisch liegt. »Willst du den Karton behalten oder soll ich ihn zerreißen und in die Papiertonne werfen?« Sie nimmt ihn, stellt ihn hin und schaut noch einmal hinein – und findet nun doch noch etwas, das sich in den Faltschichten der Bodenpappe versteckt hat. »Moment mal, was ist denn das hier?« Sie zieht das Ding hervor und zeigt es Katja. Es ist ein kleines Kreuz. »Da steht ›Snoopy‹ drauf«, wundert sie sich.

Katja nimmt das Kreuz und ihr wird ganz warm ums Herz. Das ist ein deutlicher Hinweis, von wem das Kätzchen ist. »Das glaub ich jetzt nicht«, murmelt sie. »Dieses Kreuz habe ich für Snoopy gebastelt, ich muss es nach dem Gespräch in der Sakristei liegen gelassen haben. Scheiße, das Kätzchen hat Ralf besorgt.«

Und nun findet Sabine noch mehr, ebenfalls zwischen den Faltschichten der Bodenpappe. Es ist eine kleine Notiz:

Hallo, ich wurde von meiner Katzenmama verstoßen. Aber ich habe gehört, dass du ein großes Herz hast. Man gab mir den Namen Hope, weil ich so sehr hoffe, dass du mich adoptierst. Miau, miau ...

Mutter und Tochter müssen sich jetzt erst einmal hinsetzen. Katja laufen ununterbrochen Tränen über ihre Wangen. Ihre Gefühle fahren Achterbahn. Sie empfindet Trauer, Freude, Sehnsucht, alles Mögliche und alles gleichzeitig. Sie hat die kleine Katze auf dem Schoß und streichelt sie behutsam. »Klar werde ich dich behalten, du winziges Etwas.« Die ersten Küsschen werden bereits verteilt.

Ihre Mutter seufzt erleichtert. »Gut, dass ich die Sachen von Snoopy aufbewahrt habe. Warte, ich hole sie dir aus dem Keller«, sagt sie und steht schon auf.

Katja nickt nur, denn nicht nur ihre Gefühle haben sie überwältigt, auch die Gedanken kreisen. Warum hat er das gemacht? Schlechtes Gewissen? Wie soll sie heute Nacht schlafen? Sie ist total durcheinander im Kopf. Aber wenigstens gibt es wieder ein kleines Wesen, für das sie die Verantwortung zu übernehmen hat. Trotzdem, wenn sie nach Hause kommt, stehen da noch alle Sachen von Snoopy. Das wird nicht einfach. Aber wahrscheinlich kommt sie in ihrem gewohnten Umfeld wieder zur Besinnung. Oder redet sie sich das nur ein, weil er ihr den Abschied ein bisschen versüßt hat?

Ihre Mutter kommt mit Snoopys Sachen, die sie noch nicht entsorgt hatte, zurück in die Küche. Sie stellt alles auf den Küchentisch und mustert ihre Tochter. »Ich sehe, es geht dir besser? Dann hat er doch noch etwas Gutes getan, dieser Pfarrer. Pluspunkte hat er bei mir trotzdem keine gesammelt. Ich werde in Zukunft nur noch das Nötigste mit ihm reden. Wer meiner Tochter wehtut, tut auch mir weh, basta. Ende der Diskussion.«

»Ich versteh dich ja, aber es ist dennoch alles meine Schuld«, sagt Katja aber nur matt.

Ihre Mutter schüttelt entschieden den Kopf. »Hör bloß auf mit dem Quatsch. Er könnte fast dein Vater sein, müsste also eigentlich besonnener und reifer handeln.«

Katja kann ihre Mutter einerseits verstehen, andererseits hat sie keine Lust, weiter darüber zu sprechen. Mit ihrem winzigen Etwas verschwindet sie nach wenigen Minuten im Obergeschoss.

»Pass auf, dass sie dein Bett nicht einsaut, okay?«, ruft ihre Mutter ihr noch hinterher.

»Schon gut, ich passe auf«, ruft Katja von oben zurück.

Sabine hört ihre Tochter noch lange mit dem Kätzchen reden. Und sie freut sich, dass ihre Welt sich scheinbar wieder etwas dreht.

Als Katja früh am nächsten Morgen erwacht, findet sie Hope friedlich schlummernd neben sich auf dem Kopfkissen. »Bist du süß«, murmelt sie entzückt.

Weniger süß ist jedoch das kleine Missgeschick, das Hope auf dem Spannbettlaken hinterlassen hat. »Mist, wenn Mutti das sieht«, flucht Katja leise.

Sie weckt Hope, diese guckt Katja verschlafen an und will eigentlich noch gar nicht gestört werden, ihre Blase ist gerade so schön leer.

Katja läuft nach unten, um etwas zum Reinigen zu holen. Da bemerkt sie, dass Sabine nicht da ist. Auf dem Küchentisch liegt ein Zettel: *Hey, ihr zwei, bin noch schnell ein paar Einkäufe machen und bald wieder zurück.*

Also erledigt Katja erst einmal, was zu erledigen ist – Bett säubern, anziehen, packen. Irgendwie hat Katja Angst, dass es ihrer Mutter doch noch in den Sinn gekommen ist, Ralf einen Besuch abzustatten. Ob ihre Bedenken begründet sind? Dann endlich hört sie den Wagen auf den Hof fahren und sieht ihre Mutter mit mehreren Tüten in der Hand aussteigen.

»So, da bin ich wieder. Was schaust du mich so verdutzt an?«, begrüßt Sabine ihre Tochter im Flur. »Hauptsächlich habe ich dir Sachen mitgebracht, damit es leichter wird, deinen kleinen Tiger unterwegs zu füttern. Sie scheint nicht älter als zwei Monate zu sein, da musst du sie wie ein Baby alle paar Stunden füttern. Ich bin extra in die Stadt gefahren, um ein kleines Fläschchen zu finden. Ich werde dir etwas Milch abfüllen. Aber du solltest sie auf keinen Fall in der prallen Sonne liegen lassen.«

Katja atmet aus. »Danke, Mum, sehr lieb von dir.«

Sie trinken noch schnell einen Kaffee, dann muss Katja aufbrechen.

»Ich helfe dir, dein Gepäck ins Auto zu verstauen. Ist ja richtig viel«, bietet ihre Mutter an. Und als sie all die Taschen sieht, schüttelt sie den Kopf. »Du hast beim Shopping wirklich ordentlich zugeschlagen.«

Hope wird gegen ihren Willen in die Transportbox gesteckt. Das gefällt ihr gar nicht und das lässt sie die Menschen auch sogleich wissen und mauzt kläglich und anhaltend. »Hoffentlich ist Hope nicht den ganzen Weg über so gesprächig wie jetzt«, bemerkt Katja.

»Tja, du wirst sehen. Ihr habt euch beide eben noch so viel zu erzählen«, sagt ihre Mutter schmunzelnd. »Kannst du Hope bitte nochmal kurz aus dem Auto nehmen?«, fragt Katja in einem traurigen Ton.

»Warum das denn?«, will Sabine wissen.

»Ich habe noch etwas vor!«

»Na gut, hier ist dein Minimann.« Sie nimmt die Box und begibt sich in den Garten, natürlich zum Apfelbaum. Dort verabschiedet sie sich ein letztes Mal von Snoopy, wobei sie ihm die Geschichte mit Hope noch schnell erzählt, und fühlt sich anschließend irgendwie erleichtert. Ihre Mutter beobachtet das Ganze aus der Ferne, spricht sie jedoch nicht darauf an. Still verlässt Katja den Garten wieder und packt Hope erneut ins Auto.

Mutter und Tochter stehen noch ein Weilchen auf dem Hof, bis Katja sich zu ihr wendet: »Mum, ich mache es gerne kurz und schmerzlos. Noch schnell eine Umarmung, dann breche ich auf. Okay?«

»Kein Problem, wir sehen uns spätestens nächsten Sommer wieder?« Ihre Mutter sieht sie hoffnungsvoll an.

Katja schluckt. »Da bin ich mir nicht so sicher, es sei denn, du bist bis dahin umgezogen.«

»Ach wo, das wird schon.« Sabine unterdrückt die Tränen, wobei es gleichzeitig eine Erlösung ist, auch sie hat die Geschichte ganz schön mitgenommen.

Rückkehr nach Nirgendwo

Nun sind Katja und Hope unterwegs in eine ungewisse Zukunft. Es fühlt sich für Katja wie eine Reise ins Nirgendwo an. Sie hat ihren Tiger auf dem Beifahrersitz festgeschnallt und schüttet Hope ihr Herz aus. Auch wenn diese nicht versteht, was »Mama« ihr alles erzählt, ein guter Zuhörer ist sie allemal und inzwischen besser »informiert« als Katjas eigene Mutter.

Katja hat sich jetzt schon so lange zusammengerissen, endlich kann sie ihren Schmerz hemmungslos rauslassen. Je weiter sie sich von dem Ort entfernt, wo alles begann, umso schlimmer wird es. Bereits nach wenigen Kilometern kämpft sie mit sich. Soll sie vielleicht zurückfahren und noch einmal mit ihm reden? Sein Gewissen ist vermutlich im Reinen, er hat ihr ja ein Kätzchen geschenkt. Oder versteht sie die Geste eventuell falsch und er zeigt ihr auf diesem Weg unauffällig seine Zuneigung und wartet auf den nächsten Schritt von ihr? Sie weiß nicht weiter. Wie soll ein Leben ohne ihn aussehen? Völlig leer, das ist mal sicher. Nicht einmal ein Handy hat er. Ein schneller und unriskanter Kontakt ist also unmöglich. Damit kommt sie nicht klar. Bald muss sie sich auch wieder auf den Alltag konzentrieren, die Kinder brauchen sie.

So fährt sie immer weiter gen Frankfurt. Das Wetter meint es auch nicht gut mit ihr, dunkle Wolken brauen sich zusammen. Wobei sie das schon fast gewöhnt sein dürfte. Ein kräftiger Regen setzt ein, die Fahrt auf der Autobahn wird zum Albtraum. Die ersten Blitze, dann der erste Donner. Wie reagiert Hope darauf? Als es gewaltig kracht, sieht Katja, dass ihr Tiger in einer Ecke des Käfigs kauert und zittert. Oh nein, die arme kleine Maus, denkt sie und entscheidet, anzuhalten und sie auf den Arm zu nehmen und zu beruhigen.

Zum Glück ist nur wenige Kilometer weiter ein einfacher Rastplatz, den sie anfährt. Hope bekommt jede Menge Küsschen und viele tröstende Worte. Ihr Fläschchen steht griffbereit. Das Gewitter hat nachgelassen und bei offenem Fenster gibt Katja der Katze etwas Milch. Plötzlich steht ein Mann neben ihrem Auto und ruft durchs Fenster: »Bei Ihnen wäre ich auch gerne ein Kätzchen.«

Katja fährt das Fenster schnell wieder hoch und murmelt vor sich hin: »Hau ab, du Idiot.« Dann konzentriert sie sich wieder auf die kleine Katze. »So, kleine Hope, ich setz dich wieder zurück. Dann sehen wir zu, dass wir endlich vorankommen. Wir können der Zukunft eh nicht entfliehen, verstehst du?«

Nach diesem holprigen Start verläuft der Rest der Fahrt reibungsloser. Katja sieht ein, sie muss sich mit dem Gedanken anfreunden, ein Leben ohne ihn auf die Reihe zu kriegen. Aber wie?

Vermutlich hat Katja noch nie so lange gebraucht, diese Strecke zu bewältigen. Nach unzähligen Stunden kommt sie völlig erschöpft zu Hause an.

Irgendwie freut sie sich auf ihre Wohnung, niemand mehr, der sie bevormundet, ihr Ratschläge gibt und seine Meinungen verkündet, die sie eh nicht hören will. Ihr ist wohl bewusst, ihre Mutter ist besorgt, will nur das Beste für sie, sie findet aber auch, dass sie es übertreibt.

Nur das Notwendigste räumt sie noch aus, zeigt Hope ihr neues Zuhause und erklärt ihr, wozu die Kiste mit dem Sand da ist. Katja weiß, das klappt nicht von heute auf morgen, ein bisschen Geduld ist erforderlich.

Obwohl sie Hunger hat, legt sie sich erst einmal auf ihr Bett. Beim Entspannen bleibt es nicht. Total ausgelaugt schläft sie irgendwann ein und erwacht gegen Mitternacht in einer ungewöhnlichen Schieflage. »Mist, mein Rücken tut weh«, murmelt sie. Was aber wohl kein Wunder ist, so wie sie hier eingenickt ist. Und da liegt auch ihr kleiner Schatz. Katja geht das Herz auf. »Wir zwei sind ein tolles Team«, flüstert sie sanft, Hope weicht ihr scheinbar nicht mehr von der Seite.

Katja steht auf, duscht kurz, isst eine Kleinigkeit und hofft dann auf eine ruhige, erholsame Nacht. Hope bekommt noch ihr Fläschchen, damit wäre alles soweit erledigt. Danach ist sie viel zu müde, um sich noch mit weiteren Gedanken zu quälen.

Doch früh am Morgen schreckt sie auf, schweißgebadet, ihr Herz rast. Sie hat außerdem den Eindruck, dass sie von ihrem eigenen Schreien aufgewacht ist. Total durcheinander holt sie sich ein Glas Wasser. Sie setzt sich in die Küche und trinkt es mit kleinen Schlucken. Was war das denn jetzt? Ruhig bleiben, erst mal sortieren, ermahnt sie sich stumm. Ihr wird klar, dass sie gerade einen bösen Albtraum hatte. Sie wollte sich aus Liebeskummer das Leben nehmen und stand hoch oben auf einem Wolkenkratzer, direkt am Abgrund des Wahnsinns. Genau in dem Moment, in dem sie beschlossen hat zu springen, zog sie aber jemand mit Kraft zurück. Und das war niemand anderes als Ralf.

Ihr kommen die Tränen. Was bedeutet das? Wird diese ganze Geschichte sie tatsächlich noch umbringen? Wenn ihr früher solche Stories mal zu Ohren gekommen sind, hat sie stets gedacht, wie dumm und bescheuert ein Mensch sein muss, sein Leben für eine unglückliche Liebe zu opfern. Geht es ihr jetzt vielleicht genauso? Hoffentlich erholt sie sich bald, sie will die Kinder doch nicht erschrecken.

Das Glas ist leer und sie schleicht zurück ins Schlafzimmer. Als sie wieder im Bett liegt, fühlt sie sich komplett allein gelassen, niemand hilft ihr. Und er lebt sein Leben mit Gott einfach weiter, als wäre nichts geschehen. Arschloch, denkt sie mit Tränen in den Augen.

Am nächsten Tag geht es ihr nicht viel besser. Sie beschließt gegen Mittag, Sofia um ein Treffen zu bitten. Ihre Meinung ist ihr wichtig, vielleicht kann sie ihr ja sogar weiterhelfen, wer weiß? Ihre Mutter macht sich bestimmt schon Sorgen, ob sie gut angekommen ist. Sie schickt ihr noch schnell eine SMS: »Hy Mum, wir zwei sind zu Hause, ich melde mich demnächst, tschüssi!«

Am Abend ist es dann so weit, die beiden Freundinnen sehen sich endlich wieder. Katja will sich noch nicht in die Öffentlichkeit wagen, also kommt Sofia zu ihr nach Hause. Sie kann es kaum glauben, dass ihre Freundin bereits zurück ist. Doch ihr Anblick schockiert Sofia.

Sie sitzen im Wohnzimmer bei einer Tasse Tee und Sofia sagt spontan: »Mensch, Katja, sorry, du bist nicht mehr die, die ich mal kannte. Du siehst abgemagert aus, wobei ja eh nie viel an dir dran war. Was um Himmels willen ist nur passiert?«

»Ich verstehe, dass du entsetzt bist, geht mir genauso, wenn ich mich im Spiegel ansehe«, antwortet Katja bedrückt. »Ich weiß nicht einmal, wo ich anfangen soll, es ist eine derart verworrene Geschichte. Wobei ich die Verliererin bin.«

Bevor Sofia antworten kann, hüpft ihr ein kleines Bündel am Bein entlang. »Nee, wer ist das denn? Du hast aber viele Überraschungen auf Lager«, ruft sie aus.

»Ja, das ist Hope, aber der Reihe nach ...«

Die nächsten Stunden vergehen wie im Flug, Katja redet, ohne Luft zu holen, einfach drauf los. Mehrmals nimmt Sofia sie in den Arm, redet ihr gut zu. Doch auch bei ihr hört Katja nicht das, was sie eigentlich hören möchte. Sofia ist ebenfalls der Meinung, dass sie es irgendwie schaffen muss, Ralf zu vergessen. »Du solltest dich unters Volk mischen, damit du auf andere Gedanken kommst. Ich weiß, es ist noch zu früh, dann gehen wir halt am nächsten Wochenende auf die Piste. Anfangs wird es schwierig sein, aber nach und nach blühst du wieder auf, ganz bestimmt. Das ist wirklich eine krasse Geschichte, die es so eher selten gibt. Aber du wärst ja nicht Katja, wenn du eine stinknormale Bekanntschaft gemacht hättest. Und dieses Happy End mit der Katze ist echt die Krönung. Dieser Kerl wusste genau, wie er es schafft, seine ›Sünde‹ aus dem Weg zu räumen und dir gleichzeitig eine unbeschreibliche Freude zu machen. Ob er darüber nachgedacht hat, was mit dem Tier passiert, wenn du es nicht hättest behalten wollen? Da war er sich seiner Sache wohl verdammt sicher. Männer sind halt abgebrüht, sogar die, von denen man es am wenigsten erwartet.«

Nach dieser Rede fällt Katja nicht mehr viel ein. Sie schluckt alle Erwiderungen herunter und nickt nur.

Sofia stellt ihre Teetasse auf den Tisch. »Ich fahre jetzt nach Hause und lasse dich allein. Aber ich bin froh, endlich mit dir geredet zu haben. Morgen legst du einen gemütlichen Pyjama-Sonntag ein, knuddelst dieses süße, kleine Monster und am Montag bist du fit wie ein Turnschuh. Und du kannst mich jederzeit anrufen, okay?«, sagt sie noch und mustert ihre Freundin besorgt.

Katja bringt sie noch zur Tür. »Man sieht sich, tschüss.« Danach sitzt sie wieder alleine da. »Was wollen die nur alle von mir? Die erzählt mir fast den gleichen Mist wie meine Mutter!!«, spricht sie genervt und zudem enttäuscht vor sich hin.

Der erste Arbeitstag macht Katja Angst. Zuvor hat sie immer den Bus genommen, doch sie will mit ihrem eigenen Auto zur Schule fahren. Dann kann sie niemand blöde angaffen oder eventuell dumme Fragen stellen. Ob die kleinen Racker bemerken, dass mit ihr etwas nicht stimmt? Es hilft alles nichts, Katja wirft sich in den Arbeitsalltag. Sich intensiv mit den Kindern zu beschäftigen, fällt ihr allerdings schwer, wie sie schnell bemerkt. Und so überlässt sie ihren Schützlingen die Wahl: malen oder basteln. Die Mehrheit entscheidet sich fürs Malen.

»Wer das schönste Bild zeichnet, bekommt von mir fünf Euro«, verkündet Katja, bevor es losgeht. »Zum Kindergartenschluss bringt ihr mir eure Bilder.«

Der Jubel ist groß, die Motivation noch größer. Die Kinder sind beschäftigt, schließlich will jeder den Preis gewinnen – und Katja hat ihre Ruhe. Dass dieser Trick auf Dauer keine Lösung ist, weiß sie selbst.

Endlich ist der Vormittag um, draußen vor dem Tor stehen schon die ersten Eltern, um ihre Sprösslinge abzuholen. Normalerweise rennt die ganze Meute unkontrolliert raus, diesmal geht alles disziplinierter ab, denn sie müssen ja noch ganz stolz ihr Bild unter Beweis stellen. Einer nach dem anderen kommt an die Reihe, die meisten haben das Übliche zu Papier gebracht, Autos, Prinzessinnen, Bäume, Blumen … Nur der kleine Rudi hat einen Leuchtturm gemalt. Katja sieht das Bild und es dreht sich ihr der Magen um. Den Anblick kann sie nicht ertragen.

Rudi hakt mit Kinderstimme nach: »Fräulein Katja, gefällt dir meine Zeichnung nicht?« Ihm schießen schon die ersten Tränchen in die Augen, aber er bleibt tapfer.

Katja nicht. Es überkommt sie und sie weint los.

»Fräulein Katja, was hast du denn?«, fragt Rudi erschrocken.

»Mein Schatz, das verstehst du noch nicht, Katja hat ganz dollen Herzschmerz. Du hast das schönste Bild gezeichnet, die fünf Euro kommen in dein Sparschweinchen. Alles gut, kleiner Mann«, sagt Katja nun schnell.

Da wäre aber noch Lena, die ihr Bild noch gar nicht gezeigt hat. Und nun hat Rudi schon den Preis ergattert und sie hat keine Chance bekommen. Traurig wendet sie sich von Katja ab und läuft schluchzend aus dem Klassenzimmer. Katja hat sie zu spät bemerkt. Mist, was habe ich dem Kind damit angetan, fragt sie sich sofort erschrocken. Sie kann scheinbar nicht mehr klar denken und hasst sich selbst dafür. Das Biest in ihr gewinnt die Macht über sie.

Alle Kinder sind nun raus. Sie bleibt noch ein Weilchen da sitzen, ihr gehen tausend Gedanken durch den Kopf. Da sie keinem Kollegen auf dem Flur begegnen möchte, schaut sie laufend aus dem Fenster, von wo sie einen direkten Blick auf den Parkplatz hat. Nachdem das letzte Auto verschwunden ist, rappelt Katja sich auf und begibt sich zu ihrem Wagen. Schnell verschließt sie die Tür und schreit einmal laut auf. Ihr tun die Kinder leid, aber vor allem kämpft sie mit ihrem Selbstmitleid. Schließlich denkt sie an Hope. Sie muss nach Hause, die kleine Katze wartet dort auf sie. Der schnellste Weg nach Hause führt durch das Zentrum der Stadt, vorbei an den vielen Geschäften, Banken und Restaurants. Ein

Hoffnungsschimmer schlummert tief in ihr – vielleicht liegt ja etwas in ihrem Briefkasten oder »jemand« hat auf den Anrufbeantworter gesprochen. Bei ihrer Ankunft muss sie allerdings feststellen, dass nichts dergleichen der Fall ist. Außer Rechnungen und einer Nachricht von ihrer Mutter auf dem AB gibt es nichts. Sichtlich enttäuscht fällt sie aufs Sofa, streichelt Hope und sehnt nur noch die Nacht herbei, um den beschissenen Tag hinter sich zu lassen. Aber sie weiß genau, viele weitere werden folgen.

Am nächsten Tag geht der Alptraum weiter. Katja erreicht das Schulgebäude mit dem Kindergarten und hat den Eindruck, alle würden sie anstarren. Eine Frau erwartet sie bereits vor der Tür – die Mutter von Lena. »Entschuldigen Sie, Frau Siebert, ich würde ganz gerne unter vier Augen mit Ihnen reden«, sagt sie sofort.

Sichtlich nervös folgt Katja der Dame in eine ruhige Ecke auf dem Hof.

Lenas Mutter wirkt ziemlich wütend. »Was haben Sie sich gestern mit Ihrer Aktion bloß gedacht? Für Erwachsene ist das sicher keine große Sache, aber für ein Kind? Die kleine Lena wollte heute nicht mehr in den Kindergarten. Sie meinte, Fräulein Katja sei böse, sehr böse«, berichtet sie mit vorwurfsvoller Stimme.

Es ist wie ein Stich ins Herz, als Katja das hört. »Das tut mir aufrichtig leid, es kommt nicht wieder vor«, entschuldigt sie sich sofort.

Die Mutter mustert sie kühl. »Ist das alles, was Sie

dazu zu sagen haben? Falls Sie Probleme haben, jeder hat welche. Doch andere und erst recht Kinder sollten nicht darunter leiden müssen. Ich hoffe, das ist bei Ihnen angekommen? Danke für Ihre Zeit«, sagt sie nun noch, dreht sich dann um und stolziert zu ihrem Auto, das vor dem Hof parkt.

Sichtlich gekränkt zieht Katja sich in ihr kleines Büro zurück. Sie hat noch zehn Minuten, dann muss sie funktionieren. Bestimmt hat die blöde Kuh die Geschichte bereits jedem erzählt. So etwas darf ihr nicht noch einmal passieren, das war sicher nicht schön für die kleine Lena, aber muss ihre Mutter gleich so einen Aufstand machen? Ich sollte besser eine Schauspielschule aufsuchen, denkt sie sich. Ach, wäre Ralf doch bei ihr, sie könnte sich an seine Schulter lehnen und sich ausheulen. Na ja, Katja, träum mal schön weiter, ermahnt sie sich.

Immerhin gelingt es ihr, die nächsten Tage halbwegs angemessen zu bewältigen. Aber Lebensfreude eines jungen Menschen sieht anders aus. Auch bei Sofia meldet sie sich wesentlich seltener. Ihr ist klar, dass dies der falsche Weg ist, aber dagegen anzukämpfen, gelingt ihr nicht. Katja steckt den Kopf einfach in den Sand. Und es taucht auch noch ein weiteres Problem auf. Sie durchlebt den Albtraum aus der ersten Nacht nach ihrer Rückkehr immer häufiger. Jedes Mal schreckt sie auf, schweißgebadet, zitternd und mit Herzrasen. Wie ein Dämon verfolgt sie der schreckliche Traum. Ans Weiterschlafen ist danach nicht mehr zu denken. Manchmal geht es ihr danach so schlecht, dass sie sich krankmelden muss. Das bleibt nicht ohne

Konsequenzen. Die Rektorin bittet sie um ein ernstes Gespräch. Katja hat Angst, ihren Job zu verlieren. Im Büro der Rektorin kauert sie auf ihrem Stuhl. Die Rektorin sieht sie ernst an. »Frau Siebert, Sie wissen schon, dass es so nicht weitergehen kann, oder? Wo liegt denn das Problem? Sie waren stets eine zuverlässige und beliebte Mitarbeiterin. Eigentlich geht es mich nichts an, aber ich muss sagen, nach Ihrer Rückkehr aus dem Urlaub sind Sie verändert. Das können wir nicht länger hinnehmen. Es kursieren inzwischen die wildesten Gerüchte, zum Beispiel, Ihre Mutter sei verstorben. Andere behaupten, Sie hätten einen Autounfall gehabt. Ihren Kollegen und einigen Eltern ist längst aufgefallen, dass mit Ihnen etwas ganz und gar nicht stimmt. Ein Kind musste schon darunter leiden. Sie dürfen sich gerne dazu äußern, dann finden wir sicher einen Weg, damit es Ihnen bald wieder besser geht.«

Katja ist geschockt. »Ich, ich weiß nicht«, stottert sie überrumpelt. »Mich verfolgen Albträume, die mir den Schlaf rauben und mich durcheinanderbringen.«

»Dann sollten Sie schnellstens etwas dagegen unternehmen. Suchen Sie bitte einen Psychologen auf. Sie brauchen professionelle Unterstützung, besorgen Sie sich notfalls eine Krankmeldung. Das wäre dann ein einmaliger Ausfall und nicht diese On-Off-Situation, mal sind Sie einen Tag da, dann fehlen Sie wieder. Das erschwert die Personalplanung erheblich, denn wir können so nicht mehr auf Sie zählen. Nur weil sich die Grundschule im Nebengebäude befindet, heißt das noch lange nicht, dass wir eben mal Personal von drüben einsetzen können. Das sind zwei paar Schuhe, Frau Siebert. Sie müssen sich helfen lassen, auch den Kindern zuliebe.« Die Rektorin macht eine kurze Pause und sieht Katja eindringlich an, dann fragt sie: »Also ist an den Gerüchten nichts dran?«

»Nein, ich könnte Ihnen das doch nicht einfach verschweigen«, antwortet Katja schnell.

Betroffen verlässt sie schließlich das Büro der Rektorin. Zum Glück muss sie heute nicht mehr arbeiten. Auf der Autofahrt nach Hause überschlagen sich ihre Gedanken und Gefühle mal wieder. Das war eine klare Ansage. Die allererste Mahnung, die sie je erhalten hat. Und die tut weh! Das hat ihr grade noch gefehlt. Irgendwie wird alles immer schlimmer und schlimmer. Hätte sie der Rektorin die ganze Wahrheit erzählen sollen? Nein, sie hätte bestimmt kein Verständnis gehabt, noch nicht einmal Sofia hat Verständnis. Sie will Sofia, gegen ihren Stolz, heute Abend anrufen, unbedingt. Doch zuvor meldet sie sich bei ihrer Mutter. Diese geht erst nach unzähligem Klingeln ran.

»Hallo Mum, wie geht's?«, fragt Katja in einem verzweifelten Ton.

»Na endlich höre ich von dir, du klingst nicht wirklich gut!«, entgegnet Sabine besorgt.

»So ist es auch, leider. Ich komme über die Trennung nicht hinweg, ich leide schrecklich darunter. Mein Leben habe ich momentan gar nicht im Griff.«

Mit tröstenden Worten redet Sabine auf sie ein: »Ich denke, nein, ich hoffe, die Zeit heilt alle Wunden, mehr fällt mir dazu nicht ein. Es sind ja nur ein paar Tage vergangen, gib dir selbst eine Chance!«

»Na gut, ich versuch's. Sei mir nicht böse, ich würde gerne Schluss machen.«, reagiert Katja etwas schwerfällig.

»Alles klar, du kannst mich Tag und Nacht anrufen, das weißt du doch?«

»Okay Mum, danke.«

»Kopf hoch, Mäuschen, bis bald.«

Sie meint es nur gut mit mir und ich bin manchmal so grob zu ihr!, geht ihr dabei durch den Kopf.

Sofia dagegen packt sie etwas härter an und ist alles andere als erfreut über das, was ihr da zu Ohren kommt. »Katja, hast du einen Knall? Oder hast du ihn bloß nicht gehört? Wie weit bist du nur abgerutscht? Das kann doch nicht wahr sein! Du weißt, ich stehe immer zu dir, aber das, nein, das geht gar nicht. Ich bin jetzt mal knallhart und sage dir: Reiß dich zusammen und lass dir endlich helfen. Und weißt du was, ich komme gleich vorbei und dann klären wir alles.«

»Das, das wäre gut, ich brauche dringend jemanden zum Reden«, sagt Katja kleinlaut.

Kaum hat sie aufgelegt, klingelt es auch schon. Und als Katja die Tür öffnet, erblickt sie einen Mann, den sie nicht sofort einordnen kann. Verwirrt starrt sie ihn an.

»Hallo, Frau Siebert, entschuldigen Sie meinen Überfall. Ich bin Manfred Burzel, genannt Manny, der Papa von Rudi«, stellt er sich vor.

Total irritiert bittet sie ihn rein und hofft, dass das nicht schon wieder eine Beschwerde wird.

Sie gehen in die Küche und setzen sich. »Sie brauchen keine Angst zu haben, ich bin ein harmloses

Kerlchen«, sagt Rudis Papa mit einem Lächeln, als er Katjas besorgtes Gesicht sieht.

Dass dieses Kerlchen eigentlich genau in Katjas Beuteschema passt, entgeht ihr natürlich.

Und er fährt fort: »Aber ich möchte Sie bezüglich dieses sicher überraschenden Besuchs nicht länger auf die Folter spannen. Es ist mittlerweile ein paar Tage her, doch durch meinen Schichtdienst bei der Polizei war es mir nicht möglich, früher vorbeizukommen. Also, ich habe gehört, dass es Ihnen nicht gut gehen soll. Und wenn ich Sie so ansehe, finde ich das absolut bestätigt. Mein kleiner Rudi hat erzählt, Sie hätten Probleme mit dem Herzen. Sie sind noch sehr jung, deshalb sollten Sie unbedingt handeln.«

Katja ist gerührt, der Junge hat das natürlich missverstanden und es entsprechend an den Papa weitergegeben. Sie kämpft erneut mit den Tränen, spürt aber irgendwie, dass sie diesem Mann vertrauen kann. Sie öffnet sich nach und nach und beginnt, anfangs noch etwas zögerlich, die ganze Geschichte zu erzählen.

Während des Gesprächs meldet sich ihr Handy. »Eine SMS von meiner Freundin Sofia, wir erzählen uns immer alles«, erklärt sie schnell. »Sie hat unser Treffen für heute abgesagt.«

Er nickt. »Ihre Geschichte – oder darf ich Du sagen?«

Katja nickt zustimmend.

»Also deine Geschichte ist ganz schön verrückt und fast unglaublich zugleich. Mir fehlen die Worte und das kommt selten vor. Dieser Idiot, sorry, hat dich gar nicht verdient. Ehrlich jetzt. Außerdem ist er ein Weichei, er hätte dich wenigstens abwehren müssen, er hätte das nicht zulassen dürfen. Und nun bist du es, die darunter leidet. Aber wer weiß, vielleicht geht es ihm auch schlecht. Aber er hat wahrscheinlich nur Gott gegenüber ein schlechtes Gewissen, du bist ihm dabei egal«

Das trifft Katja, sie sieht ihn verzweifelt an. »Denkst du das wirklich?«

Er seufzt. »Nun, ich könnte mir das vorstellen.«

In Katjas Kopf galoppieren die Gedanken, gerade fällt ihr wieder Rudi ein. »Was Rudi betrifft, ich glaub es nicht, dass der sich so große Sorgen um mich gemacht hat, weil er meine Aussage missverstanden hat. Das ist wirklich süß.«

»Ich kann den Jungen gut verstehen, seine Mutter ist vor zwei Jahren von uns gegangen, Herzinfarkt, sie ist einfach umgefallen, das war's«, erklärt Manny.

»Das tut mir so leid für euch beide«, entgegnet Katja betroffen. »Es macht mich traurig, dass er jetzt meint, mir könnte das Gleiche passieren. Du hättest ihn auch mitbringen können.«

Manny winkt ab. »Nein, er ist bei meiner Nachbarin, mit so einem Wirbelwind wäre ein Gespräch wie dieses undenkbar.«

»Ich muss sagen, im Kindergarten verhält er sich ruhig und ist sehr zuvorkommend. Ich mag den kleinen Strolch sehr«, sagt Katja mit einem Lächeln.

»Das freut mich zu hören«, er lächelt zurück. »Was war das denn mit dieser kleinen Zicke Lena?«

Katja fährt sich nervös mit einer Hand durch die Haare. »Mein Fehler, habe sie nicht beachtet und schon kam der Knall. Die Rektorin hat mich auch bereits auf dem Kieker. Das mit dem Pfarrer weiß sie natürlich nicht, ich habe ihr nur von den Albträumen erzählt, oder vielmehr, dass ich welche habe. Ich bin mir nicht sicher, ob das korrekt war. Aber ich habe Angst, dass man sich über mich lustig macht, das könnte ich nicht auch noch verkraften. Jetzt soll ich zu einem Psychologen gehen, aber ich kenne doch keinen. Doch sie besteht darauf.«

»Also mein Zwillingsbruder ist zwar Allgemeinmediziner, hat aber ein großes Talent, zuzuhören und Rat zu erteilen. Du bräuchtest nicht ewig zu warten. Das Problem ist oft, dass man bei einem Psychologen auf die Schnelle keinen Termin bekommt. Und ein ärztliches Attest kannst du auch von ihm bekommen«, schlägt Manny vor.

»Gerne, mach das«, sagt Katja und spürt ein bisschen Hoffnung in sich aufkeimen. »Ich sehe ein, ohne Unterstützung schaffe ich das wohl nicht. Meine Zukunft steht auf dem Spiel, ich muss doch meine Miete zahlen.«

»Ich rufe ihn gleich an, okay?«

»Ist gut.«

»Warte kurz, ich verzieh mich mal eben.« Manny steht auf und geht in den Flur.

Nach einer Weile kehrt er zurück, setzt sich wieder zu ihr und hat gute Neuigkeiten. »Gleich morgen, um acht Uhr, wenn du willst«, verkündet er.

»Und wo ist seine Praxis?«

»Gegenüber der Kirche, in dem großen Wohnblock, wo sich auch die Apotheke befindet.«

Katja stockt der Atem. »Gegenüber der Kirche?«

Manny schaut sie entschuldigend an. »Sorry, dass

schon wieder eine Kirche im Spiel ist, aber es anders zu erklären, wäre wesentlich schwieriger geworden.«

»Da muss ich wohl durch«, stellt Katja fest. »Aber keine Sorge, ich gehe hin.«

»Dann wäre ja soweit alles geklärt. Ich lass dich jetzt wieder allein, hole Rudi ab und dann geht es schnell nach Hause!« Damit erhebt er sich.

Auch Katja steht auf. Dieser überraschende Besuch hat irgendwie gutgetan. »Ich danke dir für deine Aufmerksamkeit.«

Er lächelt. »Du solltest dich bei Rudi bedanken, er hat den Stein ins Rollen gebracht. Hier hast du meine Karte, halte mich bitte auf dem Laufenden, ja?«

Katja bringt ihn zur Tür und geht danach ins Wohnzimmer, um sich aufs Sofa zu werfen. Was war das denn für ein Auftritt? Da taucht wie aus dem Nichts der Weihnachtsmann auf und das mitten im Sommer. Das muss sie erst einmal sacken lassen.

Der nächste Morgen verlangt ihr alles ab, aber es gibt kein Zurück, wenn ihr geholfen werden soll. Die Praxis hat sie schnell gefunden, sie befindet sich in der neunten Etage eines Hochhauses, mit Fahrstuhl natürlich. Ängstlich und zitternd stellt sie sich an der Rezeption vor, doch eine Katja Siebert ist nicht eingetragen. Ihr wird ganz warm, sie weiß nicht so recht, was sie tun soll. Doch genau im richtigen Moment taucht der Dok auf. Und da es sich um Manfreds Zwillingsbruder handelt, erkennt Katja ihn natürlich sofort. »Sie müssen Katja sein, stimmt's?«, begrüßt er sie vor der Rezeption.

»Ja, die bin ich«, antwortet Katja erleichtert.

Er winkt den Sekretärinnen zu, diese schauen ihn nur mit verdutzten Gesichtern an. Dann bittet er sie ins Sprechzimmer. Sie setzen sich und er beginnt: »So, liebe Katja, keine Angst, ich werde Sie ganz sicher nicht für verrückt erklären. Unser Manny hat mir ein bisschen was von Ihnen erzählt, es fehlen mir jedoch noch einige Puzzleteile. Am besten ist es wohl, ich höre mir die Geschichte von Ihnen persönlich an. Lassen Sie sich ruhig Zeit.«

Katja durchlebt alles noch einmal und am Ende stellt sie fest: »Es tut so weh, so wahnsinnig weh. Mir sind die Hände gebunden, ein Kontakt ist fast unmöglich.«

Der Arzt nickt. »Ganz ehrlich? Das ist auch gut so. Nur auf diesem Weg können die Schmerzen verstummen. Es heißt ja nicht umsonst, dass die Zeit alle Wunden heilt. Stellen Sie sich vor, Sie erreichen ihn, wie auch immer, und Sie bekommen erneut eine Abfuhr. Dann würden Sie in ein noch tieferes Loch fallen. Und je weiter Sie abstürzen, umso länger braucht es, bis Sie wieder an die Oberfläche gelangen, um nach Luft zu schnappen. Sie verstehen, was ich meine?«

Katja nickt nur.

»Wir versuchen es mal mit pflanzlichen Heilmitteln, die wirken beruhigend, ihre Gedanken werden etwas betäubt und es mag sein, dass sie anfangs mit Müdigkeit zu kämpfen haben. Ich schreibe Sie für die nächsten sieben Tage krank und gebe Ihnen ein Attest mit. Legen Sie sich ein Hobby zu, das Sie ablenkt.«

»Das habe ich bereits, ich male gerne Acrylbilder.«

»Super, das sind doch gute Voraussetzungen. Was auch sehr hilfreich wäre, ist eine Art Tagebuch. Notieren Sie alles, was Sie gerade bewegt, Ihre Gefühle, Ihr derzeitiges Befinden. Wenn etwas sein sollte, melden Sie sich bei mir. Und falls Sie denken, eine Woche Auszeit ist nicht ausreichend, lassen Sie es mich wissen, Sie bekommen dann eine Verlängerung.«

Katja ist erstaunt, wie erleichtert sie plötzlich ist. »Vielen Dank, Dok, ich mache das Beste draus.«

Bevor Katja nach Hause fährt, besorgt sie sofort die Tabletten. Aber der Gang zur Rektorin liegt ihr schwer im Magen. Doch sie klopft tapfer an ihre Tür.

»Hallo, Katja, na, haben Sie meinen Rat befolgt?«, fragt die Rektorin, als Katja wieder vor ihrem Schreibtisch sitzt.

»Ja, Frau Winsky«, sagt Katja zögernd.

»Dann lassen Sie mal sehen.«

Katja reicht ihr die Krankschreibung und das Attest.

Frau Winsky mustert die Unterlagen. Dann hebt sie wieder den Blick und sieht Katja an. »Soweit ich weiß, habe ich eine Bescheinigung von einem Psychologen verlangt. Das hier ist so gut wie gar nichts«, erklärt sie verärgert.

»Aber ...«, beginnt Katja,

Frau Winsky schüttelt energisch den Kopf und unterbricht sie: »Kein Aber. Das holen Sie bitte nach. Dieses Rumgebastele bringt nichts.«

Mit gesenktem Kopf verlässt Katja das Gebäude und verflucht sich selbst. Hätte sie den Wisch doch einfach nur in den Briefkasten geworfen, dann hätte die olle Krähe nichts sagen können. Die mit ihrem spitzen Gesicht, der spitzen Nase und den dämlichen runden Brillengläsern. Aber sie hat ja trotzdem schon mal ihre Krankschreibung. Einerseits freut sie sich nun, eine Auszeit zu haben, wo sie wenigstens keine Versagungsängste quälen, andererseits befürchtet sie, spontan unangemessene Ideen zu bekommen.

Doch ihre kleine Hope ist begeistert, dass sie fast rund um die Uhr bei ihr ist. Wobei, zu bestimmten Zeiten kann sie vielleicht auch mal die Wohnung verlassen. Aber dann sieht sie eh bloß überall Pärchen, die sich küssen und umarmen – das muss sie gerade nicht haben. Stattdessen will sie malen, bis ihr die Hände abfallen. Es gibt so viele Motive, die sie umsetzen könnte. An ein Porträt hat sie sich bis dato nicht gewagt. Jetzt will sie es wissen und druckt das Foto von Ralf aus und beginnt mit den Gesichtskonturen. Schnell stellt sie fest, die Augen passen da nicht so recht rein. Da sie keine Erfahrung mit Portraits hat, weiß sie nicht, dass sie eigentlich mit den Augen anfangen müsste. Ein Papier nach dem anderen fliegt zusammengerollt auf den Boden. Statt sich zu entspannen, verspannt sie sich immer mehr. Weil es immer wieder misslingt, ist sie nah dran auszuflippen. Selbst Hope hat sich verkrochen, weil Frauchen tobt.

Sie entscheidet jetzt aufzuhören, das scheint die falsche Therapie zu sein. Wahrscheinlich sollte es nicht sein, dass sie es hinbekommt. Es fehlt ihr an Konzentration, sogar an Motivation. Diese verfluchten

Gedanken drängen sich immer wieder in den Vordergrund. Sie hofft, dass es bald nachlässt. Sie muss doch schnellstens zurück in den Alltag finden, zu den Kindern. In ihrem Zustand geht das aber nicht, die Verantwortung ist einfach zu groß. Und ihr kleiner Schatz, der Rudi, fehlt ihr besonders, der macht seinen Papa bestimmt verrückt.

Katja nimmt ihre Tabletten und legt sich zeitig ins Bett.

Am nächsten Morgen ist ihr kotzübel. Ihr erster Gang führt normalerweise in die Küche, heute allerdings zur Kloschüssel, die sie gerade noch rechtzeitig erreicht. Scheiße, was ist denn nun schon wieder los, fragt sie sich. Vom Essen kann das nicht kommen, sie hat kaum etwas angerührt. Oder ist ihr genau aus diesem Grund so elend? Oder sie verträgt diese pflanzlichen Tabletten vielleicht nicht. Sie schleppt sich wieder ins Bett und ihr ist echt zum Heulen. Ihr Leben ist nur noch ein einziges Chaos. Sie kann nicht mehr. Vor ihrem Besuch bei der Wahrsagerin war sie fröhlich, liebte das Leben, aber jetzt?

Dieser Zustand hält Katja noch länger auf Trab, und sie ahnt nicht, dass es erst der Anfang sein soll. Sie spielt mit dem Gedanken, die Einnahme der Tabletten zu beenden. Bald läuft ihr Krankschreibung ab, wenn sie noch eine Verlängerung vom gleichen Arzt erhält, wird die Frau Winsky sie umbringen. Sie braucht dringend einen Rat, macht sich einen Tee, setzt sich aufs Sofa und ruft Manny an: »Hey du, hast du einen Moment Zeit?«

»Klar, für dich immer, wir fahren gerade zu einem Einsatz, ich bin aber nur der Beifahrer. Wo brennt's denn?«

Sie erzählt ihm von ihrer Übelkeit und den Problemen mit Frau Winsky.

»Hm, wenn sie darauf besteht, dann solltest du einen Psychologen aufsuchen. Aber so kurzfristig jemanden zu finden, wird schwierig. Warte mal kurz, mein Kollege kennt jemanden.«

Sie hört ihn mit jemandem reden, dumpfe Stimmen, dann wendet er sich wieder an sie: »Also, da wäre Dr. Prof. Kotzman, der für Diskretion bekannt ist«

»Wie, Diskretion? Die Schweigepflicht müssen doch alle einhalten«, entgegnet Katja verwirrt.

»Ja klar, nicht in dem Sinne, du erhältst an der Rezeption eine Nummer, nachdem du dich angemeldet hast. Du wirst also nicht mit deinem Namen aufgerufen, sondern mit der zugeteilten Nummer. Verstehst du?«, erklärt Manny und Katja hört, dass das Polizeiauto, in dem er sitzt, die Sirene einschaltet.

»Alles klar, verstanden, das hört sich gut an, danke«, sagt Katja und atmet aus.

»Er sorgt außerdem dafür, dass kaum jemand im Wartesaal sitzt, damit sich dort nur wenige Leute treffen«, ergänzt Manny nach erneuter kurzer Rücksprache mit seinem Kollegen noch.

»Super, ich rufe sofort dort an«, verspricht Katja.

Tatsächlich hat sie Glück, weil jemand seinen Termin storniert hat. Und die Sekretärin ist sehr freundlich. Am Dienstag kann sie kommen, das heißt, am

Montag müsste sie sich erneut für einen einzelnen Tag abmelden. Das gibt Ärger, mutmaßt sie.

In der folgenden Nacht kehrt der Albtraum zurück und er entwickelt sich schlimmer als die bisherigen. Vor dem Abgrund hält sie diesmal niemand zurück und Katja erwacht genau in dem Moment, in dem sie auf den Boden aufzuschlagen droht. Sie schreit, zittert und schwitzt ohne Ende. Ihr ist schlecht, sie muss sich erneut übergeben. »Ich kann nicht mehr«, flüstert sie über der Kloschüssel zu sich selbst.

Irgendwann schläft sie dann doch wieder ein, wird aber von der Türklingel geweckt. Seufzend wälzt sie sich im Bett auf die andere Seite. Oh Mann, wer nervt denn nun schon wieder? Was soll's, sie macht nicht auf.

Doch dem Klingeln folgt ein Hämmern gegen die Tür. Also quält sie sich doch aus dem Bett. Im Flur ruft sie: »Ich komme ja schon«, denn das Hämmern hört nicht auf. Als sie die Tür öffnet, steht vor ihr Frau Schmücke, die Nachbarin.

»Hallo, Frau Siebert, ich bitte Sie, entweder stellen Sie den Fernseher nachts etwas leiser oder Sie sehen sich keine Horrorfilme mit diesem durchdringenden Geschrei mehr an. Mein Mann und ich können so nicht durchschlafen. Wir haben das nun schon mehrmals mitbekommen, es reicht!« Sie starrt Katja verärgert an.

Und die starrt wütend zurück. »Ach wissen Sie was, ziehen Sie doch in ein Altenheim«, schnauzt Katja sie an und knallt Frau Schmücke einfach die Tür vor der Nase zu. Im Flur steht sie da und kann es nicht fassen – das hatte sie doch nicht wirklich zu ihr gesagt, oder? Sie ist schockiert über sich selbst. Egal, die traut sich bestimmt nicht, sich ein weiteres Mal zu beschweren.

Gegen Abend kommt Sofia überraschend vorbei. Als sie in der Küche einen Kaffee trinken, sagt sie mit besorgter Miene zur Katja: »Sorry, du machst mir Angst. Allein wie du aussiehst – abgemagert, wesentlich älter wirkst du, einfach furchtbar.«

Katja schluchzt los und klammert sich an ihre Tasse. Nachdem sie sich wieder ein bisschen beruhigt hat, erzählt sie der Freundin zunächst von Mannys nettem Besuch, dann von den Problemen mit Frau Winsky und schließlich von Frau Schmückes Beschwerde.

Bei Letzterer kann sich Sofia ein Lachen nicht verkneifen. Doch danach schüttelt sie den Kopf. »Mensch, das bist nicht mehr du, noch nie hast du jemandem so etwas an den Kopf geworfen«, sagt sie. »Guckst du denn wirklich nachts solche Filme?«

»Eben nicht, ich vermute, dass es mein eigenes Geschrei ist, wenn ich mal wieder aus dem Schlaf hochschrecke«, sagt Katja matt.

»Fuck, glaubst du wirklich?«

»Was soll es denn sonst sein? Ich kann doch nichts dafür …« Katja guckt sie verzweifelt an.

Sofia wirkt ernst. »Ehrlich, du solltest nicht alleine sein. Wenn das so weitergeht, bist du bald unzurechnungsfähig, und was dann?«

Das erschreckt Katja nun doch. »Hey, übertreib's mal nicht«, wehrt sie sich.

»Das sagst du so leicht, hättest du denn jemals gedacht, dass du eine Person so angiftest?«

»Eher nicht«, gesteht Katja.

»Ich rede mit meiner Mutter, du könntest für ein Weilchen bei uns einziehen, bis es dir ein bisschen besser geht«, schlägt Sofia vor.

»Und meine kleine Hope?«

»Leider hat meine Mutter eine Katzenallergie, aber es findet sich bestimmt jemand, der sie aufnimmt.«

Katja macht ein trotziges Gesicht. »Ich gehe nirgendwohin ohne meine Hope.«

»Ich verstehe dich, aber ...« Sofia hält inne, als wäre ihr gerade etwas Wichtiges eingefallen. »Übrigens, warum musst du so oft kotzen? Du bist doch nicht etwa schwanger, oder?«, fragt sie.

Katja wird schlagartig heiß. Schwanger? »Das kann nicht sein, ich nehme doch die Pille. Ich habe sie noch nicht ein einziges Mal vergessen einzunehmen. Ganz sicher.«

Sofia zuckt mit den Schultern. »Die Nerven könnten dir auch einen Streich spielen, du isst fast nichts mehr, bist nur noch mit deiner Psyche beschäftigt, das ist nicht gut. Es wird Zeit, dass du professionelle Hilfe bekommst. Und das ist ja zum Glück bald der Fall.«

Diagnose: Gebrochenes Herz

Für kommenden Montag hat Katja einen Entschluss gefasst. Sie meldet sich doch nicht in der Schule ab und will einen würdigen Abgang machen, bevor ihre Therapie beginnt. Sie zeigt sich kurz bei Frau Winsky und begibt sich anschließend zu ihrer Meute. Keines der Kinder hat mit Katja gerechnet, die Aufregung ist riesig. Sie rufen ihren Namen, zehn Fragen auf einmal werden gestellt. Sie hat alle Mühe, die Bande zu beruhigen. Der kleine Rudi kommt gerade vom Pinkeln zurück. Als er sie sieht, ruft er im Laufen: »Katja, Fräulein Katja, geht es dir besser?«

Sie nickt ihm lächelnd zu und umarmt ihn kurz. Da steht sie nun inmitten ihrer Kinder. »Ach, ihr seid alle so süß. Danke für diese herzliche Begrüßung. Wollt ihr runter zum Flick-Flack-See?«, fragt sie die versammelte Mannschaft.

»Ja«, ertönt es ganz laut aus vielen kleinen Kehlen, schließlich herrscht bestes Sommerwetter.

Katja klatscht in die Hände. »Na, dann holt das Seil heraus, ihr kennt das bereits, jeder hält sich an einem Knoten fest. Alles klar?«

Fast wirkt es, als würde Katja wieder aufblühen. Bevor es losgeht, werden noch schnell die Kinder gezählt. Dass es unterwegs hoch hergeht, kann sich jeder vorstellen. Und Rudi fragt ihr regelrecht Löcher in den Bauch. Doch Katja sieht es locker und beantwortet all seine Fragen. Nach fast einer Stunde sind sie am See. Katja verschafft sich mit einer Pfeife Gehör und erklärt laut: »Alle mal herhören, jeder bewegt sich nur bis zum nächsten Baum. Ist das klar? Ich möchte mich nicht auf die Suche nach jemandem machen, weil er meine Anweisungen nicht befolgt hat.«

Wie Kinder so sind, die Hälfte hat gar nicht zugehört.

Katja nimmt ein großes Badetuch aus ihrer Tasche, breitet es aus, lehnt sich mit dem Rücken an einen Baum, genießt die Sonne und entspannt endlich mal wieder. Der Lärm um sie herum stört sie nicht. Anfangs beobachtet sie die Kinder beim Spielen, aber dann ... Irgendwann fährt sie hoch und bemerkt, dass sie eingenickt ist. Katja schaut auf die Uhr – Mist, ihr bleiben noch zirka 20 Minuten für den Rückweg. Cool bleiben, ermahnt sie sich stumm, trommelt alle Kinder zusammen, verkündet auch, dass es etwas zügiger gehen muss. Warum, sagt sie ihnen aber nicht. Sie ist sich sicher, dass sie nicht bemerkt haben, dass sie kurz eingenickt ist.

Dennoch, mit reichlicher Verspätung kommt die Truppe wieder beim Kindergarten an. Viele Eltern warten bereits genervt, weil sie noch andere Termine haben.

»Es tut mir leid, Leute, es ist meine Schuld. Ich habe zu spät auf die Uhr geguckt«, entschuldigt sich Katja wieder und wieder.

Die Kids werden in die Autos gepackt, nur Jimmy ist weit und breit nicht zu sehen.

Frau Winsky steht auch in der Menge und tritt nun zu Katja. »Was müssen wir tun, wenn wir einen Ausflug mit den Kindern machen?«, fragt sie streng.

»Abzählen«, antwortet Katja automatisch.

»Genau, und wie es aussieht, können Sie nicht zählen. Oder Sie haben es erst gar nicht getan. Ich habe mich voll und ganz auf Sie verlassen, denn normalerweise hätten Sie ohne eine weitere Begleitung nicht losziehen dürfen. Da aber keine andere Kindergärtnerin zur Verfügung stand, habe ich es Ihnen guten Gewissens erlaubt. Das war ein großer Fehler, wie es scheint, und passiert mir nicht noch einmal!!«

Katja denkt zurück und fühlt Panik in sich aufkommen. Tatsächlich, in der Eile hat sie nicht daran gedacht. Dabei hatte sie heute alles richtig machen wollen.

Jetzt kommen noch Eltern hinzu und beschweren sich. Katja steht da und alles beginnt sich plötzlich zu drehen und in ihren Ohren rauscht es. »Aufhören, mir wird schwindelig«, flüstert sie. Und dann wird ihr schwarz vor Augen und sie bricht zwischen all den Leuten einfach zusammen.

Für einen Moment herrscht Totenstille, dann beugten sich Frau Winsky und drei Eltern über sie und versuchen zu helfen. Rudi hockt neben ihr und ist ganz blass geworden.

Genau in diesem Moment trifft Manny ein. Er findet eine aufgeregte Menge vor, die sich um »etwas« versammelt hat. Schnell tritt er hinzu. »Was ist denn hier los?«, fragt er und drängelt sich durch. Da sieht er Katja auf dem Boden liegen. »Mein Gott, was ist passiert?«, fragt er und kniet neben ihr nieder.

»Sie ist plötzlich zusammengebrochen«, erklärt Frau Winsky. »Wir haben sie in eine stabile Seitenlage gelegt und versucht sie wachzubekommen, ohne Erfolg.«

Katja ist tief bewusstlos, wie Manny schnell feststellt. »So ruft doch einen Krankenwagen«, schnauzt er die Umstehenden an.

Sein Sohn Rudi sitzt noch immer neben Katja auf dem Boden. Er streichelt ihr Haar und fragt immer wieder: »Fräulein Katja, wo hast du Aua?«

Noch bevor der Notarzt eintrifft, kommt sie zu sich. »Wo bin ich, was ist passiert?«, fragt sie und schaut sich verwirrt um.

Manny ergreift ihre Hand und lächelt sie beruhigend an. »Alles gut, gleich wird dir geholfen. Du hattest einen Schwächeanfall.«

»Was? Ich erinnere mich nur noch, dass mir schwindelig wurde, all die Stimmen verstummten immer mehr, dann weiß ich nichts mehr ...«

Die Sanitäter kümmern sich jetzt erst einmal um sie, heben sie auf eine Bahre und legen eine Infusion.

Manny sieht Frau Winsky an. »Wie ist es denn überhaupt dazu gekommen?«, fragt er.

Und die aufgewühlte Winsky erzählt von Katjas Fehler. »Sie hat die Kinder nicht gezählt, bevor sie den Rückweg antrat. Jimmy wird vermisst.«

Manny seufzt – ein Kind ist weg, das ist natürlich nicht gut. Er lässt den Blick schweifen. Es sind immer noch einige Eltern da und diskutieren in kleinen Gruppen, andere sind schon weg mit ihren Sprösslingen. Jimmys Eltern sind noch gar nicht gekommen. Der Junge kommt aus zerrütteten Verhältnissen, selten holt ihn jemand rechtzeitig ab. »Er muss ja irgendwo geblieben sein«, murmelt Manny. »Wo war sie denn mit den Kindern?«, fragt er dann Frau Winsky.

»Zum Flick-Flack-See, das hat sie zumindest in den Plan eingetragen«, antwortet sie.

Nun zupft Rudi an Mannys Hosenbein: »Ja, genau. Und als Fräulein Katja eingeschlafen ist, hat Jimmy ein Eichhörnchen seht und wollte fangen.«

Oh je, denkt Manny, das bedeutet noch mehr Ärger für Katja. Gedankenverloren fährt er seinem Sohnemann mit einer Hand durchs Haar. »Wir müssen den Jungen suchen. Ich werde Verstärkung anfordern«, murmelt er und sieht sich wieder um. Die Eltern, die noch da sind, sehen ihn an. »Bitte, Leute, jeder, der sich nicht an der Suche nach Jimmy beteiligen kann oder will, sollte jetzt den Hof verlassen«, ruft er ihnen zu. »Wir werden den Jungen jetzt suchen und sicher auch finden.« Dann ruft er seine Wache an und fordert ein paar Leute an.

Katja ist inzwischen bei vollem Bewusstsein. Die Rektorin ist neben die Trage getreten, sie ist noch nicht fertig mit ihr. »So, eingeschlafen? Das wird ernsthafte Konsequenzen für Sie haben«, sagt sie streng. Dass sie nicht ganz unschuldig an diesem Dilemma ist, erwähnt sie natürlich nicht.

Daraufhin mischt sich Manny wieder ein. »Und jetzt sag ich Ihnen mal etwas. Hier liegt eine Frau am Boden, der geht es gar nicht gut, und sie trampeln weiter auf ihr herum. Ja, sie hat einen Fehler gemacht, aber das war mit Sicherheit keine böse Absicht«, schnauzt er die Rektorin an.

Diese sieht ihn noch einmal scharf an, sagt aber nichts mehr und geht.

Jimmys Eltern sind noch immer nicht aufgekreuzt, sie wissen also noch gar nicht, dass ihr Sohn vermisst wird. Aber nun trifft Mannys Truppe ein und sie machen sich mit ein paar Eltern auf den Weg zum See. Er selbst bleibt bei Katja.

Der Notarzt hat einen Kreislaufkollaps diagnostiziert. »Sie haben wahrscheinlich zu lange in der Sonne gesessen«, mutmaßt er.

»Das glaube ich eher weniger, sie hat ernsthafte psychische Probleme«, widerspricht Manny.

Der Notarzt sieht ihn an. »Ah, Sie kennen die Dame? Wir werden sie mitnehmen und ein paar Tage im Krankenhaus beobachten müssen«, erklärt er weiter.

»Nein, das geht nicht, ich habe eine Katze, die kann nicht allein bleiben, ich werde nicht mitgehen«, protestiert Katja sofort.

Manny legt ihr beruhigend eine Hand auf den Arm. »Katja, ich verspreche dir, ich kümmere mich um deinen Tiger. Du solltest endlich mal dafür sorgen, dass du wieder auf die Beine kommst. Du willst doch auch, dass es dir schnell besser geht, oder?«

Mit Tränen in den Augen stimmt sie dann doch zu und übergibt Manny ihren Wohnungsschlüssel.

Die Suche nach dem Jungen läuft nun auf Hochtouren. Katja liegt derweil wie ein Häufchen Elend im Krankenwagen. Sie weint ununterbrochen. Der

Sanitäter beschließt, die Dosis des Beruhigungsmittels zu erhöhen. Nach knapp zehn Minuten erreichen sie das Mutter-Theresa-Klinikum. Katja ist mittlerweile leicht benommen und fragt nach dem Jungen. Sie will wissen, wie es nun weitergeht. Kurz nachdem man sie auf ihr Zimmer gebracht hat, schläft sie endlich ein. In regelmäßigen Abständen schaut eine Krankenschwester nach ihr. Vorerst werden keine Tests durchgeführt, der Schlaf ist jetzt die beste Medizin.

Am nächsten Morgen geht es Katja ein bisschen besser. Schwester Gabriele schaut nach ihr. »Na, gut geschlafen, Frau Siebert?«, fragt sie.

»Ja, seit Langem endlich mal wieder«, antwortet Katja. »Wie geht's dem Jungen?«, fragt sie dann sofort.

Schwester Gabriele weiß nicht, was sie meint. »Entschuldigung, welcher Junge?«

»Dann wissen Sie nichts darüber?« Katja spürt schon wieder Unruhe in sich aufsteigen. »Ich muss Manny anrufen und nach Hope fragen«, murmelt sie und sieht schon nach ihren Sachen. Als sie ihr Handy aus der Tasche holt, muss sie leider feststellen, dass der Akku platt ist. »Scheiße, das hat mir noch gefehlt, alle Nummern sind darin gespeichert, wo ich mir doch keine merken kann«, jammert sie. »Was mache ich nun?«

»Frau Siebert, bitte regen Sie sich deswegen nicht auf, Sie müssen einen Gang zurückschalten. Wir finden bestimmt eine Lösung«, versucht die Schwester sie zu beruhigen. »Wir messen jetzt erst einmal Ihre

Temperatur und Ihren Blutdruck und warten auf den Dok, der mit Ihnen über alles Weitere spricht.«

Katja hat Angst, sie weiß nicht, was die Ärzte mit ihr vorhaben. Am liebsten würde sie alle Tests an einem Tag hinter sich bringen und dann schnellstens verschwinden. Ihr ist klar, so wird es wohl kaum ablaufen.

Nach einigen Stunden taucht endlich ein Arzt auf. Da er bemerkt, dass Katja ängstlich ist, versucht er zunächst ihr Vertrauen zu gewinnen. Nur so wird sie sich ihm öffnen und keine wichtigen Details weglassen. »Ich bin Ihr behandelnder Neurologe und Psychologe, mein Name ist Frank Kutticez«, stellt er sich ihr vor. »Ich schätze, Sie sind heute fit genug, damit wir über Ihr Problem reden können. Würden Sie mir bitte in mein Büro folgen?«

»Na gut«, sagt Katja, wobei sie schon weiß, dass es ihr schwerfallen wird, sich ihm anzuvertrauen. Er ist ihr nicht unbedingt sympathisch. Aber sie will sich zusammenreißen. Mit ihrem Infusionsständer, den sie neben sich herzieht, folgt sie ihm.

Sie setzen sich in seinem Büro an einen kleinen, runden Tisch und Katja bekommt ein Glas Wasser gereicht. Dr. Kutticez hat Block und Stift vor sich liegen und fragt: »Frau Siebert, wie hat das alles angefangen? Erzählen Sie doch einfach mal.«

»Ich hatte eigentlich einen schönen Aufenthalt bei meiner Mutter an der Ostsee geplant«, beginnt Katja nun.

Dr. Kutticez hört ihr geduldig und aufmerksam zu. Nachdem sie geendet hat, sagt er mit einem bedächtigen Nicken: »Okay, für einen Laien verständlich ausgedrückt lautet die Diagnose ›gebrochenes Herz‹. Und das macht Ihnen das Leben ganz schön schwer. Was hat dieses Ereignis bei Ihnen alles ausgelöst?«

»Na ja, ich kann nicht mehr klar denken, alles dreht sich im Kopf um ihn. Als ich wieder meiner Arbeit nachgehen wollte, musste ich feststellen, dass mir Fehler unterlaufen, teilweise schlimme Fehler sogar. Als dann am Ende auch noch ein Kind nach einem Ausflug verschwunden ist und alle auf mir herumgetrampelt haben, bin ich zusammengebrochen. Ich habe Menschen verbal verletzt, das habe ich zuvor, in dem Ausmaß, niemals getan. Und dann diese Alpträume, ich schrecke nachts hoch, schweißgebadet und zitternd, sodass ich morgens total gerädert bin. Um Probleme zu vermeiden, habe ich mich dann einige Male für einen Tag einfach krankgemeldet. Das sorgte für Ärger mit der Rektorin. Am Tag meiner Ohnmacht bin ich hingegangen, weil ich, für mich, einen würdigen Abgang machen wollte, was allerdings voll danebenging.«, ergänzt Katja etwas verunsichert.

»Treten die Albträume jede Nacht auf?«, hakt er nach.

»Nein, aber oft genug, um mir den Verstand zu rauben. Mehrmals die Woche, würde ich sagen. Sie machen mir Angst, sie sind so real. Ich brauche mehrere Stunden, um auf den Boden der Tatsachen zurückzufinden«, berichtet Katja.

Der Psychologe notiert etwas auf seinem Zettel. Dann sieht er sie freundlich an und erklärt: »Ihre

Träume entstehen durch Angstzustände und weil sie nicht loslassen können. Tief in ihrem Inneren ist Ihnen wohl bewusst, dass es mit diesem Mann nicht sein darf, doch Sie wollen es nicht wahrhaben. Dass er sie am Ende fallen lässt, sollte Sie zu einem Umdenken bewegen. Träume können einem manchmal den richtigen Weg zeigen, man muss ihn dann bloß auch einschlagen.« Er macht eine kleine Pause und mustert sie aufmerksam. Dann fährt er fort: »Wir beobachten Sie noch ein paar Tage, dann entlassen wir Sie. Allerdings wäre es nicht schlecht, wenn Sie bei jemandem unterkommen könnten. Aber ich werde Sie, mit Ihrer Hilfe, wieder auf die Beine bringen.«

»Mit meiner Hilfe? Was muss ich denn machen?«, fragt Katja ängstlich zurück.

»Meinen Rat befolgen und die Tabletten einnehmen, die ich Ihnen jetzt verschreibe. Diese pflanzlichen Bonbons sind ganz sicher nicht das Richtige für Sie, da muss etwas Stärkeres her.« Damit zückt er seinen Rezeptblock und kritzelt schnell etwas darauf. »Diese hier, am besten morgens nach dem Frühstück einnehmen. Es braucht seine Zeit, bis Sie eine Besserung verspüren. Mit zwei Wochen müssen Sie schon rechnen. Außerdem kommen Sie für zwei Nächte in unser Schlaflabor, damit wir den Träumen auf den Grund gehen können. Das tut ganz sicher nicht weh, Sie werden lediglich ein bisschen verkabelt, das ist alles.«

Katja ist immer noch ängstlich. »Muss das sein?«

»Frau Siebert, da Sie schon mal hier sind, sollten wir die Gelegenheit nutzen, Sie ordentlich durchzuchecken. Das ist doch in Ihrem Interesse.«

»Aber … ich muss so vieles klären. Ich habe keine Zeit für so etwas«, entgegnet Katja fast schon verzweifelt.

Der Psychologe lächelt sie an. »Die werden Sie sich jetzt wohl nehmen müssen. Ich lasse Sie erst einmal in Ruhe, sehe aber täglich nach Ihnen.«

Damit entlässt er sie und Katja geht wie betäubt zurück zu ihrem Zimmer. Auch das noch, denkt sie und fühlt sich den Ärzten hier völlig ausgeliefert. Sie kann nicht einmal mehr über sich selbst entscheiden. Das empfindet sie als Freiheitsberaubung. Aber lange ärgert sich Katja nicht mehr, nach dem anstrengenden Gespräch legt ihre inzwischen fast schon chronische Müdigkeit den Schalter um.

Doch auch in den nächsten Tagen im Krankenhaus muss sie sich regelmäßig übergeben. Die Ärzte stufen dies zunächst als Folge der Depressionen ein. Sie langweilt sich zu Tode, aufgrund dessen fasst sie spontan einen Entschluss. Sie wird Ralf einen Brief schreiben. Wie gejagt fährt sie mit dem Fahrstuhl ins Erdgeschoss der Klinik, wo sich ein kleiner Kiosk befindet. Dort kauft sie einen Schreibblock, Umschläge sowie eine Briefmarke. Niemand wird sie kontrollieren, sie kann in aller Ruhe ihrem Vorhaben nachgehen. Zurück auf ihrem Zimmer, wirft sie sich auf ihr frisch gemachtes Bett und legt sofort los: »Hallo mein liebster Schatz …« Mmh? Nein, das kann ich so nicht schreiben, das klingt ihm gegenüber zu intim und schreckt ihn gleich ab, denkt sie sich dann doch. Das erste Papier fliegt bereits zerknittert in den Müll. Ihr Kopf ist leer, als wollte wenigstens er diesen Schritt verhindern. Sie gibt nicht auf. Nach vielen missglückten Zeilen und nach unzähligen Stunden hat sie den Brief fertig gestellt:

Hallo Ralf,
*Ich bitte dich, diesen Brief bis zum Ende durchzulesen. Vermutlich geht es dir gut, was ich auch für dich hoffe. Doch du solltest wissen, dass mein Leben ganz und gar nicht mehr verläuft wie zuvor. Bei der Arbeit passieren mir unverzeihliche Fehler, auch privat sieht es nicht besser aus. Nichts und niemand interessiert mich, außer der kleinen Hope, die du mir geschenkt hast. Sie ist in meinen Augen ein Teil von dir, du hast sie in **deinen** Händen gehalten, sie vermutlich gestreichelt und dafür gesorgt, dass Hope ein liebevolles Zuhause findet. Das zeigt mir doch, wie gut du mit Gefühlen umgehen kannst, wieso klappt das mir gegenüber nicht??*

Ich bitte dich, Ralf, schreibe mir ein paar Zeilen zurück, damit ich wenigstens weiß, wie es dir so geht.
Hope und ich schicken dir noch ein Küsschen an die Ostsee!
(Deine?) KATJA

»Puh, das war echt hart!«, seufzt sie, wirkt aber zufrieden. Sie entnimmt einen Umschlag aus der Folie und klebt noch die Briefmarke drauf. Aber irgendetwas Wichtiges fehlt scheinbar, seine Adresse. Auch wenn sie sich Zahlen schlecht merken kann, **die** hat sie »oben« sicher gespeichert. Voller Hoffnung läuft sie erneut ins Erdgeschoss und wirft den Brief dort in den Briefkasten.

Dann beginnt das große Bangen. Schreibt er zurück, tut er es nicht? Wenn ja, vielleicht verpasst Ralf ihr eine ordentliche Abfuhr? Diese quälenden Gedanken gehen ihr durch den Kopf. Dennoch versucht sie, nicht laufend daran zu denken. Schließlich gibt Dr. Kutticez grünes Licht und sie freut sich, dass sie endlich an die frische Luft darf. Nachdenklich macht sie einen kleinen Spaziergang durch die Parkanlage, die sich hinter dem Gebäude befindet. Überwiegend ältere Menschen kommen ihr entgegen, Jüngere sucht sie hier fast vergeblich. Sie kommt sich doof vor, was die wohl über sie denken, fragt sie sich. Na ja, ein Infusionsständer schleppt man nicht mit sich, wenn man kerngesund ist, oder? Aber Katja hat schon Glück, sie braucht sich ihr Zimmer mit niemandem zu teilen, da bei ihrer Einlieferung alle Doppelzimmer belegt waren.

Als sie von ihrem Spaziergang zurückkommt, wird sie bereits erwartet. Manny sitzt auf ihrem Bett, in der Hand ein großer Blumenstrauß. Klar freut sie sich, ihn zu sehen, nur die Blumen hätte sie lieber von jemand anderem bekommen.

»Hey, wie geht's dir? Du siehst echt besser aus«, begrüßt er sie.

»Danke, Manny, ich schlafe sehr viel, vermutlich hole ich alles nach«, sagt sie, nimmt ihm die Blumen ab, stellt sie in einen des krankenhauseigenen Zahnputzbecher und setzt sich dann mit ihm an den kleinen Tisch, der im Zimmer steht. »Wo ist meine kleine Hope? Und was ist mit dem Jungen passiert?«, stellt sie dann ihre drängendsten Fragen.

»Beruhige dich, Hope ist in einer Tierpension untergekommen, und Jimmy saß in einer Baumhütte und meldete sich erst, als sich seine Eltern an der Suche beteiligten und ständig seinen Namen riefen. Da es dir so schlecht geht, haben sie übrigens von einer Anzeige abgesehen. Wenn das mal keine guten Nachrichten sind, oder? Zudem habe ich herausgefunden, dass die liebe Frau Rektorin eine Mitschuld an diesem Fall trägt. Niemals hätte sie es dir erlauben dürfen, alleine mit den Kids loszuziehen«, äußert sich Manny.

»Das weiß ich, da sie mir blind vertraut (hat), hat sie eine Ausnahme gemacht. Ist doch auch irgendwie ein Kompliment ...«, glaubt sie daraufhin. »Nimm es, wie du willst, wollte das nur mal erwähnen. Deiner Katze geht es gut und sie hat schon einen Freund gefunden, Kater Muffy«, erzählt Manny daraufhin.

»Oh, wie süß«, sagt Katja spontan. Aber dann fällt ihr ein, dass das auch zum Problem werden könnte. »Nachher werden sie aber wieder getrennt, das finde ich traurig.«

»Warte einfach mal ab. Es geht ihr auf alle Fälle super, Ehrenwort«, beruhigt Manny sie sofort.

»Das ist wenigstens etwas. Was haben die Eltern von Jimmy gesagt?«

»Dass sie nicht erfreut waren, ist natürlich klar. Aber sie blieben relativ ruhig und beteiligten sich auch gleich an der Suche. Jimmy wollte tatsächlich ein Eichhörnchen fangen, hat sich dann aber verlaufen. Das Baumhaus sah er als einzigen Zufluchtsort.«

Katja atmet aus. »Das hätte schlimmer enden können. Ich muss mich also diesbezüglich nicht mehr verrückt machen, doch dass die Winsky eine Ermahnung oder was auch immer bekommt, das ist fast die beste aller Nachrichten!!«, stellt sie lächelnd fest.

Manny nickt ihr beruhigend zu, doch dann erhebt er sich. »So, liebe Katja, ich muss zu meinem kleinen Monster. Rudi wartet auf mich. Ich sehe eventuell übermorgen noch einmal nach dir.« Damit wendet er sich zum Gehen.

Da fällt Katja noch ein, dass er ihr dann das Ladegerät vorbeibringen könnte.

»Mach ich«, verspricht er ihr. Dann ist er fort.

Katja sieht zum Fenster hinaus. Wie es wohl Sofia geht? Ob sie überhaupt von dem Vorfall weiß?

Am nächsten Morgen kommt Dr. Kutticez erneut vorbei und will Katja für die kommende Nacht im Schlaflabor vorbereiten. Da sie im Krankenhaus bis dahin nicht ein einziges Mal von dem Albtraum heimgesucht wurde, versucht sie den Arzt zu überzeugen, dass dieser Test überflüssig ist. Auf einen gemeinsamen Nenner kommen sie nicht wirklich. Dr. Kutticez besteht darauf. Sollte dabei alles normal verlaufen, würde er es ausnahmsweise bei einer Nacht belassen, aber nur dann. Ihr Blutbild ist gut, bis auf den PEU-Wert, der zu niedrig ist. Neben den Antidepressiva erhält sie daraufhin noch Appetitanreger. Grundsätzlich mag sie keine Medikamente einnehmen, doch sie sieht ein, dass es nicht anders geht.

Obwohl es absolut undenkbar ist, hofft sie heimlich jedes Mal, wenn ihre Tür aufgeht, dass ihr Prinz sie aus dem bösen Traum befreit.

Nach dem Abendessen geht es ins Schlaflabor und man erklärt ihr, was sie genau erwartet. Doch als sie mit den vielen Kabeln auftauchen, wird ihr ganz mulmig. Oh Gott, was soll das werden, fragt sie sich.

Eine Schwester steht neben ihrem Bett und erklärt ihr freundlich alles: »Keine Angst, einige werden am Kopf befestigt und andere verteilt am Körper. Sie werden sie nicht am Schlafen hindern, verheddern werden Sie sich ebenfalls nicht. Es sind kleine Sensoren und Messfühler, die ihre Bewegungen im Schlaf aufzeichnen, außerdem Ihren Herzschlag, die Aktivität in Ihrem Gehirn und die Sauerstoffversorgung. Also keine große Sache. Hier auf dem kleinen Tisch befindet sich eine Klingel, die Sie allerdings nur im Notfall nutzen sollten. Haben sie alles verstanden?«

Katja nickt zögernd. »Ich denke schon.«

Und so geht die Schwester und die Tür schließt sich hinter ihr. Katja wird ganz mulmig. Was tut sie hier eigentlich? So eine Scheiße aber auch!

Einige Stunden später wird sie endlich wieder erlöst. »Na, gut geschlafen, Frau Siebert?«, fragt die Schwester, die sie am Abend zuvor über alles aufgeklärt hat.

»Ja, alles gut«, antwortet Katja ein wenig gerädert.

»Prima, aber ob wirklich alles gut ist, werden wir bald sehen«, sagt die Schwester, während sie Katja entkabelt. »Wir schauen uns die Auswertung an und teilen Ihnen dann die Ergebnisse mit. Ein bisschen Geduld müssen Sie allerdings noch aufbringen.«

Katja seufzt – immer wieder soll sie Geduld aufbringen. Das nervt langsam.

Erst am späten Nachmittag zeigt sich der Dok endlich. Er setzt sich zu ihr an den kleinen Tisch in ihrem Zimmer. »So, Frau Siebert, Ihre Auswertung liegt uns vor. Es besteht kein Grund zur Sorge, nur für ein paar Sekunden hat ihr Herz etwas heftiger geschlagen. Aber das kann zum Beispiel auch schon von einem Hustenreiz ausgelöst werden. Oder haben sie eine Erinnerung an einen Traum?«

»Nein, da war nichts«, Katja schüttelt den Kopf.

»Gut, dann denke ich, dass wir Sie morgen entlassen können. Aber nur wenn Sie mir versprechen, dass Sie sich an die Spielregeln halten, okay?« Er sieht sie eindringlich an. »Und ich möchte Ihnen auch noch sagen, warum wir Sie entlassen. Wir hätten Sie gerne noch hierbehalten, aber die Zusammenarbeit mit Ihnen ist recht schwierig. Sie sind recht unnahbar und es macht daher keinen Sinn, dass Sie noch länger bleiben.

«Katja äußert sich nicht zu dieser blöden Bemerkung, ihr ist das egal, sie ist einfach nur froh, hier wieder rauszukommen. Aber der Alltag wird bestimmt eine Herausforderung für sie. Schnell und sichtlich erleichtert packt sie ihre wenigen Sachen ein. Manny könnte sie vielleicht ja nach Hause bringen, überlegt sie. Hastig greift sie nach dem Telefon, das auf ihrem Nachtschrank steht, und bittet Manny darum, sie schnellstmöglich abzuholen. Bereits nach dem Gespräch verlässt sie ihre »Zelle« und begibt sich in Richtung Ausgang.

Dort setzt sich Katja, direkt neben dem Eingang, auf eine Bank, wo sie einen guten Überblick hat und ihn sofort abfangen kann, wenn er das Krankenhaus betritt. Das geschieht schneller als erhofft.

»Da bist du ja!«, reagiert Manny leicht gestresst. »Du müsstest jedoch im Polizeiauto mitfahren, bin noch im Dienst«, sagte er und zwinkert ihr zu. »Na ja, halbwegs, ich gönne mir gerade ein kleines Päuschen.«

»Da werden die Nachbarn Augen machen, wenn ich aus dem Streifenwagen aussteige«, entgegnet Katja nur.

»Ich glaube, ganz so, wie du denkst, wird es wohl nicht gehen. Ich bringe dich besser zu deinem Wagen, der noch auf dem Parkplatz vor dem Schulgebäude steht.«

Der Wagen! »Stimmt, den habe ich ja total vergessen«, ruft Katja aus. »Und meine kleine Hope?«

»Die holst du anschließend ab«, sagt Manny und nimmt ihr ihre Sachen ab.

»Kannst du das nicht machen?«

»Katja, ich bin offiziell im Dienst«, er sieht sie an, dann nickt er. »Na gut, weil du es bist.«

»Danke, du hast was gut bei mir«, sagt sie erleichtert.

Und so steuern sie erst die Tierpension an. Als er vor der Tierpension parkt, reicht er ihr noch schnell ihr Ladegerät. »Hier, dein Ladegerät, du kannst es gleich anschließen, bin schnell zurück.«

Nur wenige Minuten später hält sie ihre Hope endlich wieder in den Händen. »Mama hat dich ganz doll vermisst«, flüstert sie ihr zu. Und dann stellt sie fest: »Du bist in der kurzen Zeit größer geworden.« Hope miaut dazu auf ihrem Schoß, es klingt ganz zufrieden.

Nach diesem kleinen Umweg erreicht sie ihre Wohnung. Manny hilft ihr noch schnell, alles hochzutragen. Sie bedankt sich bei ihm und dann muss er los, er ist ja eigentlich noch im Dienst.

Als Katja in ihrer Wohnung allein ist, steigt ein seltsames Gefühl in ihr auf. Sie denkt an die Worte des Arztes, dass sie nicht alleine sein sollte. Eigentlich hat sie es ihm versprochen, eigentlich. Aber was er nicht weiß, das macht ihn nicht heiß. Sie räumt ein paar Sachen hin und her und versucht anzukommen. Wenn ihre Mutter das alles wüsste ... Oh Gott, sie hätte Ralf längst den Kopf weggeblasen. Genau deshalb wird sie es ihr auch nicht erzählen. Mit wem sie aber heute reden wird, ist Sofia. Ihre Mailbox platzt aus allen Nähten und unzählige SMS sind eingegangen. Sofia wird es verstehen, was hätte sie denn tun sollen ohne ihr Handy?

Irgendwann fällt ihr ein, dass sie beim Hochlaufen ganz vergessen hat, den Briefkasten zu leeren. Also rennt sie wieder runter und zieht jede Menge Werbung, Kontoauszüge und eine Rechnung von Dr. Prof. Kotzman aus ihrem Briefkasten. Als sie wieder hochgeht, öffnet sie hastig den Umschlag und stellt fest, dass sie wegen Nichteinhaltens des Termins sowie keiner fristgerechten Stornierung zur Kasse gebeten wird. Immerhin 100,55 Euro. Scheiße, da sollte sie ja letzten Dienstag hin, dann ist sie in der Klinik gelandet. Die Rechnung muss sie dann wohl leider begleichen. Da sie noch nie zuvor bei ihm war, dürfte ihn ihre Geschichte kaum beeindrucken. So ein Mist aber auch.

Noch am gleichen Abend treffen sich die beiden Freundinnen, lümmeln sich auf Katjas Sofa und trinken Tee. Sofia ist erfreut, Katja gefällt ihr, zumindest optisch, viel besser, wobei sie jedoch nicht weiß, was inzwischen alles passiert ist. »Katja, Katja, auch ohne Handy bist du nicht ganz verloren, du hättest dich doch bei der Auskunft melden können. Aber ich verzeihe dir, da du andere Probleme hast, als meinen Nummern hinterherzujagen.«, reagiert Sofia verständnisvoll.

»Verdammt, so weit habe ich echt nicht überlegt, bitte verzeih mir«, antwortet Katja einsichtig.

»Na gut, aber nur wenn du mir versprichst, mich nie wieder so lange im Regen stehen zu lassen«, lenkt Sofia daraufhin ein. »Und jetzt komm her, lass dich drücken.«

Sofia gefällt Mannys Reaktion gegenüber Frau Winsky. »Dir ist schon aufgefallen, dass der kleine Rudi dich unüberlegt in die Scheiße geritten hat, ja? Hätte er nicht erwähnt, dass du eingeschlafen bist, wäre die Sache vielleicht anders abgelaufen«, stellt sie dann noch fest.

Katja seufzt. »Ich weiß, aber er ist doch noch ein Kind. Er weiß noch nicht, dass man nicht immer die Wahrheit sagen darf.«

»Was hast du nun vor?«

»Ich lebe von heute auf morgen. Ich habe keinen Plan. Wegen der Tabletten bin ich ständig müde und unmotiviert.«

»Wie wär's mit Malen?«

Katja rollt genervt mit den Augen. »Nein, selbst das sagt mir gerade nicht zu.«

»Katja, du darfst auf keinen Fall Trübsal blasen, das zieht dich schnell wieder runter«, wendet Sofia an. »Zeig mir dein Handy«, verlangt sie dann.

»Warum?« Katja sieht sie fragend an.

»Zeig es mir einfach. Mal sehen, ob du verstanden hast?«

Katja reicht ihr das Handy, nicht ahnend, worauf sie hinauswill.

Als Sofia es sieht, schüttelt sie mit dem Kopf. »Ach, Katja, du musst sein Bild löschen. Dann auch noch als Hintergrund. Das ist, als hätte ein Alkoholiker eine Flasche Bier auf dem Display.«

»Ich bin noch nicht so weit, sorry«, gesteht Katja kleinlaut.

»Das wirst du nie sein, wenn du keinen Anfang wagst. Sonst mache ich das.« Sofia hält das Handy hoch und sieht Katja auffordernd an.

Wenn die von dem Brief wüsste ...!, ist ihr einziger Gedanke.

Sie springt auf und schreit sie an: »Das wirst du nicht tun.«

Sofia zuckt zusammen. »Warum reagierst du so heftig? Ich will dir nur helfen. Bleib mal auf dem Teppich und such dir einen anderen Mann. Manny interessiert sich für dich, das habe ich längst aus deinen Gesprächen herausgehört. Du hättest eine sichere Zukunft, mehr geht nicht.«

Katja lässt sich wieder aufs Sofa sinken. Ihr Herz rast. »Ich liebe ihn nicht. Eine tolle Basis für eine Beziehung, und dann noch scheinheilig Ersatzmutter spielen, nein, das kommt nicht in Frage.«

Sofia gibt ihr resigniert das Handy zurück. »Ich bin mit meinem Latein am Ende. Alles prallt an dir ab. Was sagt dein Psychologe zu deiner Einstellung?«

»Nichts, ich hatte nicht viel Lust, mit dem zu reden, bloß das Nötigste, er war mir nicht sympathisch und relativ forsch.«

Sofia seufzt tief, sagt aber nichts dazu. »Weißt du was, ich mache mich jetzt auf die Socken. Du meldest dich bei mir, wenn dir danach ist, ja?« Damit steht sie auf und geht.

Katja bleibt auf dem Sofa zurück. Sie hat schon verstanden, dass Sofia jetzt ein bisserl sauer auf sie sein könnte.. Aber sie wird sein Bild nicht löschen, basta.

Es kann der Frömmste
nicht in Frieden leben ...

Katjas Zukunft steht unter keinem rosigen Stern, sie hat den Überblick verloren sowie jegliches Zeitgefühl. Sie lebt einfach in den Tag hinein. Ein kleiner Lichtblick ist, dass die Alpträume kaum noch auftreten. Leider gelingt es ihr jedoch nicht, die Gedanken auszuschalten. Weil sie noch immer keine Antwort von Ralf erhalten hat, entscheidet sie sich für Plan »B«. Sie wird ihn anrufen, eine Geschichte hat sie sich auch bereits ausgedacht. Und zum ersten Mal führt sie ein Gespräch mit Gott: »Oh, du da oben, falls es dich wirklich gibt, beweise es mir, indem mein Plan gelingt. Ich werde dich auch nie wieder um etwas bitten.«

Gleich am nächsten Tag nach dem Gebet will sie die Sache angehen. Sie platzt jetzt schon vor Aufregung. Aber sie will sich keine weiteren Gedanken machen, es wird schon schiefgehen.

Doch nicht nur Katja benötigt Hilfe, ihre Katze will nicht mehr fressen. Das Trockenfutter, das sie eigentlich über alles liebt, rührt sie kaum noch an. Katja sitzt neben ihr auf dem Küchenboden und sieht sie mitfühlend an. »Ach Hope, hast du auch Liebeskummer? Oder hast du etwas Besseres in der Pension bekommen? Du holst dir auch kaum noch Streicheleinheiten bei mir ab, was ist denn los mit dir?«

Es lässt Katja keine Ruhe und sie nimmt Kontakt mit der Tierpension auf.

»Hallo, Siebert mein Name, ich wollte mich erkundigen, ob meine Katze Hope regelmäßig bei Ihnen gefressen hat? Sie rührt hier fast nichts an und verkriecht sich regelrecht. Haben Sie eine Idee?«

»Moment, Siebert?? Tut mir leid, der Name sagt mir nichts«, antwortet die Angestellte.

»Stimmt, ein Freund hat sie hingebracht und abgeholt, Herr Burzel«, fügt Katja verunsichert hinzu.

»Ja genau, mit einem Kätzchen ist er zu uns gekommen. Ich hätte eine Vermutung, kann es aber nicht mit Sicherheit sagen. Vielleicht hat Herr Burzel Ihnen erzählt, dass Hope einen Freund hier gefunden hat. Katzen sind generell sensibel. Mag sein, dass sie Sehnsucht nach Muffy hat, wie gesagt, reine Vermutung«, gibt sie Katja zu verstehen.

»Aber was soll ich denn jetzt machen? Mir eine Zweitkatze anschaffen??«, reagiert Katja besorgt.

»Also, ich könnte Ihnen einen Vorschlag machen. Muffy ist eigentlich kein typischer Fall für eine Pension. Ihr Besitzer ist vor einigen Wochen verstorben. Die Familie wollte der Katze den Stress in einem Tierheim nicht zumuten und hat sie daraufhin bei uns abgegeben. Sie waren bereit, so lange für das Tier zu bezahlen, bis sich jemand findet, der sie aufnimmt«, erklärt ihr die Angestellte.

»Echt, das lass ich mir durch den Kopf gehen, Hauptsache, meine kleine Hope ist wieder glücklich! Ich melde mich recht bald bei Ihnen, vielen Dank für Ihre Hilfe.

« Katja ist total aufgedreht, das möchte sie nicht alleine entscheiden.

Am nächsten Tag stattet Manny ihr spontan (und zudem genau passend) einen Besuch ab, in Zivil und nicht alleine. Er hat Rudi mit im Schlepptau. Sie setzen sich in die Küche, Manny bekommt einen Kaffee, Rudi einen Früchtetee.

»Wie meisterst du dein Leben mittlerweile, Katja?«, fragt Manny ehrlich interessiert.

»Ja, ganz gut«, antwortet sie relativ knapp.

»Du wirkst so aufgeregt, ist etwas vorgefallen?«, hakt er nach.

»Ich habe ein kleines Problem, Hope will nicht mehr fressen und verkriecht sich.«

Manny nickt wissend. »Okay, das habe ich befürchtet. Sie vermisst Kater Muffy. Die beiden waren unzertrennlich.«

»Genau das Gleiche hat die freundliche Angestellte mir gestern am Telefon auch erklärt, ja, aber die Wohnung ist viel zu klein für zwei Tiger, oder etwa nicht?«

»Bei Hunden würde ich dir zustimmen, Katzen sind da nicht so anspruchsvoll. Überleg es dir, ich hätte heute Zeit«, widerspricht Manny.

Nun schaltet sich Rudi ein. »Oh ja, Papa, Rudi mit Miau gucken«, ruft er begeistert.

Sein Vater fährt ihm mit einer Hand über den Kopf. »Du musst bloß Fräulein Katja überzeugen«, sagt er und zwinkert Katja zu.

Aber die ist schon überredet. »Ich will, dass Hope glücklich ist. Also gut, dann machen wir das jetzt.

Ich ziehe mich nur noch schnell um«, erklärt sie und springt auf.

Wenig später ist dann auch die Transportbox eingepackt und los geht es. Rudi ist total aufgedreht und plappert nonstop drauf los.

Die Dame im Büro der Pension staunt nicht schlecht, als Manny, diesmal mit Katja, wieder auftaucht.

»Oh, was ist denn los?«, fragt sie überrascht. »Ich weiß Bescheid, sie holen bestimmt Muffy ab, stimmt's ?«, ruft die Angestellte aus einer Ecke zu und nimmt sich den beiden an.

»Wir wollen Muffy adoptieren und beide wieder zusammenbringen«, antwortet Manny.

Die Miene der Dame hellt sich sofort auf. »Das freut mich ungemein, auch er hat gelitten und alles angefaucht, was in seine Nähe kam.«

Endlich eine positive Aufregung. Und Rudi hat sich ruhig verhalten und erntet ein dickes Lob von seinem Papa. »Ich hätte nicht gedacht, dass er sich an meine Bitte hält. Er ist ein cleveres Kerlchen, weiß sich zu benehmen, wenn's drauf ankommt«, sagt Manny leise zu Katja. Zur Absicherung werden noch ein paar Formalitäten erledigt, Katja bekommt noch Muffys Unterlagen mit und dann verlassen sie zu viert die Pension. Auf dem Weg nach Hause schaut sie sich die Papiere an. »Cool, Muffy ist am 14.03.2016 geboren!«, stellt Katja hocherfreut fest.

Als sie wieder vor Katjas Wohnungstür stehen, naht die Stunde der Wahrheit. Bald werden die Katzen vereint sein. Die Aufregung ist groß, nicht nur bei Rudi. Bereits an der Wohnungstür ruft Katja die kleine Hope, aber sie reagiert nicht. »Na gut, vielleicht hilft das ja?«, murmelt sie und öffnet das Türchen der Box und Muffy streckt sein neugieriges Köpfchen heraus. Behutsam schleicht er aus dem Käfig.

Katja und Manny stehen im Flur und beobachten, wie Muffy sehr langsam in Richtung Küche geht. Und schließlich streckt Hope ihr Köpfchen aus dem Wohnzimmer – und entdeckt Muffy.

Katja schießen die Tränen in die Augen, es werden sofort ordentlich Katzenküsschen verteilt. Hope räkelt sich am Boden hin und her, ihr Glück ist perfekt. Nach der Begrüßung zeigt sie ihrem Muffy gleich, wo das Futter steht und sie schlagen gemeinsam zu.

»Siehst du, Manny, ich komme mir vor wie diese Katze«, seufzt Katja.

Manny sieht sie an und hebt eine Augenbraue. »Du hast einen Kater direkt vor dir«, sagt er mit einem Grinsen.

So neigt sich ein aufregender Tag dem Ende entgegen. Doch für Katja ist dieser längst nicht vorbei. Manny und Rudi sind wieder gegangen, nachdem sie bei Katja noch drei Pizzen verdrückt haben. Sie lässt sich auf's Sofa fallen, beobachtet die kleinen Monster eine Weile und beschließt ihrer Schnecke noch schnell eine Nachricht zu schicken. »Die wird Augen machen, wenn sie von Muffy hört«, redet sie schmunzelnd vor sich hin. Danach sucht sie wahnsinnig aufgeregt die Nummer von Ralf in ihrem Handy. Ich werde es tun, denkt sie immer wieder. Ihr Herz rast schon wieder. Sie wählt, aber es ist besetzt. Wieder und wieder versucht sie es, aber ist ständig besetzt. Hat er jetzt eine andere, fragt sie sich plötzlich, nur um sich sofort zu ermahnen, mit diesem Quatsch aufzuhören. Ich versuch's noch einmal, beschließt sie nach einer halben Stunde. Und es klingelt tatsächlich, jetzt bloß cool bleiben. Dann hört sie eine Stimme: »Hallo, hier ist Henrietta, was kann ich für Sie tun?«

»Hallo, hier ist Doris, ich habe wahrscheinlich mein Silberkettchen mit Kreuzanhänger in der Kirche verloren«, sagt Katja.

»Das tut mir leid, wir haben nichts gefunden. Das hätte mir der Herr Pfarrer mitgeteilt«, antwortet Henrietta bedauernd.

»Ich, ich bin mir aber ziemlich sicher«, beharrt Katja.

»Na gut, ich schreibe mir Ihre Nummer auf. Aber er wird Ihnen ganz sicher das Gleiche sagen. Doch dann sind Sie vielleicht beruhigt.«

Katja gibt ihr ihre Nummer. »Und wann meldet er sich?«, fragt sie noch.

»Das kann ich Ihnen nicht sagen. Ich richte es ihm aus, noch einen schönen Abend«, antwortet Henrietta und das Gespräch ist an dieser Stelle beendet.

Die war richtig borstig. Sie hat Angst, dass die alte Frau ihr nicht glaubt, dabei ist es genauso abgelaufen, wie sie es sich vorgestellt hatte. Und jetzt muss sie warten. Scheiße, das werden bittere Stunden, vielleicht auch Tage, bis er sich meldet. Möglicherweise ruft er auch gar nicht an. Daran darf sie jetzt nicht denken. Mein Kampf ist noch nicht beendet, es geht in die nächste Runde. Anvertrauen kann sie sich niemandem, das gäbe nur weiteren Ärger. Am Ende heißt es eh nur von allen: »Ich habe es dir ja gesagt.« Sie wünscht sich eine andere Variante, eine, in der sie ihnen an den Kopf werfen kann: »Aufgeben ist keine Option.«

An Schlaf ist in der nächsten Nacht nicht zu denken, ihre beiden Gespenster amüsieren sich scheinbar auch gerne zu später Stunde. Die erste Vase stirbt mit einem lauten Knall. Mist, denkt Katja, bald hat sie wieder die Alte an der Tür. Aber es ist schön zu erleben, wie glücklich die beiden sind. Fast fühlt sich Katja ein bisschen eifersüchtig.

Obwohl sie stets auf der Lauer ist, klingelt das verdammte Telefon nicht. Ihr wird allmählich bewusst, dass dieser Versuch ebenfalls für die Katz war. Ein Einkauf wäre dringend notwendig, sie will aber ihre Wohnung nicht verlassen aus Angst, den wichtigen Anruf zu verpassen. Nur den Gang zum Briefkasten erledigt sie täglich, vielleicht tut sich wenigstens da etwas?

Ihr wird allmählich bewusst, wie sie sich selber unter Druck setzt und ihr Leben nach einem Gespräch ausrichtet, das möglicherweise nie stattfinden wird. Dabei hat sie ja auch noch einen Anrufbeantworter. Aber wenn er nach dem Signalton einfach auflegt, weiß sie nicht einmal, dass er angerufen hat. Nein, das ginge ja gar nicht.

Irgendwann entscheidet sie, wenigstens mal zu duschen. Danach will sie sich Spaghetti machen. Bevor sie sich auszieht, dreht sie schon mal das warme Wasser auf, sodass sie sofort unter die Dusche hüpfen kann. Sie zieht den Duschvorhang zu und hört plötzlich ein Poltern, dann öffnet sich die Tür zum Bad, herein kommt Muffy. Katja schiebt den Duschvorhang zur Seite und sieht ihn an. »Wie hast du das denn hingekriegt? Danke, dass ich nun frieren darf«, brummt sie. Dann duscht sie schnell weiter, nur noch Haare waschen ...

Und dann klingelt das Telefon, oh nein ... Tropfnass und mit Haarshampoo auf dem Kopf steht sie da. Scheiße, das schafft sie nicht. Sie muss sich beeilen. Schnellstmöglich versucht sie aus der Wanne zu steigen. Aber sie hat es versäumt, ein Tuch auf die glatten Fliesen zu legen, und rutscht aus. Es geht ganz schnell, sie fällt hin, hört ein lautes Knacksen und schreit laut auf. »Ah, mein Arm«, wimmert sie. Sie ist sich sicher, der ist gebrochen. Verdammt, tut das weh! Was macht sie jetzt nur? Sie liegt da und starrt an die Decke. Sie muss sich aufrappeln, aber in die Klinik will sie nicht.

Nachdem sie den ersten Schock überwunden hat, nehmen die Schmerzen zu und Tränen fließen. Nur mit Ach und Krach gelingt es ihr, sich anzuziehen. Dennoch führt ihr erster Gang zum Telefon, sie drückt die Abspieltaste. »Hey, Schatz, hier ist deine Mum. Findest du das lustig, dass ich dir laufend hinterherrennen muss?« Damit ist die Nachricht auch schon beendet.

Katja könnte irgendwo reinschlagen. Aus ihrer Sicht hat sie, nur wegen ihrer Mutter, ein Problem, vermutlich ein großes sogar. Auch noch der rechte Arm, sie ist ganz schön aufgeschmissen, sollte der wirklich gebrochen sein. Sie entscheidet, gleich am nächsten Tag Mannys Bruder anzurufen, der ist schließlich Arzt. Hoffentlich wird das keine Horrornacht.

Natürlich wird es eine. Bei jeder noch so winzigen Bewegung tut der Arm höllisch weh, die Schmerzen sind mittlerweile gar nicht mehr zu ertragen. Katja ist total deprimiert, sie kann selber nirgendwo hinfahren. Sie kämpft mit sich, doch noch diese Nacht die Notaufnahme aufzusuchen. Aber es ist schon spät, fast 23 Uhr, sie kann niemanden um diese Zeit anrufen. Sollte sie einen Krankenwagen anfordern? Hm, nein, das will sie nicht. Schließlich entscheidet sie, Sofia anzurufen, es ist schließlich ein Notfall.

Mit verschlafener Stimme meldet sich Sofia. »Du, es tut mir leid, dich wecken zu müssen, ich brauche dringend deine Hilfe«, beginnt Katja. »Folgendes ist mir passiert …«

»Ich werde gleich da sein«, sagt Sofia sofort. »Kannst du dich alleine anziehen?«

»Ja. Bis gleich.«

Keine halbe Stunde später steht Sofia bei ihr auf der Matte. »Oh je, scheinst ja wirklich schlimme Schmerzen zu haben.«

»Bitte lass uns fahren«, sagt Katja nur mit angestrengtem Gesicht.

Wie erwartet, ist die Notaufnahme hoffnungslos überlaufen. Nach der Anmeldung heißt es Geduld, Geduld und noch einmal Geduld. Katja ist nicht gesprächig, ihre Angst zieht sie runter.

»Du, wäre es für dich okay, wenn ich nach Hause fahre? Du weißt, ich muss früh raus. Das hier kann noch ewig dauern. Nimm dir ein Taxi nachher, ja?«, sagt Sofia irgendwann.

Katja nickt ihr zu. »Danke, Sofia, ich habe dir genug abverlangt, mach das«, sagt sie sofort.

»Melde dich, wenn du Klarheit hast«, bittet Sofia noch.

»Du Sofia, tut mir leid, wenn ich dich letztens verletzt haben sollte, aber...« »Schon gut, ist längst vergessen«, beruhigt sie Katja und geht.

Erst gegen zwei Uhr werden Röntgenaufnahmen gemacht. Danach muss Katja erneut ins Wartezimmer, bis die Bilder ausgewertet sind. Was habe ich nur verbrochen, alles läuft schief, fragt sie sich wieder und wieder. Inzwischen kämpft sie trotz heftiger Schmerzen mit ihrer Müdigkeit. Als sie kurz eingenickt ist, taucht der Radiologe Dr. Jürgen Stallwerk auf und holt sie in sein Zimmer. »Also, Sie haben ganze Arbeit geleistet, Ihr Ellbogen ist mehrfach gebrochen, der Knochen ist teilweise gesplittert. Leider ist das ohne eine OP nicht zu beheben. Entscheiden Sie sich gegen eine OP, können Sie Ihren Arm nie wieder normal einsetzen.«

Katja starrt ihn entsetzt an. »Muss das wirklich sein?«

Er nickt ernst. »Die Entscheidung liegt natürlich bei Ihnen. Entweder nehmen Sie chronische Probleme in Kauf oder Sie reißen sich zusammen und in wenigen Wochen sind Sie geheilt.«

»Welche Art von Problemen?«, fragt Katja tonlos.

Der Radiologe seufzt. »Mann, Sie sind ganz schön hartnäckig. Das kann von Steifheit bis hin zu Dauerschmerzen reichen. Das hatten wir schon öfter, und wenn es dann zu spät ist und der Bruch nicht mehr richtig zusammenwachsen kann, wird gejammert. Ich könnte Sie bereits morgen operieren. Ein anderer Patient hat seine Meinung im letzten Moment geändert und denkt, genau wie Sie, dass es auch ohne geht. Mein Vorschlag: Sie gehen jetzt nach Hause, ruhen sich noch etwas aus und dann sehen wir uns morgen früh wieder. Allerdings mit nüchternem Magen. Vor jedem Eingriff wird erst ein Bluttest durchgeführt. Sie haben also einen ganzen Tag Zeit, um alles, was anliegt, zu organisieren. Sie bekommen von mir eine Fertigbandage, um Ihren Arm zu stabilisieren. Außerdem gebe ich Ihnen ein paar Tabletten gegen die Schmerzen mit, die reichen bis morgen. Sie sollten kommen.«

Schluchzend verlässt Katja das Krankenhaus. Mit einem Taxi fährt sie nach Hause. Hope und Muffy trösten sie dort, die Tiere merken sofort, dass etwas nicht stimmt. Die Tabletten wirken schnell und völlig übermüdet fällt Katja ins Bett. Erst am Nachmittag wacht sie wieder auf. Die Schmerzen in ihrem Arm pulsieren. Die Wirkung der Medikamente hat nachgelassen.

Jetzt muss sie packen und – das Allerschlimmste – gleich zwei Katzen in kürzester Zeit unterbringen. Sie bittet Manny erneut darum, der sich sofort bereit erklärt. Danach meldet sie sich noch bei ihrer Freundin: »Hy Süße, hier geht alles drunter und drüber. Ich stehe ziemlich unter Schock, gleich morgen werde ich operiert!«, erzählt sie frustriert.

»Scheiße, damit habe ich echt nicht gerechnet. Gleich morgen? Da hast du aber Glück gehabt, so schnell kommt man für gewöhnlich nicht dran« klingt Sofia überzeugend.

»Ja, ich weiß, auch nur weil jemand anderes im letzten Moment kalte Füße bekommen hat!«, fügt Katja aufgeregt hinzu.

»Ich habe solche Angst«, gesteht Katja.

»Das verstehe ich, die hätte ich auch. Und dann passiert alles so überstürzt, damit käme ich auch nicht klar. Aber so hast du es wenigstens schnell hinter dir«, sagt Sofia mitfühlend, dann ist sie kurz abgelenkt und fährt danach fort: »Sorry, ich muss Schluss machen. Drück dir die Däumchen!«

Katja legt sich das Nötigste zurecht und stellt sich ein auf ein paar Tage Aufenthalt. Das Ladekabel packt sie sicherheitshalber als Erstes ein. Ihr Handy wird der einzige Kommunikationskanal zur Außenwelt sein. Dann wartet sie. Mensch, kann denn niemand an der verdammten Uhr drehen? Sie wird noch bekloppt hier.

Nach einer unruhigen und fast schlaflosen Nacht schlägt die Stunde der Wahrheit. Manny hat sie bloß per SMS informiert, der sie anstandslos ins Krankenhaus begleitet.

Der Arzt erwartet sie bereits. »Schön, Frau Siebert, Sie sind also tatsächlich gekommen. Chapeau«, begrüßt er sie und führt sie schon ins erste Behandlungszimmer. Manny dackelt ihnen hinterher.

»Dann wollen wir mal, einmal piksen und die erste

Hürde wäre geschafft. Ist das ein Verwandter?«, fragt der Arzt mit einem Blick zu Manny.

»Nein, ein guter Freund«, antwortet Katja ehrlich.

Der Arzt wendet sich nun direkt an Manny. »Da Sie kein Familienangehöriger sind, muss ich Sie leider bitten zu gehen.«

»Kann er nicht noch ein wenig hierbleiben? Bitte!«, mischt sich Katja ein.

Aber der Arzt schüttelt den Kopf. »Ich halte mich an die Anordnung. Wir nehmen Sie eh gleich mit in den OP-Saal.«

Manny versteht das und nickt Katja aufmunternd zu. »Katja, alles Gute, wir sehen uns in ein paar Stunden.«

Da wird auch schon ein fahrbares Bett hereingeschoben. Katja muss sich hinlegen und nur Momente später wird sie fortgeschoben. Mit einem Schmollmund winkt sie Manny kurz zu und verschwindet dann mit den Ärzten um die nächste Ecke des Krankenhausflures.

»Jetzt geht alles schnell, der Anästhesist setzt Ihnen die Maske auf, den Rest erledigen wir«, erklärt ihr Arzt. »Und Sie werden im Anschluss überglücklich sein, es hinter sich gebracht zu haben. Ganz bestimmt«, verspricht er ihr.

Einige Stunden später erwacht Katja aus der Narkose. Noch völlig benommen, fragt sie als Erstes nach ihren Katzen. Wo sie sich befindet, weiß sie in dem Moment auch nicht so genau.

»Frau Siebert, wir bringen Sie jetzt auf Ihr Zimmer,

schlafen Sie noch ein bisschen, der Arzt kümmert sich später um Sie«, erklärt ihr eine Schwester.

Gegen Abend taucht der Arzt dann bei ihr auf. »Frau Siebert, wie geht es Ihnen?«, fragt er und schaut dabei auf ihr Krankenblatt, das er auf einem Klemmbrett bei sich hat.

»Geht so, ich habe ziemliche Schmerzen und bin total müde«, antwortet Katja matt.

»Das ist normal, es war schon ein recht großer und schwieriger Eingriff und wir konnten sie nicht so lange wie geplant unter Narkose halten. Wir haben es aber gut hinbekommen, es wird keine Dauerschäden geben. Beim nächsten Mal sollten Sie uns aber wichtige Informationen nicht vorenthalten.«

»Was für wichtige Informationen?«, fragt Katja verwirrt.

»Sie wissen schon, Sie hatten Glück im Unglück, Ihrem Baby ist nichts passiert«, sagt der Arzt jetzt und lächelt sie an.

Katja meint sich verhört zu haben. »Meinem ... was?«

Jetzt guckt der Gott in Weiss sie irritiert an. »Dann wussten Sie noch nichts von Ihrem Glück? Sie sind schwanger, etwa in der 10. Woche.«

Katja ist fassungslos. »Das, das ... das kann nicht sein«, stammelt sie.

»Die Fakten sagen etwas anderes. Wir machen morgen zur Sicherheit einen Ultraschall, vermutlich kann dieser sie überzeugen.« Damit geht der Arzt wieder.

Völlig niedergeschlagen liegt Katja in ihrem Bett

und versteht die Welt nicht mehr. Sie kann das einfach nicht glauben und ist sich sicher, dass es sich um eine Verwechslung handeln muss. »Es war doch nur dieses eine Mal, außerdem nimmt sie die Pille. Wer weiß, was die da gemacht oder gesehen haben.

Von dem Eingriff noch erschöpft, kann sie die nächste Nacht gut schlafen. Am Vormittag bekommt sie Besuch von Manny, wobei sie gerne darauf verzichtet hätte, um mit ihren Gedanken alleine zu sein. Er setzt sich zu ihr aufs Bett und sie gesteht ihm die nächste Hiobsbotschaft. »Ich weiß gar nicht, wie ich es dir sagen soll«, beginnt sie zögernd. »Die behaupten, ich sei schwanger.«

Manny schaut sie überrascht an. »Was bist du? Scheiße, was nun? Ihr habt doch nur …«

»Ich weiß, das kann eigentlich nicht sein. Ein Ultraschall soll mir den Beweis liefern. Manny, was mache ich bloß, wenn das wirklich stimmt? Damit wäre mein Leben definitiv im Eimer. Alleinerziehend und berufstätig …«

»Warte erst einmal ab, das ist bestimmt ein Irrtum«, versucht Manny sie zu beruhigen.

Wenn man vom Teufel spricht … Nun tritt der Arzt ins Zimmer, nickt Manny zu und fordert Katja auf, ihn zu begleiten.

Im Untersuchungszimmer muss sie auf die Liege. »So, dann wollen wir mal«, sagt er und bereitet das Gerät vor.

»Dok, das ist nicht möglich, ich nehme die Pille«, erklärt Katja nun entschieden.

Er wirft ihr einen kurzen Blick zu. »Ihnen ist hoffentlich bewusst, dass es keine hundertprozentige Sicherheit gibt?«, fragt er und kommt zu ihr. »Entspannen Sie sich, ich werde das kalte Gel jetzt auf Ihren Bauch auftragen, dann wissen wir schnell, was los ist.«

Und tatsächlich, Momente später kann Katja klar und deutlich Herztöne hören. Sie wird kreidebleich und würde am liebsten wegrennen. »Was soll ich nun machen?«, fragt sie verzweifelt, um sich dann schnell selbst die Antwort zu geben. »Ich sollte es wegmachen lassen, es hat ja eh keinen Papa.«

»Frau Siebert, schauen Sie sich das Bild mal genauer an. Sie erkennen bereits winzige Konturen, wollen Sie dieses Leben wirklich einfach beseitigen wie ein Kleidungsstück, das Ihnen nicht gefällt? Sie würden diese Entscheidung ewig bereuen, glauben Sie mir.« Er mustert sie, dann fährt er fort: »Eigentlich dürften Sie das Krankenhaus aufgrund Ihres hauptsächlichen Problems in zwei Tagen verlassen, aber ich würde Sie gern etwas länger hierbehalten. Falls Komplikationen auftreten sollten. Ich habe außerdem den Eindruck, dass Sie auch psychisch Unterstützung brauchen. Sie sollten jetzt nicht alleine sein. Zunächst benötigen Sie unbedingt Ruhe, bloß keinen Stress.«

Damit kehrt sie in ihr Zimmer zurück. Manny ist nicht mehr da, er musste vermutlich wieder los. Wie soll sie das bloß Sofia beibringen? Die rastet aus. Katja sendet ihr eine SMS: *Bitte komm schnellstmöglich vorbei, es ist etwas Furchtbares passiert.*

Erst nach einer halben Stunde antwortet ihre Freundin: *Du machst mir Angst, kannst du es mir nicht per Nachricht mitteilen?*

Und Katja schreibt zurück: *Nein, das will ich nicht, sorry.*

Sofia antwortet: *Okay, ich komme.*

Zwischenzeitlich wird sie zum Therapeuten geschickt, der ihr mit Rat und Tat zur Seite stehen soll. Sie aus der misslichen Lage befreien kann er natürlich nicht.

Viel zu lange muss Katja auf ihre Freundin warten. Ihr wird bewusst, ein Einzelzimmer hat wohl seine Vorteile, aber, über einen Gesprächspartner würde sie sich jetzt doch freuen. Dann endlich tritt Sofia ins Krankenzimmer. »Mensch, Katja, ist die OP schiefgelaufen oder was ist mit dir passiert? Du siehst aus, als ob du vor fünf Minuten aus einem Grab geflüchtet wärst«, sagt Sofia sofort besorgt, als sie Katja sieht.

»Sofia setzt dich neben mich auf die Bettkante, es ist heftig!« reagiert Katja angsteinflößend. Sofia sieht sie fragend an. »Nun sag doch schon.«

Katja starrt sie an und zögert noch kurz. Doch schließlich platzt es aus ihr heraus: »Ich bin schwanger.«

Sofia zuckt merklich zusammen. »Was? Bist du dir sicher?«

»Mittlerweile schon. Ich wollte es zuerst auch nicht glauben, bis dieser blöde Ultraschall mich vom Gegenteil überzeugt hat.«

»Was machst du jetzt? Wie kann das denn sein?« Sofia ist fassungslos.

»Der Arzt sagt, selbst mit Pille kann's schiefgehen.« Sofia starrt sie an. »Das ist grad ein bisschen viel, ich muss mal kurz an die frische Luft. Ich komme gleich wieder«, sagt sie nur, steht auf und geht.

Wenig später kehrt sie zurück, aber der Schock sitzt immer noch tief. »Sofia, hast du etwa geweint?«, fragt Katja erschrocken.

»Sorry, ich wollte es verbergen. Ich kann inzwischen auch nicht mehr stark bleiben. Wie kann eine einzige Person so viel Unglück am laufenden Band haben? Ausgerechnet du, die es am wenigsten verdient hat. Aber ich habe nachgedacht und eventuell des Rätsels Lösung gefunden. Du hast mir erzählt, dass du wegen einer beginnenden Lungenentzündung ein Antibiotikum einnehmen musstest. Das war doch, als ihr ...«

Katja nickt langsam. »Warte mal, das stimmt, aber was bedeutet das denn nun?«

»Ach Süße, wusstest du nicht, dass die Pille ihre Wirkung verlieren kann, wenn man gleichzeitig starke Medikamente einnimmt, ganz besonders bei einem Antibiotikum?«

Und nun begreift Katja. »Verdammt, das war mir nicht klar. Scheiße, warum stellt mir das Schicksal so fiese das Bein? Da fragt man sich ernsthaft, was kommt noch alles? Wobei das schon fast nicht mehr zu toppen ist.«

»Hattest du deine Tage?«, fragt Sofia.

»Schwach und unregelmäßig, aber das ist bei mir öfter der Fall. Bis aufs Kotzen war alles wie immer.«

»Wie willst du das deiner Mutter beichten? Zumal du ihr insbesondere *davon* noch gar nichts erzählt hast?«

»Ich werde es ihr nicht sagen, sie weiß auch nichts von meinem ersten Aufenthalt hier im Krankenhaus. Ich möchte mir ihre Vorwürfe nicht auch noch anhören, nein danke.« Katja seufzt tief und fährt sich mit beiden Händen über das Gesicht. »Ich würde gerne ein Nickerchen halten, die ganze Aufregung zerrt an meinen Nerven. Das ist nicht gut für uns«, sagt sie matt.

Sofia lächelt. »Katja, du hast soeben ›uns‹ gesagt. Hast du dein Schicksal akzeptiert?«

»Oh, habe ich das gesagt?«

»Ich verstehe dich, *ihr* braucht jetzt Ruhe. Das gilt auch für die kommenden Tage. Wir machen es so, wenn dir danach ist und du Lust auf einen Besuch hast, lass es mich wissen. Es fällt mir irgendwie schwer, mich in deine Lage zu versetzen.«

»Danke Sofia, geht klar. Ich muss vieles im Kopf durchgehen. Bis demnächst, Küsschen.«

Katja stellt fest, dass sie wirklich total erledigt ist. Wegen all der Vorfälle vergisst sie fast, wofür sie eigentlich hier ist – sich ausruhen.

Es ist eine langweilige Zeit, stets das gleiche Programm – Untersuchungen, leere Gespräche, die einfach nur an ihr abprallen. Sie möchte nach Hause, aber man lässt sie nicht gehen. Durch ihren Sturz hat sie eine Risiko-Schwangerschaft. Katja erzählt mittlerweile ihrem Handy – oder vielmehr dem Bild von Ralf – Geschichten: »Du wirst Papa und es vermutlich nie erfahren. Ich habe keine Kraft mehr, um dich zu kämpfen, es ist so traurig. Ich hatte große Hoffnungen, dass du der Mann bist, um den ich kämpfen soll. Doch diese schwindet von Tag zu Tag. Kein Brief, kein Rückruf, nichts ... Aber eines verspreche ich dir, sollte es ein Junge werden, wird er deinen Namen tragen, Ralf. Ich soll loslassen, sagen alle, aber sie haben ja keine Ahnung. Noch nie habe ich so für jemanden empfunden wie für dich. Vielleicht weil es nicht sein darf? Ich weiß es nicht. Einen anderen Mann wird es in meinem Leben nicht geben, da bin ich mir sicher. Ich wünschte, du könntest hören, was ich nur deinem Foto erzählen kann, leider.«

Nach gefühlten Wochen in der Klinik sind es leider nur wenige Tage, die sie irgendwie hinter sich gebracht hat. Irgendwann erwacht Katja mit wahnsinnigen Bauchschmerzen. Sie ist verängstigt und schlägt Alarm. Sofort tauchen mehrere Krankenschwestern auf und versuchen sie zu beruhigen. Aber sie sieht in ihren Gesichtern, dass es etwas Ernstes sein könnte. Um Katja nicht noch mehr in Panik zu versetzen, versuchen sie locker zu bleiben. »Wir tasten Sie mal ab, dann sehen wir weiter«, sagt eine Schwester.

»Der Schmerz erstreckt sich vom Bauch bis in den Rücken«, erzählt Katja.

»Haben Sie den Eindruck, Sie müssten dringend auf Toilette?«, fragt eine andere Schwester.

Katja nickt.

»Dann erleichtern Sie sich zunächst und danach soll der Dok nach ihnen sehen«, entscheidet wieder eine andere.

Also verschwindet Katja im Bad. Kurz darauf erklingt ein lauter Schrei. »Kommen Sie schnell, überall ist Blut«, wimmert Katja.

Chaos bricht aus, die Schwestern wissen, was nun passieren wird. »Marianne, hol schnell den Doktor, schnell«, ruft eine.

»Ich glaube, da kommt etwas raus … So helft mir doch«, weint Katja in Panik. Sie kann es hören und es fühlt sich schrecklich an. Als sie sich zitternd von der Toilette erhebt, entdeckt sie ein undefinierbares Etwas in der Kloschüssel, kaum größer als drei Zentimeter.

Der Dok ist inzwischen vor Ort. Sie wird ins Bett begleitet. Dort muss er Katja nun mit der traurigen Wahrheit konfrontieren. »Frau Siebert, wir haben leider schlechte Nachrichten, Sie haben soeben eine Fehlgeburt erlitten. Es tut mir sehr leid«, erklärt er mit ruhiger Stimme, aber deutlich bedrückt.

Statt zu schreien, ist Katja wie weggetreten, ihr Blick ist leer und sie bringt keinen einzigen Ton mehr über ihre Lippen. Von jetzt auf gleich beginnt sie heftig zu zittern.

»Sie braucht eine Infusion zur Beruhigung«, ruft der Arzt. »Los, los«, scheucht er die Schwestern. Und an Katja gewandt fährt er fort: »Frau Siebert, Sie werden gleich schlafen. Und wir nutzen die Gelegenheit und nehmen Sie kurz mit.«

Mehr als einen fragenden Blick schafft sie nicht.

»Nach einer Fehlgeburt ist nicht auszuschließen, dass Reste des Fötus zurückgeblieben sind. Das kann zu schweren Entzündungen führen und das wollen wir Ihnen ersparen. Dieser Prozess nennt sich ›Auskratzen‹. Das tut nicht weh, ist aber notwendig.«

Katja erlebt alles wie durch Watte und nickt nur.

Abends schaut Sofia vorbei und ist geschockt. »Katja, was ist los mit dir?« Ihre Freundin liegt kreidebleich und mit tiefen Augenringen zusammengekauert im Bett. Tränen kullern über ihr Gesicht, das Zittern fängt wieder an. Sofia sitzt auf ihrer Bettkante und sieht sie besorgt an. »Mensch, Katja, sag doch etwas«, fleht sie mit leiser Stimme.

Da geht die Tür auf und eine Schwester betritt das Zimmer. »Entschuldigen Sie, sind Sie eine Familienangehörige?«, fragt sie sofort, als sie Sofia sieht.

»Ich bin ihre beste Freundin, was ist passiert?«, fragt Sofia.

Die Schwester winkt sie zu sich und öffnet wieder die Tür. »Bitte kommen Sie mit, Ihre Freundin braucht absolute Ruhe. Weiterer Stress ist reines Gift für sie.«

Sofia wirft Katja noch einen letzten besorgten Blick zu und verlässt dann mit der Schwester das Zimmer. Draußen im Flur wendet sie sich an die Schwester: »Sagen Sie mir doch bitte, was passiert ist.«

Aber die schüttelt nur bedauernd den Kopf. »Das darf ich leider nicht.«

Sofia wird wütend. »Jetzt hören Sie mir mal gut zu, ich werde diese Bude nicht verlassen, bis Sie mich aufgeklärt haben«, fährt sie die Schwester an. »Und wenn es sein muss, veranstalte ich hier auch einen Riesenaufstand.«

Die Schwester sieht sich schnell um, sie sind gerade allein im Flur. Dann beugt sie sich vor und sagt leise:

»Wenn Sie mir versprechen, anschließend zu gehen, sage ich es Ihnen, ausnahmsweise.«

Sofia nickt schnell. »Versprochen.«

»Leider hatte Ihre Freundin heute Morgen eine Fehlgeburt. Seitdem redet sie nicht mehr, vermutlich ist sie traumatisiert.«

Sofia ist entsetzt. »Scheiße, wie lange hält so ein Zustand an?«

»Das kann niemand wissen, bei einigen tritt nach Stunden eine Besserung ein, bei anderen erst nach Wochen.« Damit wendet sich die Schwester ab und nickt ihr noch einmal zu. »Sie entschuldigen mich, ich habe noch zu tun.«

Kreidebleich verlässt Sofia das Krankenhaus. Sie hat Angst, Katja bald in der Psychiatrie besuchen zu müssen. Demnächst wiederzukommen, scheidet wohl aus, sie anrufen geht so auch nicht. Und wenn Katja nicht in der Lage ist, zumindest eine SMS zu schreiben, besteht keine Kontaktmöglichkeit.

Am nächsten Morgen schaut der Arzt wieder nach Katja. Mit einer Schwester steht er neben ihrem Bett und mustert sie aufmerksam. »Frau Siebert, wie geht's Ihnen heute?«, fragt er laut.

Er bekommt keine Antwort. Katja liegt nur da und starrt in den Raum.

»Hören Sie mich?«, hakt er nach.

Sie nickt.

»Gut, falls Sie mir irgendetwas mitteilen wollen, hier haben Sie einen Stift und Papier, schreiben Sie Ihr Anliegen auf.«

Katja nimmt den Stift und notiert: *Ich will nicht mehr leben.*

Der Arzt liest die Notiz, wechselt dann mit der Schwester einen schnellen Blick und wendet sich zur Tür. »Ich komme sofort wieder«, sagt er nur.

Bald darauf wird sie aus ihrem Zimmer geholt und auf ein anderes Stockwerk verlegt. Der Arzt bleibt an ihrer Seite und erklärt: »Wir müssen Ihre Aussage ernst nehmen und sind deshalb gezwungen, Sie in die geschlossene Psychiatrie zu verlegen. Ich kann nicht verantworten, dass Sie Dummheiten machen.« Und an eine Schwester gewandt, sagt er leise: »Traurig, ein so junges Mädchen, so tief gesunken wegen eines Mannes. Echt traurig.«

In den folgenden Tagen bessert sich Katjas Zustand nicht. Jegliche Versuche von Psychologen und Psychiatern scheitern. Katja spricht mit niemandem. Ihr leerer Blick ist beängstigend. Als man versucht, ihr das Handy wegzunehmen, entwickelt sie enorme Kräfte. »Ein Mobiltelefon ist auf dieser Etage nicht erlaubt«, erklärt ihr der diensthabende psychiatrische Arzt. Aber Katja bleibt stur.

Ein Pfleger neben ihm sagt leise: »Wir sollten es ihr lassen, Chef, das Handy ist im Moment ihr einziger Freund.«

Der Psychiater nickt verstehend. »Dann muss ich mich wohl geschlagen geben.«

Manny weiß noch nichts von diesen Vorfällen. Als er nach Katja sehen will, ist er überrascht, dass sie in ihrem alten Zimmer nicht anzutreffen ist. Er fragt eine Schwester im Krankenhausflur nach ihr: »Frau Siebert, hat man sie bereits entlassen?«

Sie mustert ihn streng. »Wer sind Sie, junger Mann?«

»Ein guter Freund.«

Sie seufzt, es ist die gleiche Schwester, die schon mit Sofia zu tun hatte. »Bevor es erneut eine endlose Diskussion gibt, Frau Siebert befindet sich auf der geschlossenen psychiatrischen Station.«

Manny starrt sie verwirrt an. »Ich glaube, Sie verwechseln Katja Siebert mit jemandem?«

Aber die Schwester schüttelt den Kopf. »Ich weiß, was ich sage, das ist die traurige Wahrheit.«

In Mannys Kopf rattern die Gedanken. »Ich muss dringend zu ihr«, erklärt er.

»Das wird nicht gehen, jeglicher Besuch ist absolut untersagt«, sagt die Schwester bedauernd. »Die Blumen nehme ich Ihnen aber gerne ab. Ich werde dafür sorgen, dass Frau Siebert sie bekommt. Aber wir können Sie nicht zu ihr lassen. Selbst Familienmitglieder könnten eine Stresssituation auslösen. Bitte haben Sie Verständnis.«

Nachdem Manny einen Abgang gemacht hat, betritt die Schwester das Zimmer von Katja. »Sehen sie mal, ein sehr netter Mann hat an sie gedacht.

«Ein zaghaftes Strahlen, ein Strahlen voller Hoffnung, ist in ihren Augen zu erkennen. Doch bei näherem Betrachten der beiliegenden Karte erleidet sie eine große Enttäuschung. Gnadenlos schmeißt sie die schönen Rosen zu Boden.

»Ich bringe Ihnen eine Vase, lasse Sie dann erst mal in Ruhe.«

Man sieht es Katja an, dieses permanente Kommen und Gehen von Ärzten und irgendwelchen lästigen Krankenschwestern nervt sie gewaltig. In ihrer Lage wird sie wohl kaum verstehen, dass es nur zu ihrem Besten ist, dass sie laufend kontrolliert wird.

Heute steht Dr. Sansi, der Neurologe und Psychiater für schwierige Fälle, an ihrem Bett. Er versucht ihr zu erklären, in welchem Zustand sie sich befindet. »Frau Siebert, aufgrund der vielen Schicksalsschläge leiden Sie unter totalem Mutismus.«

Katja schaut ihn traurig und fragend an.

»Es handelt sich um ein Trauma, das durch die Fehlgeburt ausgelöst wurde. Um ihren Zustand schneller unter Kontrolle zu bekommen, verschreibe ich Ihnen ein Antidepressiva, das Ihren Serotoninstoffwechsel erhöht. Ist dieser Wert zu niedrig, kann ein Schock zu Sprachlähmungen führen, wie es bei Ihnen der Fall ist. Außerdem erwarte ich Sie mehrmals die Woche in meiner Praxis. Diese befindet sich natürlich hier im Gebäude. Sollten Sie demnächst zwar noch nicht sprechen können, Ihr Allgemeinzustand jedoch etwas besser sein, dürfen Sie die geschlossene Station wieder verlassen. Aber nur dann. Sie könnten dann auch mal an die frische Luft gehen. Das geht natürlich nur, wenn wir keine Bedenken mehr haben müssen, dass Sie auf krumme Gedanken kommen. Habe ich mich verständlich ausgedrückt? Oder gibt es noch Fragen?«

Katja hat eine Frage und schreibt sie auf einen Zettel: »Wann kann ich nach Hause?«

Dr. Sansi liest, dann antwortet er: »Das ist schwer zu sagen, vielleicht in zwei Wochen, vielleicht. Im

Moment ist es wichtig, dass Sie Ruhe haben und viel schlafen. Hier helfen Ihnen auch die Infusionen, sie lassen nicht zu, dass Sie sich lange an Gedanken klammern. So wie Wasser Feuer löscht, so verhält sich auch der Prozess der Infusion gegenüber Ihren negativen Gedanken.«

Katja schreibt wieder und er liest: »Und wenn kein Wasser mehr da ist?«

Mit dieser Frage hat Dr. Sansi nicht gerechnet. »Nicht schlecht. Aber es gibt immer einen Weg, die Flammen zu ersticken, mit einer Decke beispielsweise. Ihre Reaktion hat mir gefallen, das muss ich zugeben. Bis bald, Frau Siebert«, sagte er und geht wieder. Doch sie ist inzwischen sehr nachdenklich geworden. Spätestens jetzt wird ihr klar, was ihre Mutter damals durchmachen musste. Katja hat diese Situation wohl etwas unterschätzt und nimmt sich vor, sich dafür zu entschuldigen. Wahrscheinlich nicht heute und auch nicht morgen, aber wenn es ihr wieder besser geht, schon …

Katja hat per SMS Kontakt mit Manny und Sofia aufgenommen. Ihre Nachrichten sind relativ spärlich, doch zumindest meldet sie sich bei ihnen. Sie hat den beiden mitgeteilt, es sei nicht schlimm, dass sie keinen Besuch empfangen darf, sie möchte eh lieber alleine sein. Ihre Freunde zeigen Verständnis dafür. Aber sie hoffen sehnlichst, in den kommenden Tagen einen Anruf von Katja zu erhalten.

In den folgenden Tagen gelingt es Dr. Sansi nach wie vor nicht, Katja in ein Gespräch zu verwickeln. Aber ein kleiner Lichtblick ist ihm dennoch aufgefallen, sie beschäftigt sich endlich wieder. Sie hat im Internet ein Malprogramm gefunden, das ihr tatsächlich Spaß macht, und bedient es fast täglich. Bald darauf hat ihr Arzt eine gute Nachricht für sie. Katja darf am nächsten Morgen ihre »Zelle« in der geschlossenen Abteilung verlassen. Ihr Gemüt hat das gebraucht und sie kann auch mal an die frische Luft. Ein paar Stockwerke tiefer hat sie diesmal ein Doppelzimmer bekommen. Ihre Nachbarin ist jedoch nicht da. Lediglich ihre Wasserflasche auf dem Nachttisch, ein paar Blümchen sowie eine Zeitschrift lassen darauf schließen, dass sie bald wiederkommt. Und erneut wird eifrig gemalt. Versunken in ihr Motiv, das sie sich ausgesucht hat, bemerkt sie zunächst nicht, dass eine Schwester ihr Zimmer betritt. »Frau Siebert, entschuldigen Sie, dass ich Ihnen das Geschenk nicht schon gestern gegeben habe. Es gab viel zu tun in der Notaufnahme, da hätte ich es fast vergessen«, sagt die Schwester und überreicht ihr etwas.

Katja greift nach dem überschaubaren Bündel. Das Papier wird in tausend Fetzen zerrissen, während die Schwester wieder den Raum verlässt. Der Inhalt verschlägt Katja die Sprache. Oder bewirkt vielmehr genau das Gegenteil. In der Hand hält sie ein süßes Babylätzchen mit einem aufgenähten Leuchtturm. Völlig irritiert ruft sie die Schwester wieder herein.

»Frau Siebert, wo brennt's denn?«, fragt die Schwester, dann begreift sie. »Sie sprechen ja, mein Gott, was ist passiert? Ich sehe zu, dass Dr. Sansi schnellstmöglich nach Ihnen sieht. So etwas ist uns nur selten untergekommen!«, meint die Schwester total irritiert.

»Schwester, wer hat das abgegeben und wann?«, fragt Katja, ohne auf ihre Freude einzugehen.

»Ein junger Mann, sehr sympathisch, gestern Nachmittag.«

»Gestern??? Beschreiben Sie den Mann, bitte so genau wie nur möglich«, verlangt Katja nun und drückt das Lätzchen an ihre Brust.

»Ich weiß nicht mehr genau, bei den vielen Gesichtern, die hier täglich auftauchen, kann ich mich kaum an jeden Einzelnen konkret erinnern«, antwortet die Schwester.

»Verdammt, denken Sie nach, irgendein auffälliges Merkmal?«, insistiert Katja.

Nun wird es der Krankenschwester langsam zu bunt. »Frau Siebert, was soll das Ganze?«

Katja sieht sie hoffnungsvoll an. »Kommt er wieder?«

»Nein, ich glaube, er hat erwähnt, dass er nur kurz hierbleibt.«

»Was hatte er an?«

»Hm, da war ein schwarzer Hut, ja genau, mehr weiß ich nicht mehr.«

Katja atmet auf. »Danke, Sie sind ein Schatz.«

Kopfschüttelnd verschwindet die Krankenschwester aus dem Zimmer.

»Gestern lag ich noch in der Geschlossenen! Scheiße!!!«, ärgert sich Katja lautstark.

Sie starrt auf das Lätzchen. Sie muss hier weg und zwar schnell. »Meine Nachbarin liegt vermutlich auf dem Operationstisch, wo sonst sollte sie so lange verbleiben?«, beruhigt sie sich selbst. Das ist doch hoffentlich kein Traum, oder? Wie könnte sie das prüfen? Genau, sie stößt mit ihrem operierten Arm gegen den Nachttisch – es tut weh, ziemlich tüchtig sogar. Alles ist real. Dann versucht sie sich zu disziplinieren und schaltet ihren Kopf an. Ihre Mutter weiß von all den Vorfällen nichts. Woher sollte Ralf es also wissen? Und in ihrem Schreiben stand es ganz sicher nicht drin. Sie sieht sich den Leuchtturm noch einmal genauer an. Er sieht genauso aus, wie sie ihn in Erinnerung hat. Damit ist der Entschluss gefallen: Sie verschwindet und macht sich auf die Suche. Nein, sie könnte weinen vor Glück. Wäre da nicht die Angst, doch wieder enttäuscht zu werden. Und was, wenn sie dem angekündigten Arzt in die Arme läuft? Ein Plan muss her, ganz schnell.

Sie reißt sich die Kanüle aus dem Arm, muss dabei mehrfach schlucken, denn sie hat nicht mit Schmerzen gerechnet. Katja greift nach den erstbesten Klamotten und diesmal interessiert es sie herzlich wenig, ob alles zueinander passt oder nicht. Sie schnappt sich nur ihr Handy, knittert das Lätzchen in ihre Hosentasche und geht vorsichtig zur Zimmertür. Um diese Zeit dürfte eigentlich keiner kommen, um ihren Puls zu messen oder sonst irgendeinen Quatsch zu tun. Na ja, bis auf den prophezeiten Arzt. Der Plan steht trotzdem. Sie darf jetzt nichts überstürzen und muss einen klaren Kopf bewahren. Leise öffnet sie die Tür einen Spalt breit. Der Flur scheint menschenleer zu sein. Sie ist dennoch vorsichtig. Ihr Adrenalin ist auf dem höchsten Stand, ihre Angst, entdeckt zu werden, plötzlich völlig ausgeschaltet. Ganz hinten im Flur steht ein großer Wäschewagen auf Rädern, der vermutlich bald weggebracht wird. Wie in einem schlechten Film ist er nun ihr Ziel. Es muss ihr gelingen, sich darin zu verstecken. Aber ihr Arm dürfte diesen Plan erschweren. Vorsichtig schleicht sie sich nach und nach an den Zimmertüren vorbei, die Augen überall. Ihr Herz rutscht ihr mittlerweile dann doch fast in die Hose, denn bis zum Wäschewagen, der direkt vor dem Fahrstuhl abgestellt ist, sind es nur noch wenige Meter. Da hört sie plötzlich Schritte. Geistesgegenwärtig versteckt sich Katja in dem Toilettenraum, der sich ihr anbietet.

Nachdem Katja etwas abgewartet hat, scheint die Luft wieder sauber zu sein. Der Gedanke, sich unter benutzter, schmutziger Bettwäsche zu verstecken, bereitet ihr keine Freude. Aber es geht ja um ihren Traumprinzen ... Schnell schleicht sie zu dem Wagen. Mit angewidertem Blick und zähneknirschend taucht sie in die Laken und Überzüge ein – es ist ekelig, richtig ekelig. Als sie sicher ist, dass sie nicht mehr zu sehen ist, fällt ihr das nächste Problem ein – was ist, wenn die Wäsche erst morgen weggebracht wird? Bei dieser Aufregung wird sie kaum schlafen können. Dann stellt sie fest, dass sie gar keine Schmerzen verspürt hat, dabei hatte sie ihren Arm ganz schön belastet. Also liegt sie nun in der Bettwäsche und es passiert einfach nichts. Sie verspürt, dass sie es hier keine ganze Nacht aushalten kann, der Sauerstoff lässt zu wünschen übrig. Um besser atmen zu können, schiebt sie einige Teile etwas bei Seite, wenigstens so lange, bis sie hört, dass jemand sich nähert. Hoffentlich ist dieser ganze Schlamassel nicht umsonst gewesen ... Nach endlosem Warten hört sie dann Stimmen. Ihr wird warm und kalt zugleich. Sie kann nicht sehen, wer im Anmarsch ist, lediglich ihre Ohren liefern Informationen. Jemand kommt näher. Dann hört sie Stimmen.

»Gerda, bringst du die Wäsche heute runter oder soll ich es tun?«

»Ach, Lotte, mach du mal, ich schmeiß sie dann gleich morgen früh in die Waschmaschine.«

»Gut, dann machen wir das so.«

Katja spürt, dass der Wagen bewegt wird, es ruckelt.

»Mann, ist der Wagen schwer. Da hat bestimmt jemand ordentlich in die Laken gekackt?«, brummt Lotte.

Am liebsten würde Katja laut lachen, aber sie reißt sich zusammen, doch ein Seufzer rutscht ihr leider heraus.

Der Wagen stoppt. »Nanu, was war das denn? Hier ist doch niemand, oder?«, hört Katja Lotte murmeln. »Was soll's, in Krankenhäusern soll es schon mal spuken.« Damit beschließt die Krankenschwester, den Wagen schnellstens im Keller abzustellen und dann Feierabend zu machen.

Katja lauscht und hört Türen auf und zu gehen. Da hat sie die Idee, eine Kissenhülle gezielt zwischen Tür und Angel fallen zu lassen.

»So, noch die Kellertür aufschließen, dann rein mit dem Wagen und tschüss«, murmelt Lotte.

Katja hört es – Keller? Das klingt nach Endstation. Sie lauscht angestrengt, es hört sich an, als würde die Schwester den Schlüssel suchen. Sie schiebt sich ein wenig hoch, linst durch das Bettzeug, zieht sich kurz zurück, als die Schwester den Schlüssel gefunden hat, die Tür aufschließt und dann aufstößt, wirft gleichzeitig die Kissenhülle hinter ihrem Rücken raus und taucht dann wieder ganz ab. Gleich darauf spürt sie, wie der Wagen vorwärtsgestoßen wird. Hat die Schwester nichts bemerkt? Sie hört, wie sich Lottes Schritte entfernen.

Regungslos liegt sie da und wartet noch ein paar Momente, dann klettert sie aus der Bettwäsche und dem Wagen heraus. Sie sieht sich um, sie ist tatsächlich in einem Kellerraum, in dem offensichtlich die Krankenhauswäscherei untergebracht ist. Sie kann es kaum fassen, ihr Plan scheint funktioniert zu haben. Sie würde am liebsten Luftsprünge machen, doch damit wartet sie besser, bis sie wirklich draußen ist. Das war alles ziemlich knapp, nur gut, dass diese Schwester scheinbar nicht ganz bei der Sache war und nicht darauf geachtet hat, ob die Tür wieder automatisch ins Schloss fällt. »Danke Schicksal«, murmelt sie. Den Fahrstuhl zu benutzen, scheint ihr zu riskant. Sie entscheidet sich, die Treppen hochzulaufen. Dort besteht die Möglichkeit, sich aus dem Staub zu machen, wenn sie jemanden hört. Sichtlich angespannt flitzt sie vom Keller bis zur Eingangshalle hoch. Doch niemand ist ihr entgegengekommen.

So, nun gilt es bloß noch, an der Rezeption vorbeizukommen, die sich direkt am Eingang zum Krankenhaus befindet. Sie schleicht sich weiter. Die Rezeptionistin, die in ein privates Telefonat verwickelt zu sein scheint. Besser, sie behält sie im Auge, denn wenn sie gesehen wird, ist es wohl aus.

Katja steht hinter einer Säule und wartet erst mal ab. Da legt die Dame plötzlich auf. Was soll ich jetzt machen? Sie ablenken? Nur wie? Da sieht sie, dass die Frau etwas zu suchen scheint. Am Boden entdeckt Katja einen Stift – na los, bück dich schon, du dumme Nuss, denkt sie.

Genau das tut die Rezeptionistin auch, sie sucht unter ihrem Schreibtisch nach dem Stift.

Nichts wie weg hier, denkt sich Katja. Auf leisen Sohlen, aber schnell wie der Blitz rennt Katja raus, raus in die langersehnte Freiheit.

Erst an der nächsten Straßenecke überkommt sie der Drang, einen Freudensprung zu wagen. Dass Leute sie beobachten, stört sie nicht.

Sie geht noch ein Stück weiter. Ein neuer Plan muss her, wie und wo kann sie ihn finden? Sie wird sich wohl durchfragen müssen. Relativ gefasst setzt sie sich zunächst auf die Mauer am Rathaus. Leute gehen an ihr vorbei und mustern sie aus den Augenwinkeln. »Entschuldigen Sie, ist Ihnen ein Mann mit schwarzem Hut aufgefallen?«, fragt sie den einen oder anderen. Aber niemand hat einen Mann mit einem schwarzen Hut gesehen.

Dann kommt eine Gruppe junger Leute auf sie zu. »Hallo, hat jemand von euch einen Mann mit schwarzem Hut gesehen?«, ruft sie ihnen zu.

Die Jugendlichen lachen. »Hast du gehört, die sucht nach dem schwarzen Mann, Oliver«, ruft ein einer.

»So sieht die auch aus«, entgegnet ein anderer. Und alle lachen.

Arschlöcher, denkt Katja. Scheiße, sie muss weitersuchen und sich durchfragen. Aber niemand kann ihr helfen. Sie beschließt, einfach ein bisschen durch die Gegend zu laufen, einfach drauflos. Irgendjemand muss ihn doch beobachtet haben. Leider ist es nun schon länger her, dass er hier war. Die Schwester ist schuld. Ich befürchte, dass er die Heimreise bereits wieder angetreten hat. Aber wenn er einmal nach ihr gesucht hat, wird er es wieder versuchen. Oder?

Allmählich wird's dunkel, ein recht frischer Wind weht ihr um die Ohren, aber es kümmert sie nicht. Gut, dass sie ihr Handy mitgenommen hat. Sie versucht ihr Glück bei Sofia. »Katja, bist du es wirklich?«, fragt diese überrascht.

»Ja, Sofia, und was mir passiert ist, wirst du nicht glauben.«

»Sag schon, welches Wunder ist geschehen, dass du wieder sprechen kannst?«

»Ich, ich bin mir sicher, dass Ralf hier war«, berichtet Katja nun.

»Nein, Quatsch.«

»Doch«, sagt Katja und erzählt Sofia ganz aufgelöst von dem mysteriösen Geschenk. »Ich zeig's dir, wenn du mich abholst.«

»Was stand auf der Karte?«, hakt Sofia sofort nach.

»Nichts, da war keine Karte«, antwortet Katja.

Sofia zögert kurz, dann fragt sie: »Wo bist du?«

»Nicht allzu weit vom Rathaus.«

»Vom Rathaus? Wieso das?«

»Erzähle ich dir später.«

»Na, da bin ich aber gespannt«, entgegnet Sofia. »Warte am Rathaus, ich komme sofort, okay?«

Nachdenklich lauert Katja nun darauf, dass sie abgeholt wird. Hat die Wahrsagerin doch recht gehabt? Und wie konnte Ralf das mit dem Baby wissen? Ich werd' noch bekloppt, das ergibt alles keinen Sinn!, stellt sie entsetzt fest.

Knappe zehn Minuten später ist Sofia vor Ort. »Du frierst ja. Hier, zieh dir meine Jacke über«, sagt sie sofort zu Katja und reicht sie ihr. »Hast du keine Schuhe angezogen?«, fragt Sofia lachend.

Katja wirft einen Blick auf ihre Füße. »Tatsächlich, habe ich wohl total vergessen?«

Sofia bringt Katja zu ihrem Auto und lässt sie schnell einsteigen. Auf der Fahrt erzählt Katja, dass sie aus der Psychiatrie abgehauen ist.

Sofia kann nur den Kopf schütteln. »Das glaube ich nicht. Was willst du jetzt machen? Soll ich dich zurück in die Klinik bringen?«

»Hast du einen Knall? Wenn du wüsstest, was ich alles auf mich genommen habe, um zu flüchten. Ich will erst einmal nach Hause.«

»Na gut, du kannst mir ja dort alles in Ruhe erzählen«, willigt Sofia ein.

Da fällt Katja siedend heiß etwas ein. »Oh nein, ich habe ja gar keinen Hausschlüssel dabei«, stöhnt sie auf.

»Katja, hol mal mein Schlüsselbund aus meiner Tasche. Ich glaube, dein Schlüssel hängt auch daran.«

Katja wühlt in Sofias Tasche und zieht das Schlüsselbund hervor. »So viele Schlüssel hast du«, staunt sie. »Von wem hast du denn noch welche?«

»Sind fast alles meine, von jedem Liebhaber habe ich einen«, antwortet Sofia lachend.

»Ja klar, dass ich da nicht drauf gekommen bin«, brummt Katja.

Oben in Katjas Wohnung angekommen, erzählt diese bei einem Tee in der Küche von ihrem aufregenden Erlebnis.

»Das ist fast filmreif, Wahnsinn, was für Strapazen ein Mensch auf sich nehmen kann. Und wenn sie dich erwischt hätten?«, stellt Sofia kopfschüttelnd fest.

»Keine Ahnung, darüber habe ich nicht einen Moment nachgedacht. Vermutlich hätten sie mich mit Handschellen ans Bett gefesselt.«

»Was willst du nun machen? Irgendwann suchen sie nach dir«, fragt Sofia.

»Ich gehe nicht mit, nicht bevor ich Ralf gefunden hab«, antwortet Katja entschieden.

»Was willst du überhaupt essen? Dein Kühlschrank ist leer. Soll ich dir schnell das Nötigste von der Tankstelle holen? Freitags haben die ja länger geöffnet«, meint Sofia seelenruhig.

»Würdest du das machen?«

»Sicher, wenn du schon keine Schuhe hast, solltest du wenigstens Nahrungsmittel haben, haha.«

»Scherzkeks!«

»Gut, ich fahr dann mal los, bin gleich wieder da. Du könntest in der Zwischenzeit eine Dusche nehmen, du riechst irgendwie streng. Aber bitte keine Bruchlandung hinlegen, ja?« Sofia zwinkert ihr zu und verschwindet.

Also macht Katja sich frisch, so gut es eben geht mit ihrem verletzten Arm. Dann kümmert sie sich um den Anrufbeantworter. Unzählige Male hat ihre Mutter aufs Band gesprochen, das war's dann auch schon. Ich muss mich dringend bei ihr melden, mal wieder kann ich nicht die ganze Wahrheit erzählen, oder vielleicht doch??, fragt sie sich ahnungslos. Danach sitzt sie in der Küche und wartet. Sofia bleibt ja eine Ewigkeit weg, denkt sie irgendwann ungeduldig. Und dann hört sie endlich die Tür unten. Das wird aber wirklich Zeit. Und dann hört sie Stimmen im Flur. Mit wem redet sie denn da? Hoffentlich nicht mit der alten Schmücke. Es geht die nichts an, was hier so abläuft. Dann endlich hört sie, dass sich die Wohnungstür öffnet. Sie springt auf und geht in den Flur. Vor ihr steht Sofia, allerdings ohne Einkaufstüten in der Hand.

»Wie? Hatte die Tankstelle doch bereits geschlossen?«, fragt Katja verwirrt.

»Keine Ahnung, ich habe dir etwas ganz anderes mitgebracht, etwas, das dir bestimmt viel besser schmeckt«, sagt Sofia nun und grinst breit.

»Sofia, mir ist nicht nach Späßchen, sag einfach, was los ist.«

»Das überlasse ich lieber jemand anderem«, antwortet Sofia und zeigt hinter sich.

Katja schaut an ihr vorbei in den Hausflur. Und da

sieht sie ihn und ihr stockt der Atem. Ralf, wie er leibt und lebt.

Sie kann es nicht fassen und steht einfach nur da, denkt erneut an einen schlechten Traum. Also starrt sie ihn einfach nur an.

Ralf hält es nicht länger aus, er stürmt auf sie zu und umklammert sie, als wollte er sie nie wieder loslassen. »Katja, verzeih mir, es tut mir so leid, was du alles durchmachen musstest«, flüstert er ihr zu.

»Leute, ich muss mich setzen, das ist unmöglich real«, murmelt Katja und klammert sich an ihn.

Sofia trennt die beiden mit sanfter Gewalt und drängt sie dann in Katjas Hausflur. »Wir gehen jetzt besser rein, dann erkläre ich dir alles, na ja, sagen wir mal einiges, den Rest erledigt dein Zukünftiger«, sagt sie.

Schnell schließen sie die Tür und bringen Katja ins Wohnzimmer, wo sie sich aufs Sofa legt. Ihr Atem geht schwer und sie ist kreidebleich.

»Wir müssen ihr Zeit lassen, das ist momentan vermutlich ein bisschen viel«, stellt Sofia fest. Der erneute Schock sitzt offensichtlich wieder tief, Sofia befürchtet, die Freundin könnte erneut eine Sprachlähmung erleiden.

Ralf sitzt da und sieht Katja liebevoll an. Es fällt ihm schwer, sie nicht laufend zu umarmen. Aber Sofia hat recht, auch zu viel des Guten ist vermutlich verkehrt.

Da klingelt es plötzlich an der Tür. »Bleib liegen, ich mach das«, sagt Sofia sofort, geht und schaut durch den Spion: Die Polizei ist da.

Jemand hämmert gegen die Tür. »Frau Siebert, wir wissen, dass Sie zu Hause sind. Machen Sie auf, das ist eine Anordnung.«

Also öffnet Sofia die Tür und lässt die beiden Polizisten rein und bringt sie ins Wohnzimmer. Die Polizisten wirken wie Fremdkörper, wie sie da in Uniform mitten im Raum stehen und Katja streng ansehen. »Sie sind unerlaubt aus der Psychiatrie weggelaufen, man sucht sie schon seit Stunden. Sie haben keine Wahl, Sie müssen auf der Stelle mitkommen«, erklärt einer der beiden.

Jetzt schaltet sich Ralf ein: «Bitte, Leute, ich bin an der ganzen Misere schuld, ich habe sie verlassen, darüber ist sie nie hinweggekommen. Aber ich bin wieder da, eine bessere Medizin gibt es für Katja nicht, glauben Sie mir!«, verteidigt er sie mit aller Kraft.

Der Polizist mustert ihn. »Und wer sind Sie?«

»Ihr Partner.« Er klingt absolut überzeugend bei seiner Aussage.

Die Polizisten werfen sich einen schnellen Blick zu. Dann sagt der eine: »Tja, dann unterschreiben Sie mir dieses Dokument, dass Sie die volle Verantwortung übernehmen, sollte Frau Siebert etwas zustoßen.«

»Kein Problem, geben Sie her«, entgegnet Ralf sofort.

Nachdem die Beamten wieder weg sind, wird Katja bewusst, dass das alles gerade wirklich passiert ist und Ralf hat sich enorm für sie eingesetzt. Sie fängt an zu weinen, zu zittern und drückt sich ganz fest an ihren Schatz.

Sofia ist gerührt, auch sie benötigt ein Taschentuch.

Ralf kämpft noch gegen die Tränen an, schafft es aber nicht. Ihnen allen ist es peinlich, aber »schön peinlich«.

»Noch nie in meinem Leben hat mich eine Frau weinen sehen«, stellt Ralf fest, »und dann gleich zwei auf einmal.«

Sofia und Katja müssen dabei kurz lachen.

Irgendwann beruhigen sich die Gefühle wieder ein wenig. Endlich ist Katja fähig, ein Gespräch zu führen. Sie kann den Zusammenhang mit Sofia ganz und gar nicht verstehen.

Und Sofia klärt nun alles auf. »Tja, Katja, ich fasse mich kurz, ich hatte leichtes Spiel, an dein Handy ranzukommen, als du ständig aufs Klo gelaufen bist. Für den Fall, dass ich keinen anderen Ausweg mehr sehe, als ihn zu informieren, habe ich mir seinen Namen und seine Adresse notiert. Nach all den Zwischenfällen war die Schwangerschaft der endgültige Auslöser. Ich saß stundenlang vor meinem PC, bis mir ein emotionaler Text gelungen ist. Das ist ja wirklich nicht so einfach.«

Katja ist überwältigt. »Sofia, wie kann ich das wiedergutmachen? Das ist das allerschönste Geschenk, das ich je erhalten habe und je erhalten werde. Dass du das gemacht hast, wo du doch ständig dagegen warst ...«

Sofia zuckt bescheiden mit den Schultern. »Ich konnte ja nicht ahnen, wie schlimm sich alles entwickelt. Und dann dachte ich, da muss sie sich schon sehr sicher sein, wenn sie das Leben bloß noch an sich vorbeiziehen lässt. Und deine Schwärmerei nahm kein Ende. Deine Flucht aus der Psychiatrie hätte ich tatsächlich nicht für möglich gehalten. Ich denke, meine Entscheidung war richtig, ihr seid füreinander geschaffen, das sieht ein Blinder. Ich werde eurem Glück nicht länger im Weg stehen.« Damit erhebt sie sich. »Deshalb mache ich mich mal auf die Socken.«

Katja springt auch auf. »Komm her, Sofia, danke«, sagt sie und drückt sie einmal ganz fest und schnieft laut. »Du wirst meine Trauzeugin, daran besteht kein Zweifel!«, fügt Katja glücklich hinzu.

Momente später sind Ralf und Katja allein. Irgendwie fällt es ihnen schwer, zu begreifen, dass sie sich in der Realität befinden. Die tausend offenen Fragen bleiben erst einmal unbeantwortet. Sie tauschen einfach nur endlose Zärtlichkeiten aus, kuscheln und küssen.

»Deine schönen blauen Augen sind ganz verweint«, bemerkt Katja irgendwann. Sie liegen Arm in Arm auf dem Sofa.

»Kein Wunder bei dem Wiedersehen«, murmelt er.

»Bist du bereit, über den Verlust zu sprechen?«, fragt er dann und sieht sie sorgenvoll an. »Sofia hat es mir erzählt, es traf mich wie ein Blitz. Dazu musstest du das auch noch alleine durchstehen. Das ist einfach nur schrecklich. Ich sehe dir an, wie sehr du gelitten hast in letzter Zeit. An dir ist ja gar nichts mehr dran. Du musst aufgepäppelt werden, dafür sorge ich.«

»Es war der blanke Horror«, gesteht Katja leise. »Erst die Hiobsbotschaft, dass ich schwanger bin. Dann, nachdem ich es akzeptiert hatte, kam der große Rückschlag. Am liebsten hätte ich mein Leben auf der Stelle beendet. Das gab ich den Ärzten zu verstehen, deshalb wurde ich in die geschlossene Station verlegt und genau deswegen ließen sie dich nicht zu mir. Dass ich da jemals landen würde ...« Sie schüttelt den Kopf und seufzt tief. »Alle haben gesagt, ich solle loslassen, doch das hatte ich nicht vor.« Hier stockt sie und sieht ihn ängstlich an. »Du wirst doch hoffentlich nicht gleich wieder zurückfahren, oder?«

Er lächelt sie an. »Katja, ich muss übermorgen wieder nach Hause, also am Sonntagvormittag.

Katja sieht ihn entsetzt an und sofort fließen wieder die Tränen.

»Moment, ich war noch nicht fertig«, fährt er schnell fort. »Ich konnte ja nicht gleich mit meinem Umzugswagen hier antanzen. Es gibt da ja in der Regel viel Papierkram zu erledigen, das macht man nur, wenn dem nichts mehr im Wege steht, verstehst du?«

Katja wischt ihre Tränen fort und sieht ihm in die Augen. »Das heißt, du kommst bald wieder?«

»Natürlich, spätestens in zwei Wochen«, bestätigt er.

Katja atmet aus und wirft einen Blick an die Wohnzimmerdecke. »Danke, lieber Gott, nun hast du mich doch noch erhört.«

Ralf grinst sie schief an. »Was war das denn jetzt? Nun sag nicht, du hättest dich mit Gott unterhalten ... Wahnsinn, du musst ja wirklich sehr verzweifelt gewesen sein.«

»Zu meiner Schande muss ich gestehen, das habe ich wirklich«, beichtet Katja nun kleinlaut.

»Hui, ich fühle mich geschmeichelt«, murmelt Ralf.

Katjas Blick fällt nun auf die Wohnzimmeruhr. »Ralf, wir sollten zu Bett gehen, es ist schon nach vier Uhr.«

»Was, echt?«

Sie nickt und lächelt ihn an. »Ich möchte mich in deine Arme kuscheln und einschlafen«, flüstert sie ihm ins Ohr.

Und so verschwinden sie schnell im Schlafzimmer. Katja schmiegt sich fest an ihren Schatz, streichelt seine behaarte Brust und kann es immer noch nicht glauben. »Warum kann man diesen Moment nicht festhalten, es ist so schön.«

»Ganz einfach, Katja, weil sonst kein Platz mehr da ist für viele weitere, die noch folgen werden.«

»Das hast du toll formuliert.«

Sie sehen sich verliebt an und unterhalten sich auch ohne große Worte. An Sex denkt keiner. Seit ihrer Fehlgeburt hat Katja noch lästige Blutungen und leichte Schmerzen von der Ausschabung. Mit einem zufriedenen Lächeln im Gesicht schlafen sie schließlich eng umschlungen irgendwann ein.

Wenige Stunden später erwacht Katja, die Bettseite neben ihr ist leer. Nein, er ist doch nicht da, denkt sie panisch, springt aus dem Bett und rennt durch die kleine Wohnung. Dann entdeckt sie ihren Schatz in der Küche. Er hat bereits Kaffee gemacht und auf dem Tisch stehen Brötchen.

»Oh, wie stürmisch«, begrüßt er sie, als sie ihm um den Hals fällt und sich wie verrückt an ihn klammert. Es laufen auch schon wieder die Tränen. »Nicht weinen, Katja, alles ist gut, ich bin doch hier. Ein Glück, dass du nicht aufgewacht bist, als ich kurz aus dem Haus war, um eine Bäckerei zu finden.« Er schiebt sie ein Stück von sich weg und sieht sie verliebt an. »Du bist so wunderschön, wenn du schläfst.«

»Nur dann?«, fragt sie keck und lacht.

»Sagen wir, besonders dann. Ich musste ein Foto schießen, gar nicht so einfach, wenn man von Handys keine Ahnung hat.«

»Das müssen wir ändern. Gleich heute. Außerdem holen wir die Katzen ab, die sitzen nämlich in einer Tierpension.«

Er sieht sie überrascht an. »Die Katzen? Hat sich die eine vermehrt?«

Katja stutzt kurz, dann begreift sie. »Stimmt, das weißt du ja noch nicht. Erzähl ich dir dann unterwegs. Verdammt, ins Krankenhaus müssen wir auch noch, meine Tasche, die paar Klamotten. Habe in meiner Euphorie alles zurückgelassen. Ich bin einfach nur aus dem Zimmer, ohne einen Plan, bis ich den Wäschewagen entdeckt habe. Den Rest kennst du ja.«

»Das hat definitiv noch niemand für mich gemacht, Wahnsinn. Was dabei alles hätte schiefgehen können ... Verrückt!«

Damit setzen sie sich an den Frühstückstisch, essen schnell etwas und trinken eine Kaffee. Dann will Katja auch schon los. »Ich schlage vor, jetzt gleich in die blöde Klinik zu fahren und dann die Katzen abzuholen«, sagt sie.

Ralf ist einverstanden, aber er muss ans Steuer, mit

Katjas Bandage wird das nichts. Sie sitzt grinsend daneben und bewundert seinen seltsamen Fahrstil. »Ich sehe, mit dir sollte ich besser viel früher los, wenn ich mal einen Termin einhalten muss«, bemerkt sie irgendwann.

»Machst du dich lustig über mich?«, fragt er und wirft ihr einen kurzen Blick zu.

Katja lacht. »Nein, wie kommst du denn darauf?« Sie ist überglücklich und plötzlich melden sich auch noch leidenschaftliche Gefühle. Sie legt ihre Hand ganz sanft auf seinen Oberschenkel und lässt sie ein bisschen hin und her wandern. Zu blöd, dass sie ausgerechnet jetzt diesen Drang verspürt.

»Bitte, hör auf, sonst baue ich noch einen Unfall und du landest erneut im Krankenhaus«, fleht Ralf.

»Ach weißt du, das wäre nicht so schlimm, diesmal bist du ja bei mir«, sagt sie und lacht erneut.

Sie erreichen ihr Ziel und Ralf parkt auf dem großen Krankenhausparkplatz. »Willst du, dass ich mit dir geh?«, fragt er.

Ohne eine herzliche Umarmung vor der Tür gehen sie natürlich nicht rein. »Ich hoffe, dass ich Dr. Sansi antreffe. Der wird Augen machen«, erklärt Katja und zieht Ralf mit sich zur Rezeption. »Wir melden uns hier unten an.«

Die Rezeptionistin informiert Dr. Sansi und die beiden Turteltäubchen begeben sich eng umschlungen und total verliebt in die (offene) Psychiatrie. »Aha, da hinten steht er schon«, stellt Katja fest. »Guten Morgen, Dr. Sansi«, ruft sie ihm über den Flur zu.

Er dreht sich zu ihr um und sieht sie überrascht

an. »Frau Siebert? Na, Sie haben uns vielleicht einen Schrecken eingejagt. Wer ist denn der nette Mann an ihrer Seite?«

»Das glauben Sie mir jetzt vermutlich nicht, aber dieser Mann war der Anfang meiner ganzen Misere. Aber das Schicksal hat uns nun doch zusammengeführt«, berichtet Katja strahlend.

Der Arzt mustert Ralf, dann wieder sie und schließlich wieder Ralf. »Mir scheint, die beste Medizin der Welt hätte gegen Sie keine Chance gehabt«, sagt er zu Ralf und fährt an Katja gewandt fort: »Sie sehen gesund aus, das freut mich sehr für Sie. Bleiben Sie bei uns?«, fragt er dann mit einem breiten Grinsen.

»Ganz bestimmt nicht, ich hole meine Sachen ab und dann nichts wie weg hier«, antwortet Katja.

Der Arzt nickt. »Na, Sie haben es aber eilig. Es liegt alles bereit.« Er winkt einer Schwester zu, dass sie Katjas Sachen bringt, um sich dann wieder etwas ernster an Katja zu wenden. »Ganz befreit sind Sie jedoch noch nicht. Holen Sie sich bitte einen Termin in der Radiologie, damit der Heilungsprozess Ihres Arms überprüft werden kann. Außerdem fehlt noch eine Untersuchung, wie gut Sie die Fehlgeburt überstanden haben. Und Folgendes wollen Sie vermutlich kaum hören, es ist aber sehr wichtig. Bitte mit dem Sex noch etwas warten, damit keine Entzündung entsteht. Wenn Sie das alles befolgen, dürfen Sie nach Hause.«

»Ich versuch's«, sagt Katja zögernd.

»Das reicht nicht, ich will eine andere Antwort«, beharrt Dr. Sansi.

»Okay, ich,… wir halten uns daran, versprochen«, sagt Katja nun mit fester Stimme.

»Geht doch«, stellt der Arzt zufrieden fest. Dann schüttelt er den Kopf. »So eine wie Sie ist uns hier noch nie unterkommen, dazu mit so einem außergewöhnlichem Happy End. Das werde ich vermutlich nicht so schnell vergessen. Verraten Sie mir vielleicht noch, wie Sie unbemerkt flüchten konnten? Damit wir unsere Sicherheit noch einmal überdenken.«

Katja zögert kurz, aber dann entscheidet sie, den Mund zu halten. »Sorry, das bleibt mein Geheimnis.«

Da kommt auch die Schwester mit ihren Sachen und sie können gehen. Das nenn ich einen gelungenen Auftritt, denkt sich Katja, guten Gewissens darf sie nun nach Hause fahren. »Nur noch schnell in die Tierpension, dann genießen wir unsere viel zu kurze Zweisamkeit«, sagt sie, als sie Arm in Arm das Krankenhaus verlassen.

»Das klingt gut, Katja«, stellt Ralf fest.

In der Pension sind Freude und Überraschung groß. »Oh, meine kleine Hope, bist du gewachsen, die schönste Zeit mit dir ist mir verloren gegangen, sehr schade«, stellt Katja fest, als sie ihre Hope wieder überreicht bekommt. »Warum kannst du nicht winzig bleiben?« Dann wird Muffy gebracht. »Ja, du darfst auch bald aus deinem Gefängnis heraus«, flüstert sie ihm zu.

Beide Katzen kommen nun in die Transportbox.

»Hope, sieh mal, Papa ist auch da«, flüstert Katja.

Ralf beobachtet sie amüsiert. »Du behandelst deine Katzen ja wie Kinder.«

Katja sieht ihn an. »Das sind meine Kinder.«

Er sieht sie betroffen an. »Dann willst du vermutlich keine weiteren ...«, beginnt er zögernd.

Katja lacht auf. »Mann, bist du süß. Natürlich will ich welche, aber denk daran, was der Arzt gesagt hat. Aber es gibt eh noch so wahnsinnig viel zu erzählen, da bleibt bis morgen kaum Zeit dafür.«

Ralf grinst sie an. »Aber wehe, wenn ich wieder da bin ...«

Katja macht ein gespielt entrüstetes Gesicht. »Aber Ralf, das aus deinem Mund? Als Strafe kriegst du einen dicken, fetten Kuss.« Sie küsst ihn.

»Ich will härter bestraft werden«, murmelt er, nachdem sie sich wieder voneinander gelöst haben.

Wieder in Katjas Wohnung machen sie es sich auf dem Sofa gemütlich und stellen fest, dass sie irgendetwas vergessen haben. »Mist, wir wollten dir ein Handy besorgen. Wie sollen wir das alles erledigen, wenn kaum Zeit bleibt? Ich weiß noch nicht einmal, wie du hergekommen bist?«

»Mit der Bahn, musste nur einmal umsteigen. Ich fahre nicht gerne lange Strecken mit dem Auto, die Autobahn macht mir Angst. Ein Freund hat dort erst kürzlich sein Leben gelassen, weil ihm ein Lkw ungebremst hinten draufgekracht ist. Der arme Michael wurde dabei regelrecht enthauptet, der einzige Trost ist, dass es ein schneller Tod war«, erklärt Ralf bedrückt.

Katja sieht ihn betroffen an. »Schatz, das tut mir sehr leid, komm her.« Sie nimmt ihn in den Arm.

»Lass uns über schönere Dinge reden, ja?«, sagt er schnell. »Da haben wir eine große Auswahl.«

»Das stimmt. Wir sollten unsere Zukunft planen. Wobei ich ein bisschen Angst habe, dass du vom Zölibat doch nicht zurücktreten wirst«, gesteht sie ihm.

Daraufhin beginnt Ralf mit einer längeren Erklärung. »Das ist völlig unbegründet. Ich erzähl dir jetzt mal, wie es mir so ergangen ist, nachdem du weg warst. Also, am Anfang ging's eigentlich noch, wäre da nicht deine Mutter gewesen, die mir regelmäßig über den Weg gelaufen ist. Na ja, nicht öfter als sonst, es kam mir wohl nur so vor. Jedes Mal habe ich mich gefragt, wie es dir wohl geht. Und jedes Mal wurde ich aufs Neue an die schönen Stunden erinnert. Ich traute mich natürlich nicht, sie nach dir zu fragen. Das hätte vermutlich für noch mehr Ärger gesorgt. Denn ich glaube, sie sieht mich inzwischen mit ganz anderen Augen als zuvor. Sie grüßt mich zwar, ein Gespräch sucht sie aber nicht mehr. Ich akzeptiere das. Doch die Sünde hat mich innerlich aufgefressen, ich konnte mich ja niemandem anvertrauen. Also bin ich zum Bischof, um mich davon zu lösen. Aber danach ging es mir richtig dreckig. Ich fühlte mich dir gegenüber wie ein Verräter. Ich saß zwischen zwei Stühlen und bin auch fast verrückt geworden. Das veränderte mich, zuvor stand ich immer jedem mit Rat und Tat zur Seite, egal welches Problem die Leute anschleppten. Jetzt ging ich nicht mehr auf ihre Sorgen ein. So kannte mich niemand, ich mich ja selbst nicht. Ehrlich gesagt, alle und alles um mich herum wurde einfach nur lästig. Warum sollte ich mich für jeden einsetzen, wenn ich selber auf der Strecke blieb mit meinem Kummer? Ich spürte, die Leute fingen an zu reden. Den wahren Grund fand niemand heraus, auch nicht die größten Klatschtanten aus dem Dorf. Und dass sie nicht wussten, was los war, hat sie sicher ganz schön zermürbt.

Als mir auffiel, dass ich immer unkonzentrierter wurde und meine Hingabe verloren ging, wusste ich, dass ich womöglich die falsche Entscheidung getroffen habe. Wenig später hatte ich Sofias Brief in meinem Briefkasten. Ganz ehrlich, ich habe wie ein kleiner Junge geweint. Zwei Menschen, die sich lieben, aber nicht zusammen sein dürfen. Und jeder leidet im stillen Kämmerlein vor sich hin, Ich denke mal, Gott hätte das so niemals gewollt.«

Katja kann sich nach dieser schönen Liebeserklärung nicht mehr beherrschen, sie wirft sich in seine Arme. Sie hat den Kampf gegen Gott tatsächlich gewonnen. »Wenn Sofia das Ganze nicht ins Rollen gebracht hätte, wie wäre es dann wohl weitergegangen?«, flüstert sie und drückt sich fest an ihn.

»Ehrlich, ich weiß es nicht. Vielleicht hätte ich doch irgendwann aus purer Verzweiflung deine Mutter darauf angesprochen, keine Ahnung.«

Katja holt tief Luft und beginnt ebenfalls zu erzählen: »Da gibt es noch so einiges, was du auch nicht wissen kannst, du wirst ebenfalls staunen. Ein paar Wochen, bevor ich an die Ostsee gekommen bin, suchte ich eine Wahrsagerin auf. Ich wollte einfach nur wissen, ob und wann ich endlich meine große Liebe finden würde. Sie prophezeite mir Dinge, die mir Angst einjagten, von einer guten Nachricht weit entfernt. Überwiegend kam sie auf meine Vergangenheit zurück, aber dafür bin ich bestimmt nicht zu ihr gegangen. Letztendlich erwähnte sie doch das Thema Liebe, worauf ich so lange gewartet hatte. Der Schuss ging ordentlich nach hinten los. Noch während ihrer Kommunikation mit ihrer altmodischen Kugel hörte sie ganz plötzlich auf. Einen verständlichen Grund gab's für mich nicht. Nur soviel: Jemand, der mir sehr nahesteht, sei in Gefahr. Und daraufhin müsste ich um die große Liebe kämpfen, aber so richtig kämpfen. Tja, dann kam der Vorfall mit meinem Schatz Snoopy – und alles lief nur noch drunter und drüber. Ich erhoffte mir, dass wenigstens du es bist, um den ich kämpfen muss, doch spätestens bei meiner Rückkehr zerplatzte dieser Traum. Meine Mitmenschen habe ich verbal attackiert, besonders meine Mutter. Und angelogen auch noch. Ich habe dir vor einiger Zeit in meiner Verzweiflung einen Brief geschrieben. Keine Antwort, zurück kam er jedoch auch nicht. Ich rutschte immer tiefer hinab. Und die Henrietta, hat sie nie erwähnt, dass eine Frau angeblich ihr Silberkettchen in der Kirche verloren haben soll?«

»Mensch Katja, ist ein bisschen viel. Es tut mir so weh, wenn ich das alles höre, vermutlich fehlen da noch jede Menge Details?? Muss ich erst einmal verdauen. Doch, sie hat da irgendwann etwas erwähnt, da eh kein Kettchen gefunden wurde, war das Thema schnell erledigt. **Du** hast also angerufen?«, seufzt Ralf verzweifelt auf. »Einen Brief? Ehrlich, ich habe ihn nicht bekommen. Bist du sicher, dass du ihn in deiner Verzweiflung auch abgeschickt hast?«, fragt er empört.

»Und ob, ich habe mich auf dem Weg zum Briefkasten noch über das Wetter geärgert, weil es geregnet hat. Oh Gott, wo ist der bloß gelandet? Wenn er in falsche Hände gelangt ist, was dann?«, stellt sie ängstlich fest. Doch ihn scheint es nicht aus der Ruhe zu bringen, was dort drüben passiert, interessiert ihn eh nicht mehr.

Nun stellt sie ihm eine andere wichtige Frage: »Was gedenkst du beruflich zu machen, wenn du hier bist?«

»Als Katechet irgendwo unterkommen, das würde mir gefallen. Ich müsste keine strengen Regeln mehr befolgen und mein Interesse an der Religion auch nicht ganz aufgeben. Könntest du mit dieser Entscheidung leben, Katja?«

»Und ob, das wäre große Klasse. Ich werde sehen, was ich tun kann, wenn du weg bist. Gleich am Montag setze ich alle Hebel in Bewegung. Ich bin so glücklich.«

Ralf lacht. »Es ist wirklich schön, von Luft und Liebe zu leben, aber nun habe ich doch langsam richtigen Hunger«, bemerkt er dann. »Ich schlage vor, du setzt dich gemütlich aufs Sofa und ich koche uns etwas Leckeres.«

»Wow, das freut mich, das Problem ist nur, ich habe fast nichts im Haus.«

»Ich finde schon etwas, kümmere du dich um die

Kinder«, sagt er mit einem Augenzwinkern. »Die lauern nämlich bereits darauf, deinen Schoß in Anspruch zu nehmen.«

»Na gut, ich lass mich dann mal verwöhnen«, gibt sich Katja geschlagen. Sie spielt mit den Katzen und dann sucht sie ein schönes Plätzchen, wo sie das süße Lätzchen stets bewundern kann. Sie entscheidet sich, es an die Wand zu hängen, direkt über dem Sofa.

Nach einer halben Stunde ist alles angerichtet. Mit einem Handtuch kommt der Koch auf sie zu. »Was wird das denn?«, fragt Katja, auf dem Sofa sitzend, neben sich die Katzen.

»Vertrau mir, ich verbinde dir die Augen, dann folgst du mir, okay?«, sagt Ralf und verbindet ihr die Augen mit dem Handtuch.

In der Küche nimmt er es wieder ab. Was Katja nun sieht, ist an Romantik nicht zu toppen. Auf dem winzigen Küchentisch stehen einige Kerzen, das Licht ist ausgeschaltet, im Hintergrund hört sie leise den Sound einer Kuschelrock-CD.

»Oh wie schön, ich könnte heulen, echt. Diese Überraschung ist dir mehr als gelungen«, seufzt Katja glücklich.

»Das freut mich, und sieh mal, Spaghetti und Tomatensoße waren noch da. Lass es dir schmecken«, entgegnet Ralf und zieht einen Stuhl vom Tisch, damit sie sich setzen kann.

Das Knistern zwischen ihnen ist förmlich zu hören. Mit jedem Bissen verschlingen sie zusätzlich eine Portion Blickkontakt.

»Wenn ich an morgen denke, bin ich nicht mehr so glücklich«, sagt Katja irgendwann.

»Bitte, wir sind im Hier und Jetzt, vergessen wir eine Weile, was nicht so angenehm ist, okay? Außerdem bin ich bald wieder da. Hättest du Lust, eine Runde zu tanzen, wo es grad so schön ist?«, fragt Ralf

Katja ist begeistert. Dicht aneinandergedrückt, genießen die beiden in der kleinen Küche den Song »I can't fight this feeling anymore« von Reo Speedwagon. Und wie damals beim ersten Kuss oben auf dem Leuchtturm erleben sie das Gefühl erneut, nur wesentlich intensiver.

»So etwas wie mit dir, das hatte ich noch nie. Das muss ein Märchen sein«, flüstert Katja.

»Ich habe zwar keine Erfahrung, aber ich bin mir sicher, keine andere Frau könnte mich glücklicher machen als du«, flüstert Ralf zurück.

»Danke«, sagt Katja nur.

So endet der vorerst letzte Abend. Das Geschirr bleibt erst mal stehen. Es gibt Besseres zu tun.

»Soll ich mir ein Taxi für morgen früh bestellen?«, fragt Ralf.

»Ich würde dich so gerne begleiten, doch mit diesem Arm wird das wohl nichts. Das macht mich sehr traurig«, bedauert Katja.

»Dann verabschieden wir uns halt hier. Irgendwo muss es ja sein.«

Die folgende Nacht wird besonders für Katja sehr unruhig, sie wälzt sich laufend hin und her. Dabei wacht Ralf natürlich auf. Er schmiegt sich fest an sie, um ihr ein Gefühl der Sicherheit und Geborgenheit zu vermitteln. Sein Plan geht auf, Katja kann endlich einschlafen.

Bis die Idylle von dem Wecker in aller Früh gestört wird. Katja geht es gar nicht gut, sie ist nah am Wasser gebaut. Der Abschied setzt ihr zu, obwohl sie weiß, dass Ralf schnellstmöglich zurückkommt. Er hat den Eindruck, sie vermeidet den Blickkontakt. Er fühlt sich gerade überfordert mit der Situation. Soll er sie in den Arm nehmen oder sie besser in Ruhe lassen? Doch die Zeit drängt, sein Taxi dürfte jeden Augenblick vor der Tür stehen. Und so sagt er im Flur zu ihr: »Mäuschen, lass dich drücken. Du sollst wissen, ich liebe dich über alles. Du brauchst nicht zu weinen. Wir telefonieren ganz viel, bis ich zurück bin.« Doch der traurige Anblick von Katja lässt auch ihn die Beherrschung verlieren. Die vielen Tränen sorgen für recht salzige Küsse. Doch jeder einzelne Kuss ist ein Puzzlesteinchen dieser unglaublichen Romanze.

Wie im Himmel, so auf Erden

Katja ist nach dem Abschied total durch den Wind, Freud und Leid teilen sich eine Wellenlänge. Zu glauben, dass er tatsächlich wiederkommt, fällt ihr schwer. Ein Glück, dass es noch einiges zu erledigen gibt. Ihr bleibt kaum Zeit, daran zu zweifeln. Sie bemerkt erst jetzt, dass Manny sich nicht mehr meldet. Hat er Wind von Ralf bekommen? Ist er eifersüchtig?

Jetzt wo sie endlich wieder bei klarem Verstand ist, sieht sie ein, dass ihr Verhalten auch ihm gegenüber, alles andere als fair war. Sie gibt sich einen Ruck und ruft ihn endlich an: »Manny, Katja hier, wie geht es dir?«, fragt sie ihn etwas zögernd.

»Oh, dich gibt's ja auch noch« reagiert er barsch.

»Du, wir sollten uns treffen, ich habe dir eine Menge zu erzählen.« »Hast du wieder Probleme, oder wieso meldest du dich auf einmal?«, antwortet er in einem kalten Ton. »Bitte, komm doch vorbei, ich werde dir alles genau erklären. Okay? Und übrigens, danke für die schönen Rosen ...!«, klingt Katja hoffnungsvoll.

»Na gut, nach meiner Schicht lass ich mich kurz blicken.«

Das Gespräch ist für's Erste an dieser Stelle beendet.

Tatsächlich, einige Stunden später klingelt es auch schon. Katja zupft noch schnell an ihren Haaren herum, ein kurzer Blick in den Spiegel und dann ist Manny auch bereits oben angekommen. Seine Mimik wirkt kalt, sehr kalt. Katja versucht, dagegen locker zu bleiben und bietet ihm eine Tasse Kaffee an. Beide setzen sich an den Küchentisch und sie fängt sofort an mit Erzählen ... Manny ist leicht überfordert mit dem Ganzen, weiß nicht so recht, was er denken, geschweige denn sagen soll. »Und schlussendlich, wärst du bereit, neben meiner Sofia, irgendwann mein Trauzeuge zu werden??«, fragt sie ihn aufgeregt. »Mmh ... ja, na gut, wie immer, weil du es bist!«, entgegnet er lächelnd.

»Danke, ich verspreche dir, mich regelmäßig zu melden« antwortet Katja jubelnd. Als Manny sich verabschiedet, ist sie über den Verlauf enorm erleichtert.

Gleich am Montag fährt sie zur Grundschule, die direkt an den Kindergarten grenzt, und plant auch einen Besuch bei der Rektorin ein. Diese ist sichtlich überrascht, als plötzlich Katja in ihrem Büro steht. »Mensch, Frau Siebert, wie geht es Ihnen?«, fragt sie erfreut.

Katja setzt sich. »Danke, sehr gut.«

»Und Ihr Arm, was haben Sie denn damit angestellt?«

»Na ja, ich hatte es ein bisschen zu eilig, aus der Dusche zu kommen und bin dann auf den Fliesen ausgerutscht und mit dem Ellbogen aufgeschlagen.«

»Nein, das tat sicher weh. Aber im Vergleich zu unserem letzten Treffen sehen Sie wieder richtig gut aus. Wollen Sie darüber reden?«

Katja zögert. »Es fällt mir schwer«, gibt sie zu, fährt dann aber fort: »Na ja, verpacken wir's mal so, ich hatte mich in den falschen Mann verliebt, es hätte nicht sein dürfen. Aber das Schicksal sorgte nun dafür, dass wir trotz allem zusammenfanden. Besser gesagt, meine beste Freundin hat es in die Hand genommen.«

»Ach, ich verstehe, die besten Männer sind meistens vergeben. Aber dann haben Sie ja Glück gehabt, das freut mich.«

»Stimmt, das ging noch einmal gut. Sobald ich meine Bandage los bin, meinen Arm wieder halbwegs benutzen kann, trete ich auch gern wieder an und werde wie in alten Zeiten zuverlässig arbeiten«, versichert Katja.

Die Rektorin strahlt sie an. »Super, Frau Siebert. Dann sage ich mal, das wird schon.«

Der Termin in der Grundschule bereitet Katja wesentlich mehr Bauchschmerzen. Wird ein Katechet heutzutage überhaupt noch gebraucht? Sie begibt sich ins Sekretariat, wo sie bereits erwartet wird. »Frau Siebert, ich bin Roman Schiffler, ich leite das Ganze hier. Was kann ich für Sie tun?«, fragt der Herr hinter dem Schreibtisch, vor dem Katja nun sitzt.

Etwas zögernd gelingt ihr der Einstieg ins Gespräch, wo doch so vieles davon abhängt. »Ich habe meinen jetzigen Partner in den Sommerferien kennengelernt. Er wird demnächst bei mir einziehen. Und er sucht natürlich einen Job«, beginnt sie und berichtet kurz von Ralfs beruflichem Hintergrund.

»Okay, wie lange war er als Katechet tätig?«, fragt Herr Schiffler.

Katja zögert. »Eigentlich gar nicht ...«

»Aber wieso ...«, beginnt Schiffler.

Doch Katja unterbricht ihn schnell. »Gut, er ist noch Pfarrer und gibt alles für mich auf. Sie wissen ja, dieses Zölibat ... Als Katechet müsste er sein Spezialgebiet nicht ganz aufgeben, verstehen sie?«

Er schaut sie lächelnd an und wiegt den Kopf. »Es wird vermutlich nicht so einfach, wie Sie sich das vorstellen. Eine Umschulung wäre nötig, er muss lernen, mit einem Haufen Kinder zurechtzukommen. Ihn gnadenlos ins kalte Wasser zu werfen, geht natürlich nicht. Wie alt ist Ihr Freund?«

»Mitte 40.«

Nun hellt sich Schifflers Miene ein wenig auf. »Vom Alter her dürfte es keine Probleme geben.«

»Wie würde der Ablauf aussehen?«, hakt Katja hoffnungsvoll nach.

»Da er auf dem Gebiet bestens informiert ist, reichen vermutlich ein paar Monate Umschulung. Natürlich bedeutet das, dass er die erste Zeit über kein Einkommen verfügt. Ein paar Rücklagen wären also nicht verkehrt. Solche Leute werden immer gebraucht, kaum ein Jugendlicher will heute nach seinem Abschluss in diese Branche einsteigen. Aber möglicherweise müsste er am Anfang als Springer zur Verfügung stehen, bis eine feste Stelle frei wird.«

»Als was?«

»Ein Springer wird dort eingesetzt, wo Not am Mann ist. Das kann jeden Tag an einem anderen Ort sein. Zugegeben, das ist nicht besonders angenehm und beliebt, wäre jedoch ein Sprungbrett, um Fuß zu fassen.«

»Das macht er bestimmt«, versichert Katja.

»Das glaube ich auch, wer solche Opfer bringt, kann gut damit leben. Folgendermaßen, ich gebe Ihnen ein Dokument mit, das er ausfüllen und mir persönlich vorbeibringen soll. Dann könnte ich ihn sofort für die Umschulung anmelden. Na, wie klingt das?« Er lächelt sie an.

»Ich bin begeistert, das sind gute Aussichten. Vielen lieben Dank, Herr Schiffler.«

»Aber gerne doch. So eine tolle Geschichte ist mir noch nie untergekommen, das muss belohnt werden.«

Damit hat Katja nicht gerechnet. Endlich Licht am Ende des Tunnels. Motiviert fährt sie nach Hause. Sie hat sich vorgenommen, ihren ganzen Hausrat zu durchstöbern, um etwas mehr Platz zu schaffen. Auf Dauer keine Lösung, doch für den Anfang nicht schlecht. Einem einzigen Menschen auf dieser Welt ist es gelungen, dass sie wieder aufblüht, und wie.

Die kommenden Tage verbringt sie fast ausschließlich zu Hause, es gibt ausreichend zu tun. Aufgrund ihrer Verletzung hat sich Sofia bereit erklärt, ihr wenigstens abends bei den Aufräumarbeiten zu helfen.

Gerade sortieren sie im Wohnzimmer aus und sitzen zwischen Schachteln und Kartons auf dem Boden. »Was sich alles so ansammelt über die Jahre ... Wahnsinn. Und das in einer so kleinen Wohnung«, stöhnt Katja.

»Tja, Katja, das müssen wir ändern. Ich schlage vor, deine Bilder im Keller einzulagern. Ich kann mir nicht vorstellen, dass du demnächst den Pinsel in die Hand nimmst«, schlägt Sofia vor.

»Stimmt, **den** nicht«, entgegnet Katja und lacht. »Etwas geht mir nicht mehr aus dem Kopf«, beginnt sie dann und sieht Sofia an.

»Was denn?«

»Der alles entscheidende Brief. Ich möchte ihn so gerne lesen.«

»Da muss ich dich enttäuschen, Ralf und ich haben beschlossen, dass das unser Geheimnis bleibt.«

»Ihr seid fies.«

»Nee, auch die beste Freundin muss nicht alles wissen.«

»Dass er bei dir war, verstehe ich auch nicht? Das wirst du mir doch hoffentlich erklären.«

»Wir hatten an alles gedacht, auch für den Fall, dass er dich nicht finden oder antreffen kann. Ich gab ihm meine Nummer, so musste er nicht in einem Hotel übernachten und ich hatte die Gelegenheit, ihm mehr von deiner misslichen Lage zu erzählen.«

»Ich habe dir auch nicht alles erzählt, doch jetzt traue ich mich, es dir zu sagen. Auch ich hatte ihm während meines Aufenthalts in der Klinik einen Brief geschrieben. Laut seiner Aussage ist er jedoch nie angekommen. Hoffe nur, dass er nicht in falsche Hände geraten is.«, gesteht sie ihrer Freundin.

»Mensch Katja, ich kann mir nicht ansatzweise vorstellen, wie du durch die Hölle gegangen sein musst?!«, antwortet Sofia entsetzt.

»Selbst eine Geschichte hatte ich mir ausgedacht und bei ihm angerufen. Auch die brachte nichts.«

Nach diesem Gespräch konzentrieren sich die Mädels wieder auf die Aufräumaktion und schleppen kistenweise Zeug aus der Wohnung. Alles wird auf dem Bürgersteig abgestellt, wo die Müllabfuhr es einsammeln wird. Es hat sich gelohnt, sämtliche Räume sind inzwischen mehr als überschaubar.

»Der wird sich freuen, wenn er sieht, dass du für ihn so viel gemacht hast«, stellt Sofia fest.

»Ich nicht alleine, ohne dich hätte ich dafür in meinem Zustand Wochen gebraucht. Ich bin dir ohnehin ewig dankbar. Und nach intensiver Überlegung habe mich dazu entschlossen, dir etwas zu schenken«, beginnt Katja.

Sofia sieht sie erwartungsvoll an. »Du machst mich ganz verlegen.«

»Hier, Sofia, du hast es mehr als verdient. Ich gebe dir den Wellness-Gutschein, den ich von meiner Mutter bekommen habe.«

»Nein, das kannst du nicht machen, das ist übertrieben, Katja«, lehnt Sofia sofort ab.

Aber Katja schüttelt bestimmt den Kopf. »Übertrieben? Es ist ein bescheidenes Geschenk im Vergleich zu dem, was du mir ermöglicht hast. Bitte, nimm den Gutschein an, genieße ihn mit einem netten Mann.«

Sofia strahlt sie an und nimmt ihr den Gutschein ab. »Alleine das ist es wert. Aber wie geht's nun genau weiter mit euch beiden?«

»Wir telefonieren fast täglich, obwohl er mehr als Respekt vor der Autobahn hat, nimmt er die Fahrt in Kauf. Du musst wissen, er hat erst kürzlich einen Freund durch einen Unfall verloren.«

»Oh Mann, der muss dich echt über alles lieben. Jetzt bin ich fast ein bisschen neidisch auf dich. Nimm es als Kompliment.«

»Er vermisst mich auch ganz doll, es ist alles fast zu schön, um wahr zu sein«, seufzt Katja.

»Stimmt, und wer fährt den Umzugswagen?«

»Niemand, er braucht keinen. Er hat bloß ein paar persönliche Sachen. Sein Häuschen ist spärlich eingerichtet, die wenigen Möbel, die er besitzt, gibt er an die Haushälterin weiter.«

Sofia rollt mit den Augen. »Mensch, Katja, muss ich dir denn alles aus der Nase ziehen? Und was passiert mit dem Haus?«

»Ist geregelt, Henrietta behält lebenslanges Wohnrecht gegen eine geringe Miete. Wir können jeden Cent gebrauchen. Die Wohnung hier ist zu klein, was anderes muss her. Das machen wir gemeinsam. Zumindest haben wir ein Dach über dem Kopf. Mehr als ein Bett brauchen wir demnächst sowieso nicht«, erzählt Katja fröhlich.

»So gefällst du mir, du bist wieder ganz die Alte und weit darüber hinaus«, sagt Sofia begeistert.

Nur noch wenige Tage, trotz allem glaubt Katja des Öfteren immer noch, im falschen Film zu sein. Und sie hat keine Ahnung, wie sie alles ihrer Mutter beibringen soll. Mit der Tür ins Haus fallen? Vermutlich keine gute Idee. Wochenlang hat Katja sich nicht mehr bei ihr gemeldet. Insgesamt überdenkt sie so

manches, was in ihrer schwierigen Phase schiefgelaufen ist. Ein kleiner Blumenstrauß soll den Streit
zwischen ihr und der Nachbarin Schmücke schlich-
ten. Erst beim zweiten Anlauf trifft sie die alte Dame
an. Ziemlich nervös steht Katja nun vor ihr. »Frau
Schmücke, es tut mir unendlich leid, was ich damals
zu Ihnen gesagt habe. Bitte nehmen Sie den Strauß
als Entschuldigung an«, sagt sie dann einfach.

Und Frau Schmücke lächelt sie an. »Alles gut, Frau
Siebert, mir war längst aufgefallen, dass Sie Ihre
Identität verloren hatten. Wie geht es Ihnen denn
jetzt? Sie strahlen ja bis über beide Ohren.«

»Oh, danke, prima, würde ich mal sagen.« Katja ist
ehrlich erleichtert.

»Wer war denn neulich der gutaussehende Mann?«,
fragt Frau Schmücke jetzt neugierig.

»Ihnen entgeht auch gar nichts, das ist mein neuer
Freund.«

»Ist es etwas Ernstes?«

»Ja, das ist es. Mehr als das«, antwortet Katja entschieden.

Zufrieden kehrt sie in ihre Wohnung zurück. Die
Sehnsucht wird immer größer. Sie legt die Kuschelrock-CD ein und drückt die Wiederholungstaste von
dem Lied, zu dem sie so schön getanzt hatten. Die
Schmetterlinge fliegen so heftig in ihrem Bauch herum, dass es fast weh tut. Aber es ist der schönste
Schmerz der Welt. Sie legt sich aufs Bett und hört
einfach nur Musik.

Hope und Muffy leisten ihr Gesellschaft. Sie scheinen ebenfalls beeindruckt zu sein von der sanften Musik, die leise im Hintergrund läuft.

Total entspannt muss sie wohl eingeschlafen sein. Mitten in der Nacht wacht sie auf und das Lied läuft immer noch.

Im Laufe des nächsten Tages fasst sie all ihren Mut zusammen und ruft endlich ihre Mum an. Die wird Augen machen, oder besser Ohren. Wenn sie nur wüsste, wie sie ihr das beibringen soll. Tief durchatmen, Katja, dann hast du's bald hinter dir, sagt sie sich selbst. Eigentlich eine erfreuliche Nachricht, eigentlich. Sie wirft sich also im Wohnzimmer aufs Sofa und wählt und es klingelt und klingelt. Hm, vielleicht ist sie mit Egon unterwegs, überlegt Katja.

Aber schließlich geht ihre Mutter doch noch ran. »Katja, du lebst noch. Wieso meldest du dich nicht?«

»Tu ich doch«, sagt Katja sofort.

Ihre Mutter holt tief Luft. »Das ist nicht witzig, du weißt, wie ich das meine. Was treibst du so?«

»Mir geht es richtig gut, es ist wahnsinnig viel passiert in den letzten Wochen. Beim nächsten Treffen erzähle ich dir alles, versprochen.«

»Spinnst du, ich werde doch nicht bis zum nächsten Sommer warten, um zu erfahren, was du im Sommer zuvor getrieben hast«, entgegnet ihre Mutter.

Also holt Katja nun tief Luft und gesteht: »Okay, also, ich bin total verknallt«, gesteht sie.

»Aber, das ist doch wunderbar«, ruft ihr Mutter erfreut. »Dann hat deine schlimme Phase doch nicht so lange angehalten wie befürchtet. Katja, das ist eine gute Nachricht.«

»Was macht Ralf?«, fragt Katja daraufhin.

Es herrscht kurz Stille. Dann sagt ihre Mutter perplex: »Sag mal, hast du Drogen genommen? Das ist doch jetzt so was von unwichtig. Er hat sich sehr verändert und pflegt keine Kontakte mehr. Sei froh, dass du den seltsamen Vogel los bist. Das war keine kluge Entscheidung.«

Katja überlegt fieberhaft, wie sie weitermachen soll.

»Bist du noch da, Katja?«, fragt ihre Mutter, als das Schweigen zu lange dauert.

»Äh, sicher. Ich finde nicht, dass er ein seltsamer Vogel ist.«

»Ich verstehe nur Bahnhof, Katja. Du wirst doch nicht den Kontakt zu ihm aufrechterhalten wollen trotz neuer Partnerschaft. Oder?«

»Wie soll ich eine Beziehung führen ohne Kontakt?«

Jetzt herrscht wieder an Sabines Ende kurz Schweigen. Dann platzt es aus ihr heraus: »Du machst mich gerade sehr wütend. Ständig redest du unverständliches, wirres Zeug. Warum?«

»Weil ich dir die Wahrheit nicht einfach so an den Kopf knallen kann, deshalb«, entgegnet Katja lauter als beabsichtigt.

Wieder herrscht Stille. »Katja, nein, sag, dass das nicht wahr ist. Ihr beide ...?« Sabine klingt fassungslos.

»Jetzt ist es raus, endlich«, seufzt Katja nur.

Sabine kann ihr Schluchzen nicht zurückhalten.

»Mum, du brauchst nicht zu weinen, ich könnte glücklicher nicht sein.«

»Sorry, ich muss Schluss machen, das war jetzt zu viel. Ich wünsche euch viel Glück«, sagt Sabine noch hastig und legt auf.

Katja hört es in der Leitung tuten und legt den Hörer auch auf. Das ging ja voll in die Hose. Egal, sie lässt sich da nicht reinreden. Es ist ihr Leben, basta.

Die Freude wegen Ralf überwiegt die Auseinandersetzung mit Sabine, schon bald denkt Katja nicht mehr darüber nach.

Ralf ist bald wieder da, aber das Warten ist unerträglich. Sie hat das Gefühl, die Uhr würde rückwärts laufen. Und so entscheidet sie, dass sie eine Art Polterabend veranstaltet – sie bestellt sich eine Pizza, dazu genehmigt sie sich zwei Gläschen Sekt. Anschließend nimmt sie ausnahmsweise eine Schlaftablette und hofft, dass die Nacht schnell vorbei ist.

Am nächsten Morgen wirft Katja einen Blick nach draußen, es regnet in Strömen. Warum kann heute nicht die Sonne scheinen? So ein Scheiß! Sie schmeißt sich schon mal in Schale, wer weiß, ob ihr Schatz vielleicht früher auftaucht und nicht erst gegen Abend. Doch dann – das Telefon klingelt, Katja schreckt hoch. Nein, bitte nicht, denkt sie und hebt zitternd ab. »Hallo?«

Es ist ihre Mutter. »Du, das mit gestern tut mir leid. Ich habe nachgedacht, du sollst glücklich sein, und wenn's sein muss, dann eben mit Ralf.«

Katja ist überwältigt. »Mum, ich bin gerade platt. Damit hätte ich nicht gerechnet.«

»Wann siehst du ihn wieder?«

»In ein paar Stunden.«

»Was? Und wie geht's dann weiter? Wie lange bleibt er?«

»Wenn Gott will, für immer. Er kehrt nicht zurück an die Ostsee.«

»Wahnsinn, da muss die Sehnsucht beiderseits ja ganz schön groß gewesen sein. Und ich habe Recht behalten, als ich damals zu dir sagte, dass schon manche Romanzen so begonnen haben.«

»Kann dir die gesamte Geschichte nicht am Telefon erzählen, so viel Zeit bleibt mir nicht. Aber ich verspreche dir, dass wir uns noch dieses Jahr einmal sehen. Und du wirst staunen und teilweise richtig schockiert sein, was mir alles so passiert ist. Aber jetzt nichts für ungut, ich muss Schluss machen. Und Mum, auch mir tut es leid, wie ich dich behandelt habe! Ehrlich. Von nun an erzähle ich dir wieder alles, so wie es vor meinem Besuch bei der Wahrsagerin war, versprochen!« Dabei hört man den dicken Stein vom Herzen fallen, den sie wochenlang mit sich herumgeschleppt hat und nach außen hin stets verborgen hielt.

»Entschuldigung liebend gern angenommen. Auf alle Fälle hat diese Frau für mächtig Wirbel gesorgt. Dann bestell ihm schöne Grüße von mir.«

»Geht klar, bis dann, Mum.«

»Bis dann, und lasst ab und zu von euch hören. Nicht, dass du plötzlich mit Mann und Kinderwagen vor meiner Tür stehst, tschüssi.«

Na ja, fast wäre es so gewesen, jedenfalls was Letzteres betrifft ..., kommt ihr dabei in den Sinn.

Nachdem Katja aufgelegt hat, fühlt sie sich erleichtert. Das Gespräch war mehr als zufriedenstellend und dringend notwendig, für beide Parteien. Katja ist sich sicher, ab jetzt wird alles anders.

Sie legt das Telefon weg und überlegt, was nun noch zu tun ist. Einkaufen müsste sie noch. Es herrscht mal wieder gähnende Leere im Kühlschrank und auch sonst ist nichts mehr da. Dabei weiß sie nicht einmal, was er mag oder nicht mag. Sie konzentriert sich am besten auf Nahrungsmittel, die insgesamt gut ankommen.

Katja verzichtet auf die Bandage, schließlich braucht sie ihr Auto zum Einkaufen. Insgesamt hat sie sich in keinster Weise an die ärztlichen Anordnungen gehalten. In der Radiologie war sie nicht und beim Frauenarzt ebenfalls nicht. Ihre Gedanken drehen sich nur noch um ihn.

Im Supermarkt angekommen, steht sie ratlos vor all den prall gefüllten Regalen. Schließlich greift sie einfach zu und macht sich kaum Gedanken, was sie kombinieren könnte. Da klingelt ihr Handy. Genervt wühlt sie in ihrer Tasche – wo liegt das blöde Ding nur? Endlich hat sie es und liest: unbekannter Teilnehmer. Normalerweise geht sie dann nicht ran. Aber heute macht sie eine Ausnahme.

»Hallo, Mäuschen, da staunst du«, sagt unerwartet eine vertraute Stimme.

»Ralf«, ruft sie laut und diverse Leute drehen sich nach ihr um. »Aber, du hast doch ...«

Er unterbricht sie: »Doch, habe ich, wie du sehen kannst. Oder besser gesagt, wie du hören kannst.« Er lacht.

»Ich werd' verrückt«, stöhnt Katja und lacht auch. »Wo bist du?«

»Das wollte ich dich auch gerade fragen. Du machst mir die Tür ja nicht auf.«

»Oh nein, ich bin im Supermarkt. Ich beeile mich, in zehn Minuten bin ich da.«

Katja ist völlig überfordert, sie lässt den Einkaufswagen mitsamt Inhalt einfach stehen und begibt sich wie ein Blitz zum Ausgang.

»Wie ist die denn drauf? Hat die Flitzkacke oder was?«, sagt jemand.

Weitere Kommentare nimmt sie nicht mehr wahr.

Hastig springt sie ins Auto und fährt los. Cool bleiben, Katja, bloß keinen Unfall bauen, ermahnt sie sich stumm. Und wie es eben so ist, alle Ampeln sind auf Rot, wenn sie sich ihnen nähert. Nervös tippt sie aufs Lenkrad. Mit quietschenden Reifen gibt sie jedes Mal beim Losfahren Gas. Und tatsächlich, vor ihrer Tür wartet Ralf auf sie. Einparken war noch nie ihre Stärke, aber insbesondere jetzt juckt sie das nicht. Hauptsache, der Wagen ist irgendwie untergebracht. Sie springt aus dem Auto, rennt auf ihn zu – und wird von seinen Armen liebevoll empfangen

»Du bist wirklich da«, flüstert sie, während er sie an sich drückt.

»Sicher, ich hab dir doch versprochen. Wieso sollte ich mein Versprechen nicht einhalten? Jetzt beginnt unsere Zeit. Ich kann es selbst kaum glauben«, flüstert er zurück. Dann lässt er sie los und sieht zum Auto. »Los, ich helfe dir beim Tragen der Einkäufe.«

»Äh, ich fürchte, daraus wird nichts. Ich habe alles stehen und liegen gelassen und bin zurück zum Auto gestürmt, nachdem du angerufen hast«, berichtet Katja verlegen.

Er sieht sie schmunzelnd an. »Oh Katja, du bist mir aber eine. Dann machen wir es eben zusammen.«

Aber sie nimmt ihn an die Hand und zieht ihn zum Haus. »Nicht heute, ich will nur noch nach oben«, säuselt sie und sieht ihn verführerisch an.

»Verstanden, da sage ich ganz sicher nicht nein«, entgegnet er und lässt sich bereitwillig mitziehen, den Koffer in der einen Hand und eine Tasche über der Schulter.

Frau Schmücke ist ihr Wiedersehen nicht entgangen, die Gardinen bewegen sich noch ein bisschen vom Rüberschieben, wie Katja noch sieht, als sie die Haustür aufschließt. Sie muss schmunzeln.

Schnell eilen sie die Treppe hoch und stürmen in die Wohnung. Im Hausflur hält Ralf kurz inne und strahlt sie an. »Hier, ein kleines Geschenk für dich«, sagt er und zieht aus der Tasche über seiner Schulter einen Strauß mit wunderschönen Rosen in verschiedenen Farben.

Katja ist entzückt. »Sind die bezaubernd, wow! Danke, Schatz. Und wie gut die duften. Vielen Dank«, stammelt sie.

Mit den Blicken haben sie sich längst gegenseitig ausgezogen. Sie legt die Rosen auf der Flurgarderobe ab, wirft sich an seinen Hals und dann küssen sie

sich leidenschaftlich, Zungenküsse, die Funken auslösen, alles in ihnen steht in Flammen. Katja drückt
ihren Schatz gegen die Wand, wo sie weiterhin voll
die Kontrolle über ihn behält. Ralf lässt sich führen.
Der Instinkt der wilden Tiere ist geweckt – wie lange
mussten sie auf diesen Moment warten? Die Klamotten fliegen durch die Gegend, wobei sie nicht einmal
bemerken, dass das ein oder andere Teil Schaden
davonträgt.

Katja ist ein Fliegengewicht, er hebt sie im Stehen
hoch, bis sie die perfekte Position erreicht hat, um
loszulegen. Es ist wie im Film, alles um sie herum
scheint stillzustehen.

Hope und Muffy haben das Weite gesucht. Ein
Akt folgt dem nächsten, bis die zwei irgendwann
wie Karnickel umfallen. Ralf ist total ausgelaugt,
aber den Träumen näher als dem Leben. Katja lässt
ihn schlafen, nimmt eine Dusche und stellt die Rosen in eine Vase auf den Wohnzimmertisch. Versonnen betrachtet sie den Strauß. Die sind so schön,
sie macht ein Foto davon, so leben sie stets in ihrer
Erinnerung weiter, selbst wenn sie verwelkt sind,
denkt sie sich. Und dann hat sie noch eine Idee, sie
schickt Sofia ein Bild davon mit dem Vermerk: *War
das ein toller Abend!*

Es fällt ihr schwer, ihn schlafen zu lassen, viel lieber
würde sie mit ihm kuscheln. Trotzdem wartet sie darauf, dass er von alleine aufsteht. Leider vergeblich, er
ist wohl ins Koma gefallen. Sie beschließt, sich neben
ihn zu legen und die Träume mit ihm zu teilen.

Erst gegen zehn Uhr am nächsten Tag wachen sie auf. Nach dem Guten-Morgen-Küsschen folgt das erste Kompliment: »War das geil, unser Wiedersehen. Dass ich so etwas erleben darf, Wahnsinn! Wie kommt es, dass du so gut mit Frauen umgehen kannst?«, fragt Katja verschlafen.

Ralf lächelt sie an. »Was soll ich sagen? Du machst es mir leicht. Oder ich bin ein Naturtalent.«

Sie lachen beide.

Nach einem ausgiebigen Frühstück planen die beiden Turteltauben den Rest des Tages. Wobei Katja noch einen Termin beim Friseur hat, den sie gerne einhalten möchte, um ihm noch besser zu gefallen. Die herausgewachsene Dauerwelle braucht einen neuen Schnitt. Katja rechnet fest damit, dass er sie begleiten wird, aber: »Nicht böse sein, ich bleibe lieber hier und räume meine Sachen ein. Du kannst mich ja danach hier abholen und wir fahren dann gemeinsam in den Supermarkt, okay?«, sagt Ralf.

Katja ist ein wenig enttäuscht, aber natürlich hat das auch sein Gutes. »Schade, aber das ist okay, muss ja auch gemacht werden. So habe ich dann auch noch mehr das Gefühl, dass du mir nicht mehr davonläufst«, teilt sie ihm mit.

Es folgt ein Abschiedsbusserl, dann trennen sich ihre Wege fürs Erste.

Dass ihr Friseurtermin Ralf perfekt in den Kram passt, kann sie nicht ahnen.

Nach ungefähr zwei Stunden hört er ein Hupen vor der Tür. Er schaut aus dem Fenster, winkt ihr zu und begibt sich sofort nach unten. »Wow, toller Zopf, gefällt mir total.«

»Danke, das ist kein Zopf, das nennt man Hochsteckfrisur«, erklärt Katja.

»Egal, so etwas bekommt man ja meist nur auf Hochzeiten oder ähnlichen Anlässen zu sehen«, sagt er bewundernd.

»Stimmt, für mich ist heute mindestens so ein außergewöhnlicher Tag. Ich bin einfach nur glücklich. Dann wollen wir mal, sonst wird der Einkauf wieder verschoben. Aber zu zweit macht das gleich viel mehr Spaß.«

»Ich bin keine große Unterstützung, ich habe nicht viel Ahnung vom Einkaufen. Das hat meine Haushälterin immer erledigt«, gesteht ihr Ralf nun.

»Wird schon schiefgehen, wirst sehen«, sagt Katja lächelnd. Dann steigen sie ein und fahren zum Supermarkt.

Wie ein Schoßhündchen läuft Ralf neben ihr her, die Initiative ergreifen kann er nicht. Ralf ist mit jedem Vorschlag einverstanden, den Katja ihm macht.

»Wenn ich dich frage, ob du einen gebratenen Hund essen würdest, wäre deine Antwort auch Ja?«, fragt sie, während sie mit dem Einkaufswagen durch die Gemüseabteilung kurven.

Er schaut sie groß an. »Ja, nein, natürlich nicht.«

»Du wirkst irgendwie abwesend«, stellt sie fest. »Was ist los?«

Ralf überlegt fieberhaft, was er ihr erzählen könnte. »Unsere ganze Situation ist zu schön, um wahr zu sein. Ich kämpfe ständig damit, diese tolle Realität zu akzeptieren. Besser kann ich es nicht ausdrücken. Halte du doch einfach mal das Ruder in den Händen, als wäre ich gar nicht da, ja?«

Katja mustert ihn von der Seite. »Gut, hier kommt noch ein dickes Küsschen für meinen virtuellen Begleiter«, sagt sie schließlich.

Irgendwann ist der Einkaufswagen gut gefüllt und sie begeben sich zur Kasse. Einmal schlucken bitte und bezahlen. Die dreistellige Summe haut Katja aus den Socken.

Wer viel einkauft, muss auch viel schleppen. Das ist nicht besonders interessant, wenn man alles die Treppen hochtragen muss. Vor der Wohnungstür gibt Ralf Katja dann eine seltsame Anweisung: »Bitte, stell die Sachen nur hier ab, geh nicht rein, bis ich dir grünes Licht gebe, ja?«

Katja sieht ihn verwirrt an. »Klar, aber warum?«

»Das wirst du dann sehen«, sagt er nur und zwinkert ihr zu.

Nachdem die Tüten alle oben sind, muss Katja sich weiter gedulden. »Ich schließe jetzt auf, aber schau nicht rein und warte einfach ab«, bittet Ralf sie und verschwindet schnell durch den Türspalt.

Katja starrt ins Treppenhaus. Was hat er bloß vor? Das macht ihr fast ein bisschen Angst.

Kurz darauf ist er wieder da und verbindet ihr die Augen, wie neulich, doch mit einem weitaus mächtigeren Plan. Er führt sie in den Flur und dann ins Wohnzimmer, wie sie vermutet. »So, Mäuschen, Augen auf«, sagt er dann und nimmt ihr die Binde wieder ab.

Katja sieht sich um. »Oh, mein Gott«, bringt sie nur heraus. Das Zimmer ist abgedunkelt, dafür stehen ein paar Kerzen auf dem Tisch, aufgestellt in einer Herzform. Und am Boden liegen unzählige Luftballons.

»Verstehst du nun meine Abwesenheit im Supermarkt? Und dass ich nicht mit zum Friseur wollte?«, fragt Ralf. »Die Kerzen konnte ich ja erst jetzt anzünden ...«

Katja unterbricht ihn: »Ralf, du bist der tollste Mensch, der mir je begegnet ist. Das wird ein unvergesslicher, romantischer Abend«, ruft sie überglücklich.

Er schmunzelt und sieht sie an. »Ganz sicher, aber ich bin noch nicht fertig mit dir.«

»Mehr geht doch gar nicht, ein leckeres Essen, etwas knuddeln, schöne Stunden zu zweit«, Katja erwidert zärtlich seinen Blick.

Aber Ralf kramt nun in seiner Jackentasche herum, zum Vorschein kommt ein silbern funkelndes Schmuckkästchen.

Allmählich dämmert Katja, was das bedeuten könnte, sie stellt aber keine weiteren Fragen, sondern lässt ihn seinen Plan ausführen.

Wie in den guten alten Zeiten kniet er jetzt vor ihr nieder und sagt: »Katja, meine Liebe, bitte setz dich auf den Stuhl.« Er zeigt auf den Stuhl gleich vor sich. Sie setzt sich und schaut ihn fassungslos vor Glück an. Und er fährt fort, den Ring aus dem Kästchen in der Hand:

»Unerwartet kamst du in mein Leben, hast mir so viel
gegeben.
Ich musste mich entscheiden, zwischen einem von
euch beiden.
Gott im Himmel, oder meine Göttin auf Erden.
Drum frag ich dich nun, liebe Katja, willst du meine
Frau werden?«

Unter Freudentränen und mit zittriger Stimme bringt Katja diese wenigen Worte über ihre Lippen: »Ja, natürlich, ja!«

Und er steckt ihr den Ring an den Finger ...

Schlusswort

Meine gesamte Geschichte ist frei erfunden, beruht also nicht auf Tatsachen. Sämtliche Namen der beteiligten Personen im Buch, die der erwähnten Lokale sowie die Namen der restlichen Gebäude entstammen meiner Phantasie. Übereinstimmungen mit Namen, ganz gleich welcher Art, wären also reiner Zufall.

Meine persönliche Einstellung zu diesem Thema: Ich bin kein religiöser Mensch, vertrete trotzdem eine klare Meinung zum Zölibat. Wir leben nicht mehr im Mittelalter, in unserer heutigen Zeit müsste das Zölibat aus meiner Sicht längst überall der Vergangenheit angehören. Es gäbe dann sicherlich weniger »unangemessene« Vorfälle, die den Ruf der Kirche weiter zerstören.

Danke für Euer Interesse an meinem Buch,
  Eure Christiane